LA DAME
DE LA POSTE

DE LA MÊME AUTRICE

(liste non exhaustive)

Romans

Le Mouton de la place des Vosges, Albin Michel, 2015

Tout pour le mieux, Robert Laffont, 2010

Je vous aime : roman, Fleuve noir, 2006

Pas du tout je t'aime : roman, La Marge, Éditions 1, 2002

Passionnément… je t'aime : roman, La Marge, Éditions 1, 2000

À la folie ! Je t'aime : roman, La Marge, Éditions 1, 1999

En collaboration

L'Obstiné, avec Raphaël Nedilko, StudioFact Éditions, 2023

Bernard, la fureur de vivre, avec Dominique Tapie, Éditions de l'Observatoire, 2023

L'Affaire Élodie Kulik ou Le combat d'un père, avec Jacky Kulik, Presses de la Cité, 2022

Calais mon amour : témoignage, avec Béatrice Huret, Kero éditions, 2017

Essais

L'Amour en miettes, Albin Michel, 2012

Femmes célèbres sur le divan, Seuil, 2007

CATHERINE SIGURET

LA DAME DE LA POSTE

STUDIOFACT
EDITIONS

Couverture :
Conception graphique : Rémi Pépin
Photographie : © Magdalena Russocka / Trevillion Images

ISBN : 978-2-494894-06-8

À Sarah

- 1 -

Une DS noire remontait la rue principale de la petite station balnéaire de Veules-les-Roses à un train de sénateur, vitres baissées en cette fin de matinée estivale. Son conducteur agitait une main céleste, tantôt par la droite, tantôt par la gauche, pour distribuer des formules ampoulées, « Votre obligé vous salue », « Ravissante, ce jour »… À hauteur du bureau de poste, où Magdeleine officiait comme receveuse, il marqua un ralentissement plus net pour lancer à travers la porte ouverte : « Je passe bientôt, ma chère ! » Magdeleine ne put réprimer un mouvement de répulsion : « Ma chère », tu parles !

La seule perspective de recevoir la visite de l'inspecteur départemental des PTT lui donnait de l'urticaire. Le bureau de Lucien Bouquet se trouvait à Dieppe, à une vingtaine de kilomètres, mais comme il habitait au bout de la rue, il péchait là par excès de zèle plutôt que se fatiguer à sillonner les routes de Seine-Maritime. Depuis vingt ans, il peinait à s'éloigner de son fief, tout à son rêve d'être élu maire de ce bijou de la côte normande. S'il venait encore d'échouer au scrutin de 1959 l'année précédente, sa courtisanerie électorale n'avait pas faibli pour autant. Il préparait le coup d'après.

Au guichet, l'instituteur qui patientait dans la queue ne put s'empêcher de lancer à Magdeleine, dans un soupir fataliste :

— On ne le refera pas…

Magdeleine fit bouffer sa mise en plis d'une main nerveuse, mais se garda de renchérir. Elle s'efforçait, en digne fonctionnaire de l'État, de ne pas afficher ses positions, encore moins son inimitié personnelle envers son supérieur hiérarchique.

L'élégante vacancière parisienne qu'elle servait se méprit sur sa légère crispation :

— Je vous ennuie peut-être, à force de demander toujours la même chose…

— Nullement, nullement, sourit Magdeleine en se replongeant dans les courriers adressés « poste restante ». Mais… Je suis navrée. Toujours rien.

Navrée, Magdeleine l'était réellement en regardant s'éloigner cette grande femme élégante qui flottait de plus en plus dans son tailleur pastel au fil de l'été qui passait. Depuis près de deux mois, la pauvre guettait une lettre, un mot, un signe. De son mari volage, présumait Magdeleine. En presque trente ans de métier, elle avait acquis la faculté de lire les lignes de vie à travers quelques détails. Elle décryptait au premier regard le cœur haut du client quand il entre en quête d'un pli affectif, ses épaules qui se voûtent en cas de déception. Elle détectait aussi les aléas de fortune, d'autant que l'Institution venait de confier aux receveurs des fonctions bancaires avec la création du compte chèque postal. L'argent faisait gonfler les torses, tenir les ventres en avant, dresser les cous, quand les difficultés rabougrissaient les êtres à l'approche du guichet de bois grillagé, par honte de venir prélever si peu quand il restait encore moins.

Magdeleine savait tout des autres, par sa position stratégique, mais surtout sa sensibilité extrême. Par elle transitaient les lettres et colis, les télégrammes et les appels téléphoniques depuis les deux uniques cabines du village qui flanquaient le mur de gauche, mais aussi les gens, dont la mine et l'allure trichaient finalement peu. Aux premières loges pour les deuils et les naissances, elle voyait se faire et se défaire les amours, tomber les mannes financières et frapper les naufrages. Son cœur se soulevait de bonheur et se brisait plusieurs fois par jour. Elle aimait son métier, parce qu'il mimait la vie en accéléré.

L'instituteur, un grand blond au corps sec, leva légèrement son canotier pour saluer Magdeleine.

— Monsieur Guichard, comment allez-vous ? lui lança la receveuse.

Avisant la brosse de cheveux roux qui rasait son comptoir, elle ajouta à l'intention du fils, dont le père ne faisait aucun cas :

— Bonjour mon petit, pardon, je ne t'avais pas vu. Vos nouveaux manuels vous ont-ils bien été portés, monsieur Guichard ?

— Absolument. Hier, par votre nouvelle factrice. J'espère qu'elle donnera bientôt au village de beaux enfants à inscrire à l'école. Enfin d'ici là, votre petite Gabrielle aura son certificat d'études !

Magdeleine sourit aux anges. Quand on lui parlait de sa petite-fille chérie, son cœur s'enrobait de guimauve. Gabrielle, six ans, était la fille de son fils unique, Yves, qui tenait l'épicerie du village, juste en face du bureau de poste. Dans quinze jours, Gabrielle ferait sa rentrée en onzième, sachant déjà lire et écrire grâce à sa chère mamie dont elle ne quittait guère les jupes.

Gabrielle rentrait justement de la plage, cheveux mouillés et robe chiffonnée, et s'engouffrait dans le magasin parental :

— La voilà, regardez ! s'exclama Magdeleine gaiement.

L'instituteur se retourna brièvement pour revenir planter des yeux sévères dans ceux de la postière :

— Tsss ! La plage ! Ils ne pensent tous qu'à cela ! Ces vacances scolaires sont bien trop longues, ce village trop festif, nos enfants finissent par confondre la vie et le plaisir !

Un danger qui très visiblement ne menaçait pas son petit garçon, dont les épaules rentrèrent instantanément dans le tricot de corps par peur de la foudre paternelle. Magdeleine se permit de corriger :

— Les deux ne sont pas contradictoires, monsieur Guichard, le plaisir fait partie de la vie, il faut bien que les enfants s'amusent, c'est de leur âge aussi.

— En cette période, ils feraient mieux de repasser leurs leçons…

— Ma petite-fille n'en a pas encore... Et elle lit seule son *Lisette*, figurez-vous !

— *Lisette* ? Des planches d'images, des figurines à découper et quelques lignes de lecture ineptes ? Vous appelez cela lire ? Ça promet !

Magdeleine sentit qu'elle ne pouvait que perdre la partie contre son interlocuteur, dont l'enfant taciturne ne se privait pas, à l'instant même, de chaparder des formulaires des PTT sur les présentoirs pour les enfourner dans sa culotte courte. La receveuse luttait à grand renfort de réprimandes contre cette petite délinquance virale – jouer au postier était très en vogue. Elle ouvrait la bouche pour rétorquer à l'instituteur qu'il ferait mieux de faire la loi chez lui quand elle croisa le regard effrayé du petit garçon, aussi écarlate que ses cheveux d'avoir été surpris. Pauvre gosse... Elle se tut, et armée de son plus beau sourire, posa les lettres sur sa balance, timbra la plupart au tarif ordinaire de quinze centimes et donna un coup de tampon sur les autres. Se tachant les doigts au passage, elle lâcha un « mer... credi ! » rattrapé de justesse, qui fit tressaillir le maître d'école. Pour faire diversion, elle vanta l'affranchissement mécanisé, déjà en vigueur à Paris, qui épargnerait les bavures aux postiers. Un sujet qui s'avérait tout aussi glissant :

— Ne rêvons pas d'un monde mécanisé, c'est lui qui nous broiera.

— Certes.

Décidément, Hugues Guichard était mal embouché.

— Ce sera deux francs, conclut-elle en souriant.

— Pardon ?

Personne ne se faisait au nouveau franc instauré le 1er janvier 1960, l'instituteur pas plus que ses autres clients ! Elle faillit lui lancer « ça promet ! », mais le gratifia d'un énième sourire :

— C'est-à-dire deux cents anciens francs, s'il vous plaît.

Il paya, et la salua d'un nouveau petit lever de canotier :

— Au revoir, madame Morin !

Magdeleine suivit du regard l'instituteur qui s'éloignait de son pas raide, tirant son fils comme on traîne un Caddie. Le petit garçon était l'un des rares qu'on ne surprenait jamais à tirer les sonnettes ou déterrer les boutures municipales. Il n'en avait pas le droit, son père le voulait ministre. La receveuse espéra qu'au moins, le petit s'amuserait un peu grâce à son larcin de la matinée.

Avant que ne sonne midi, Magdeleine accueillit encore une dizaine de clients, la folie habituelle des fins de mois d'août, quand les retardataires s'avisaient soudain qu'ils n'avaient pas envoyé la carte postale ou le petit souvenir du Bazar à un cher parent. Les plis et colis affranchis atterrissaient dans la corbeille roulante, avant d'être acheminés à 18 heures au centre de tri de Dieppe par la 2 CV fourgonnette grise des PTT. En ce moment, le sac en partance était plein à ras bord. Les vacanciers se succédaient aussi pour téléphoner l'heure d'arrivée de leur train, en général à Paris qu'ils atteignaient en un peu plus de deux heures depuis Yvetot, où menait un car. Veules-les-Roses se méritait, quoique la voiture gagnât du terrain chez les touristes.

Le gratin avait commencé à affluer sur cette côte d'Albâtre, entre Étretat et Dieppe, sous l'impulsion d'Anaïs Aubert, actrice de la Comédie-Française. Avaient suivi Victor Hugo, Jules Michelet, les frères Goncourt et même Clemenceau. Mais il existait deux Veules, le bourg de vieilles maisons de briques roses mitoyennes, avec des rues étroites, les commerces et l'église, sept cents habitants à l'année, et le Veules des villas bordant les cavées verdoyantes le long du fleuve ou les petites avenues menant à la mer, celui des estivants. Depuis le XIXe siècle, ils y avaient fait construire de riches demeures dotées du confort moderne. Chacune disposait de larges fenêtres et portes-fenêtres ouvrant sur des terrasses et des jardins paysagers, avec des arbres et des tonnelles pour ombrager les tablées d'été. Magdeleine aimait les contempler, mais elle n'enviait pas cette grande vie. Son luxe à elle était de ne pas quitter Veules après l'été, et sa « petite vie » précisément, entourée des siens. Longtemps, Magdeleine envisagea le bonheur comme l'absence de malheur, rien de plus.

Son bureau restait ouvert six jours sur sept de 8 heures à 19 heures, avec deux heures de pause pour déjeuner. Entre deux tâches, la receveuse montait chez elle vérifier que le repas mijotait gentiment sur la gazinière. Elle se targuait d'être le bureau de poste où flottait le meilleur fumet de tout le canton, voire de toute la France ! Comme beaucoup de préposés des PTT, elle disposait d'un deux-pièces de fonction juste au-dessus. Son mari le disait souvent : « Le métier de ma femme est une bénédiction, pourvu qu'elle ne perde jamais sa place ! » Il pouvait dormir sur ses deux oreilles. À quarante-huit ans, Magdeleine accomplissait sa mission avec la ferveur des premiers jours, passionnée et consciencieuse, dévouée au « service public » qu'elle entendait au sens strict : une œuvre d'altruisme. En se montrant gentille et arrangeante, elle escomptait que le client sorte de son bureau de poste plus heureux qu'il n'y était entré. De fait, tout Veules adorait y venir.

* * *

— Mmmmh, frémit Georges en soulevant le couvercle en inox. Ça m'a l'air bien bon et je ne l'ai pas volé !

Georges, son mari, horticulteur au service de la commune et de quelques gros propriétaires, tomba lourdement sur sa chaise, déplia sa serviette et se servit un plein verre de vin rouge, pendant que Magdeleine trottinait en tous sens de sa frêle silhouette afin que le repas familial soit prêt à temps et s'enchaîne de plat en plat. Elle avait réussi à convaincre son fils et sa bru de venir déjeuner tous les jours depuis la naissance de leur petite dernière huit mois plus tôt, prétextant que c'était plus simple, avec leur épicerie qui rouvrait à 14 heures. Comme si elle-même n'avait pas son bureau à tenir ! Elle aurait pourtant d'ici là débarrassé la table, lavé et rangé la vaisselle. La vérité, c'est qu'elle adorait réunir sa famille autour d'elle. Georges tendit le bras pour allumer le transistor depuis s a chaise.

— Oh non, pas la radio ! supplia Magdeleine. J'ai déjà la tête qui chauffe en bas, laisse-moi un peu de silence.

— Juste *Le Jeu des cent mille francs* !

— *Le Jeu des MILLE francs* ! Ah, mais vous me rendrez folle, tous !

L'émission à succès de Paris-Inter venait d'être rebaptisée à la suite du passage au nouveau franc. En direct du cirque Pinder qui allait de ville en ville, elle permettait aux spectateurs de remporter la coquette somme s'ils donnaient la bonne réponse aux questions posées par les auditeurs. Comme il s'agissait souvent d'une question historique, l'un des rares domaines qui intéressaient Georges, il vibrait, trépignait, tonnait, trouvait ou jurait, comme s'il y était.

— On applaudit Limoges… commença le présentateur.

Mais Georges n'entendit jamais la suite car les enfants arrivaient ; Magdeleine en profita pour couper le transistor, ni vu ni connu. Sauf de Georges, qui se renfrogna.

Une fois sa tribu assise, Magdeleine la toisa, mains sur les hanches comme une serveuse de restaurant, tablier de dentelle anglaise inclus :

— Tout le monde prend du céleri rémoulade ?

— Y a plus de pâté de tête ? ronchonna Georges.

— Non, « y a plus »… Ne parle pas si mal devant Gabrielle, comment veux-tu qu'elle apprenne bien ensuite ?

— Il reste combien de jours ? demanda Gabrielle les yeux illuminés.

— Compte, répondit Magdeleine en servant le repas, nous sommes le 30, il y a trente et un jours en août, et la rentrée est le 16 septembre.

Gabrielle s'enfonça dans des abîmes de réflexion en tripotant ses nattes. Elle n'aimait pas compter, elle préférait lire.

— Dix-sept jours, trancha Magdeleine. Tiens, j'ai vu ton futur instituteur aujourd'hui.

— Ah, le bolchevik ? s'amusa Yves.

Magdeleine adressa un regard lourd de reproches à son fils. L'instituteur était un membre fervent du PCF, mais elle entendait que sa petite-fille respecte son maître. Quelques mois plus tôt, il avait failli céder à la pulsion capitaliste en achetant une télévision au prix de plusieurs mois de salaire pour suivre la première visite en France du président Khrouchtchev. La déstalinisation l'avait quelque peu troublé, sans plus. Il craignait que la critique du défunt dictateur n'affaiblisse la puissance d'une idéologie admirable. Il rejoignait par ses errances l'inspecteur départemental qui, de son côté, craignait que les « petits excès » de l'hitlérisme et la dégradation du maréchal Pétain ne nuisent au fascisme, nécessaire à la bonne tenue de toute société. La différence, c'est qu'Hugues Guichard avait reçu la croix de guerre pour s'être illustré comme résistant tandis que Lucien Bouquet, le supérieur de Magdeleine, avait échappé de peu au procès lors de l'épuration. C'est du moins ce qui se chuchotait. Quinze ans seulement après la guerre, on essayait, à Veules comme ailleurs, de ne pas remuer tout cela. Mais le propre des feux qui couvent est d'être à la merci des coups de vent.

Magdeleine recentra la conversation sur son sujet préféré, la vie de famille. Elle était préoccupée par le repli excessif sur sa dernière-née de sa bru, toujours à l'affût du moindre dérèglement infantile qui la faisait se précipiter sur son Laurence Pernoud, la nouvelle bible des jeunes mamans. Était-ce une vie, pour une femme, de n'être que mère ?

— Vous ne pensez pas travailler quand Marianne sera un peu plus grande ? l'interrogea Magdeleine.

Brigitte regarda son mari pour le laisser répondre à sa place, comme elle avait vu le faire dans sa propre famille où les femmes n'avaient pas voix au chapitre :

— Je n'y tiens pas, souffla Yves. Il y a les enfants… Et puis elle travaille, puisqu'elle m'aide au magasin.

— Avec un salaire, je veux dire. Et pourquoi pas loin de toi ? sourit Magdeleine. On ne croirait jamais que je t'ai élevé en travaillant. Je me suis si mal occupée de toi ?

Yves posa affectueusement sa main sur celle de sa mère en guise de réponse. Georges enchaîna :

— C'est vrai, t'es comme les gars de ma génération, tu penses à l'ancienne ! Tu nous ferais le café, Magdeleine ? Parce que c'est pas tout ça, mais je dois partir travailler.

— Toi, tu te crois moderne, mais tu agis à l'ancienne, parce qu'il se trouve que moi aussi, je dois partir travailler !

Georges était gentil, mais pour les tâches ménagères, il tenait du boulet. Magdeleine lui servit son café en soupirant gentiment :

— Tu as de la chance de m'avoir donné une famille, toi…

Une ombre de tristesse passa sur son visage, fugitive, au point qu'il fallait être Georges pour l'apercevoir. Magdeleine estimait de son devoir d'incarner le soleil, et quand son fils lui lançait « Oh toi, tu vas toujours bien ! », elle y lisait, comblée, la preuve de sa réussite. Bientôt, hélàs, elle ne pourrait plus tricher.

- 2 -

La fin de l'été se déroula dans l'allégresse qui précède la grande transition de la lumière à l'obscurité et de l'effervescence au calme plat. Bientôt, Veules se viderait de ses élégants Parisiens, de ses clients de casino et de ses belles voitures, hors la DS de M. Bouquet. Le soleil se ferait rare, les pluies d'automne seraient de retour. Les jeux de plage seraient ôtés, les cabines démontées, le maître-nageur regagnerait sa piscine à Dieppe, et Gabrielle... saurait nager ! Elle se débrouillait très bien, ce qui rassurait Magdeleine, hantée par l'idée que sa petite-fille puisse se noyer dans la Veules. Le plus court fleuve de France baignait de jolies villas flanquées de rosiers grimpants et de charmants petits moulins, et il était si peu profond qu'on ne risquait guère de s'y noyer. Mais la mémoire ancienne d'un unique accident avait traumatisé Magdeleine.

La famille passa tous les dimanches à la plage, non sans que Magdeleine défende de se baigner dans les deux heures suivant le repas, par crainte de l'« hydrocution ».

— Tu as peur de tout ! râlait Georges.

— On ne sait jamais ce qui peut arriver, tranchait Magdeleine, phrase que nul n'aurait l'audace de contredire.

En maillot deux-pièces si couvrant qu'il ne laissait apparaître que trois centimètres de peau, la jeune grand-mère observait avec curiosité les rares naïades en bikini qui imitaient Brigitte Bardot, cette drôle de fille qui osait tout.

— Moi, je ne lui donne pas tort, jugeait Magdeleine. BB est libre, elle ne fait de mal à personne !

— Sauf aux hommes ! riait son fils, faisant rougir son épouse qui voyait en l'actrice l'incarnation du diable.

À Veules, on adorait la mode, scrutée dans *Jours de France* et plus encore sur les touristes de la capitale en villégiature. À l'approche de l'automne, les Veulaises parlaient des tendances « hiver » en profitant des dernières belles soirées sur « les Champs-Élysées », comme on appelait la promenade verdoyante qui longeait la Veules, pendant que les hommes se battaient à coups de dominos au café.

Magdeleine et la femme de l'instituteur faisaient ce soir-là plus ample connaissance avec la nouvelle factrice en parlant couture et patrons, à défaut de pouvoir s'offrir des emplettes aux Galeries Lafayette de Paris, leur rêve à toutes. Françoise, jeune trentenaire, était de plus en plus sympathique à Magdeleine et l'émouvait sans qu'elle y trouve encore d'explication.

— C'est drôle que vous préfériez *Le Petit Écho de la mode* à *Elle*, s'étonna Magdeleine, surtout à votre âge…

— Il y a davantage de patrons dans *L'Écho*, jugea Françoise, et je couds beaucoup, j'ai une Singer !

Magdeleine en avait une aussi ; c'était la Rolls des machines à coudre. Mais au-delà des chiffons, elle s'intéressait à la nouvelle ère qui semblait s'ouvrir pour les femmes, une liberté, relayée dans *Elle*, dont elle-même ne profiterait jamais pleinement :

— Je serais de votre génération, je serais à l'affût...

Françoise se taisait, embarrassée, quand une voix d'homme tonitruante s'éleva du bout du chemin, coupant court à la réponse et la faisant à la fois :

— Fan-fannnn !

C'était le mari de la factrice, le boucher nouvellement installé. Françoise leur faussa immédiatement compagnie.

Magdeleine regarda le couple s'éloigner, la mine soucieuse. Elle ne savait pas pourquoi, il se dégageait du commerçant quelque chose qui ne lui plaisait pas.

La femme de l'instituteur, qui ne devait guère penser autrement, soupira :

— Ah, les hommes... Mon mari n'est pas facile non plus, mais c'est surtout avec le petit qu'il est pénible.

Magdeleine avait remarqué ! Elle comprenait mal cette douceur fataliste avec laquelle la plupart des femmes de sa connaissance accueillaient les comportements masculins, qu'ils blessent, rabaissent ou contrarient. Elle se tut prudemment. Ce soir, elle entendait finir *Bonjour tristesse*, le scandaleux roman de Françoise Sagan dont elle venait de voir l'adaptation au cinéma. Une chance qu'il s'en trouve un dans une si petite bourgade. Elle empruntait tous les livres à la mode au bibliobus qui passait chaque semaine. Les excès des autres femmes vengeaient son sexe, quand bien même elle ne se serait pas vue en commettre le moindre. On n'avait jamais vu Magdeleine se permettre un écart de conduite.

Il était déjà 21 h 30 et la nuit tombait quand les deux femmes regagnèrent le cœur du village où trois cafés, tous bondés, donnaient sur une placette. À cette heure-là, M. le curé, en soutane, faisait sa promenade digestive pour « saluer ses ouailles », comme il disait, suivi de sa jeune bonne. À ce sujet, les langues allaient bon train bien que nul n'en crût mot, le poncif avait le don de faire rire depuis des années.

— Attention à l'alcool, un fléau invisible ! lança le prêtre aux joueurs de dominos qui carburaient au calvados.

— Comme Dieu, se marra Georges, pour le plaisir du bon mot.

Il n'avait pas vu Magdeleine arriver dans son dos. Elle le fusilla du regard :

— On y va !

Elle détestait entendre son époux blasphémer. Les hommes désertaient l'église, « ce truc de bonnes femmes », convaincus que l'impiété classait parmi les esprits supérieurs. Georges abandonna ses dominos, et à regret son calvados, mais Magdeleine veillait au grain.

Une fois au lit, Magdeleine avait déjà le nez enfoui entre les pages de son roman quand Georges lui lança en boutonnant son pyjama de flanelle :

— Tu vas t'user les yeux à force. Et toutes ces histoires olé-olé, là…

— Écoute Georges, rétorqua Magdeleine, tu lis les journaux, moi je lis des livres, chacun son bonheur !

— J'ai pas fait d'études, c'est pas une raison pour me mépriser, ronchonna-t-il en éteignant la lumière.

— Ne dis pas ça, mon chéri, tu sais bien que c'est faux, dit doucement Magdeleine. Ne nous endormons pas fâchés.

Elle tenait beaucoup à cette paix pré-nocturne, toujours au motif qu'« on ne sait jamais ce que la vie nous réserve », sous-entendu « de pire ». Ils se donnèrent un bon gros baiser, comme seuls savent s'en donner les vieux couples apaisés.

* * *

Chaque matin à 7 heures, les époux se chamaillaient autour du petit miroir suspendu au-dessus de l'évier, Magdeleine pour se maquiller, Georges pour se raser. C'était soit elle qui attendait, brossette enduite en main après avoir craché dans son petit boîtier de cire noire pour redessiner ses sourcils bêtement arrachés, soit lui, visage couvert de mousse, armé de son Gillette à bascule réglable dernier cri, un cadeau de sa femme.

— Quand est-ce qu'on aura une salle de bains ? soupirait-elle souvent.

En semaine, elle se lavait au gant, à l'évier. Le bain était le privilège du dimanche avant la messe. Encore fallait-il sortir le baquet de zinc au milieu de la cuisine, faire chauffer des chaudrons d'eau sur le poêle, avant de se plonger dans une eau généralement devenue tiède entre-temps. L'hiver, c'était le supplice. Georges râlait que les femmes en voulaient toujours plus. Ils n'avaient ni l'argent, ni la place pour une salle de bains. Les toilettes, installées sur le palier depuis un an, lui semblaient une avancée suffisante, on ne se retenait plus d'aller faire la commission de peur de se geler les fesses au fond de la cour les jours de grand froid.

Autre sujet de friction matinale : Georges allumait le transistor sur Radio Luxembourg à la première heure. Magdeleine avait enduré la guerre froide, maintenant, c'était « la guerre chaude » ; chaque réveil s'accompagnait des sales nouvelles de la guerre d'Algérie, commentées par l'historien en herbe :

— C'est du grabuge tous les jours, ah, je ne sais pas ce que ça voulait dire « Je vous ai compris », mais moi, je n'ai toujours rien compris à ce qu'il voulait dire, notre général !

Le couple avait des sympathies banalement gaullistes, comme beaucoup de Français quinze ans après la Libération. Mais depuis le discours du président de la République deux ans plus tôt à Alger, rassurant en apparence, il fallait reconnaître que les choses allaient de mal en pis. Aux côtés de l'armée se battaient les jeunes gens du contingent effectuant leur service militaire, et parfois de jeunes actifs appelés en renfort.

Le 6 septembre, on annonça que venait d'être signé le « Manifeste des 121 ». Des membres de l'intelligentsia affichaient leur soutien au droit des Algériens à avoir leur pays. Parmi eux, beaucoup d'inconnus pour le couple, mais aussi des femmes célèbres dont le nom tinta à leurs oreilles.

— Même les deux Simone, Beauvoir et Signoret, s'offusqua Magdeleine qui appréciait surtout la seconde pour son sémillant époux. Mais de quoi je me mêle !?

— Et Florence Malraux, la fille du nouveau ministre ! tempêta Georges.

— Éteins-moi ça, exigea Magdeleine.

Elle ne comprenait pas le penchant de son mari pour la perfusion radiophonique, en particulier ces actualités, toujours alarmantes.

Georges obtempéra pour aller désherber les berges du fleuve afin de dégager les buses avant l'hiver. Il n'était long que d'un kilomètre, mais Georges préférait la plantation de rosiers qui faisaient la gloire du village à patauger dans la gadoue.

Ce 6 septembre, le bureau de poste ouvrit pile à l'heure, comme toujours, mais Magdeleine était spécialement heureuse de profiter de Gabrielle à ses côtés, pour l'une des dernières fois avant la rentrée. Plus que dix jours, elle les comptait. « Elle m'aide », assurait Magdeleine à sa bru, pour voler le plaisir de renifler régulièrement l'odeur de pain doré et de savon Lux de sa petite-fille. « Lux, le savon des stars », lui soufflait-elle pour l'enchanter.

Par malheur, c'est au moment où Gabrielle jouait innocemment avec la menue monnaie de la caisse que l'inspecteur Bouquet fit irruption, le torse bombé et l'air supérieur, ses rares cheveux ramenés en couverture de son crâne chauve comme si cela pouvait faire illusion.

« Un zèbre », chuchotait Magdeleine pour faire rire sa petite-fille.

L'inspecteur fronça aussitôt les sourcils :

— Madame Morin, je vous ai maintes fois priée – que dis-je – j'ai exigé que vous ne laissiez pas cette enfant disperser l'argent du citoyen ! Déjà, je suis bien bon, je tolère que vous la gardiez près de vous.

— Je vous en sais gré, monsieur Bouquet, vraiment. Mais croyez bien que je suis vigilante. Il ne s'agit que de centimes, et moi ici, ils ne sortiront pas du bureau.

Gabrielle étouffa un petit rire, elle trouvait ça rigolo, l'image des pièces partant cavaler dans le village.

— Ne répliquez pas. C'est le règlement. Cette caisse n'est pas une boîte à jouer ! tonitrua le zèbre.

— Vous avez raison, elle ne le fera plus, souffla Magdeleine, vaincue.

Elle reprit aussitôt les sous, au grand dam de Gabrielle qui croisa fermement les bras en signe d'hostilité, fusillant Bouquet du regard, un ami de « Hikler » en plus, dont elle avait ouï dire que les avions avaient transformé en ruines tout le canton.

Sur ces entrefaites, la factrice arriva pour aller endosser son uniforme dans l'arrière-boutique avant son service. Croyant se montrer aimable, elle lança à l'inspecteur départemental :

— Bonjour monsieur Bouquet, je vous ai salué de loin hier près de la villa Esmeralda, mais je crois que vous ne m'avez pas vue…

— Du tout, répliqua sévèrement l'inspecteur. Vous devez faire erreur. J'étais à Dieppe.

— Ah non…

Magdeleine lui fit signe de se taire. Perplexe, la factrice fila se changer. La receveuse lui exposa plus tard la situation :

— Il a des vues sur la villa Esmeralda, dont vous avez remarqué l'état alarmant. Il fait des pieds et des mains pour que le conseil municipal, dont il est membre, décrète l'état de ruine, ce qui aurait pour effet d'expulser les habitants…

— Mais il y a trois foyers !

— En effet, mais la mère et la fille qui habitent au rez-de-chaussée occupent sans droit ni titre cette maison dont le propriétaire a disparu. C'était le fiancé de la dame et le père de la petite.

— Oh ! fit Françoise, il est mort ?

— Allez savoir… C'était un soldat écossais que l'on n'a jamais revu après la bataille de Veules en 1940. Vous en entendrez parler, il y a eu beaucoup de morts, bombardés ou noyés en tentant d'embarquer pour fuir vers l'Angleterre. Ces guerres, encore et toujours…

— Mon Dieu… Mais ils iraient où, tous, avec les prix d'ici ?

Magdeleine s'inquiétait aussi pour cette femme ; elle tenait la boulangerie. Inconsolable depuis la disparition de son héros, la malheureuse avait reporté tout son amour sur leur enfant. Mais la « petite » allait maintenant sur ses vingt ans, et la mère n'avait plus rien ni personne à quoi se raccrocher. La Villa était tout ce qui lui restait de son passé. Elle ne sortait plus que pour aller travailler, n'entretenait plus son jardin, culpabilisait aussi pour ses locataires, un couple de couturiers très discrets et leur mignon petit garçon au premier étage, le couple de l'instituteur et leur enfant bridé au second.

— Et si Bouquet rôde autour de la Villa, ajouta Magdeleine, ce n'est pas seulement pour mesurer les fissures, si vous voyez ce que je veux dire…

— Non ? Il reluque la jeune fille ? s'exclama Françoise. À son âge ?!

— Du tout. Il fait la cour à la mère. S'il la faisait plier, ça lui éviterait de compter sur le vote du conseil, jusqu'ici défavorable.

— Oh, le salaud !

Restait à savoir ce que Bouquet trouvait à cette villa spécialement décatie, dont il clamait pouvoir faire une salle de jeux, alors que Veules comptait déjà un casino.

— S'il pense y gagner des voix, il se trompe. Lui élu maire, Veules serait Monaco, il bétonnerait la Manche. Avec les vagues et les marées, j'ai hâte de voir ça ! rit Magdeleine.

La jeune fille de la villa Esmeralda, une jolie blonde aux cheveux longs, entrait précisément dans le bureau de poste, flanquée du petit des couturiers et d'autres gosses ramassés dans le village, tous armés de « pousseux », l'outil local pour attraper les crevettes. Elle avait coutume de délester les parents des petits durant les grandes vacances, en grande sœur ou en petite maman, se trouvant entre deux âges.

— Bonjour madame Morin, lança gaiement Anaïs, voulez-vous que j'emmène Gabrielle aux pousseux ? On revient dans une heure !

— Eh bien…

Magdeleine n'avait aucune envie de se séparer de Gabrielle, mais la fillette souriait déjà d'excitation.

— Bon… d'accord. Va chercher ta petite laine, Gabrielle, il ne fait plus si chaud.

Gabrielle grimpa les escaliers quatre à quatre. Magdeleine en profita pour questionner Anaïs :

— On parlait de ta maman, justement. Comment va-t-elle ?

La frêle jeune fille perdit son sourire :

— Pas très bien, malheureusement. Elle se nourrit de moins en moins, elle tourne toute la nuit, je ne sais plus quoi faire…

Magdeleine, navrée, la regarda avec affection.

Anaïs reprit :

— À la rentrée, je la remplace à la boulangerie, elle n'a même plus la force de travailler…

— Mais ton école de secrétariat ? s'exclama vivement Magdeleine.

Les yeux d'Anaïs s'embuèrent :

— C'est pas grave…

— Bien sûr, ça n'a aucune importance, rectifia Magdeleine sur un ton enjoué.

Désolée d'avoir mis les pieds dans le plat, toujours cette satanée spontanéité, elle tenta de réparer :

— C'est un commerce très vivant, et tu auras de bons patrons.

— Je sais… soupira Anaïs.

Dès que Gabrielle réapparut, Anaïs donna le change et la fine équipe partit vers la plage dans son babil joyeux.

Au fond, ces enfants qu'elle distrayait, c'était sa part d'enfance à elle, volée sur l'autel de la réalité.

— C'est triste, conclut Magdeleine en regardant Françoise. Cette petite aura grandi sans vraie famille. Il n'y a rien de pire...

Magdeleine avait hâte de voir venir l'heure du déjeuner, cette bouffée de bonheur qui coupait en deux sa journée de travail. L'élégante Parisienne qui guettait toujours son courrier poste restante passa une fois de plus, cette fois pour téléphoner. Magdeleine l'entendit demander à l'opératrice « Paris, Odéon 22 12 ». La conversation dura quelques minutes à peine. La pauvre femme ressortit de la cabine en larmes en lui lançant un regard plein de détresse. Magdeleine savait qu'elle ne la reverrait jamais. Elle aurait aimé pouvoir la rattraper, la rassurer, la consoler. Mais ce n'était pas son rôle.

* * *

À déjeuner, on aurait des crevettes, les crevettes de Gabrielle, et une salade de fruits que Magdeleine avait préparée en remontant du bureau. Quand la petite famille fit son entrée un quart d'heure plus tard, Magdeleine souleva immédiatement Gabrielle de terre en entonnant le dernier tube de Bourvil, « Salade de fruits, jolie, jolie, jolie... », s'attendant à ce qu'elle poursuive en chœur, comme d'habitude, « Tu plais à mon père, tu plais à ma mère ». Mais la chère enfant resta muette, visage grave. Magdeleine regarda Yves et sa femme, bébé au bras. Le couple avait la mine sombre. Yves avait pourtant répété vingt fois la scène. Ils attendraient d'être tous assis, et il « en » parlerait posément, avec les bons mots pour rassurer sa mère. Mais dans la vie, tout se passe toujours autrement que lors des répétitions. Magdeleine posa vivement son torchon sur le bord de l'évier, déjà blême :

— Qu'est-ce qu'il y a ?

— Je suis mobilisé, Maman…

Georges poussa une chaise sous les fesses de sa femme avant qu'elle ne défaille. Immédiatement, Magdeleine cacha son visage entre ses mains, comme pliée en deux de douleur. Elle releva la tête pour demander :

— Et tu pars quand ?

— Le 16.

Georges se leva pour aller s'accroupir près de Magdeleine et la serrer contre lui. Lui seul savait les douleurs enfouies que la nouvelle venait réveiller en elle, les drames du passé qui ressurgissaient comme des spectres, la peur du pire qui l'habiterait plus que jamais. Le pire, comme « avant ». Magdeleine pleurait, par spasmes, se tenant le ventre, sourde aux paroles d'apaisement que lui prodiguait son fils, bien vivant face à elle. Dans son esprit, il était déjà perdu, comme si c'était le destin de tous ceux que l'on aime.

- 3 -

Magdeleine ne dormit pas de la nuit, entièrement tournée vers le départ de son fils, le 16. Cette date, gravée dans son esprit parce que c'était le jour de la rentrée de Gabrielle, était devenue une hantise. Le 16, c'était « demain ». Georges, qui dormait habituellement d'un sommeil lourd, se réveilla pour réconforter sa femme avec des paroles qu'elle jugea imbéciles : « Il reviendra... », « Ça se passera bien... ». Dos tourné, elle ne se donna même pas la peine de répondre. Qu'est-ce qu'on en savait ? La guerre, c'est la guerre, et bien malin celui qui sait qui vaincra, après des morts de part et d'autre, un destin aléatoire. La roulette russe menaçait maintenant son fils, son enfant unique. Unique parce que... La douleur montait en elle, l'angoisse, l'exaspération aussi contre ces vains mots lénifiants. Elle s'exclama :

— Mais enfin ne fais pas comme si « ça » n'avait pas existé ! Tu imagines qu'Yves s'en aille ? Comme Geneviève !

Geneviève... Jamais elle ne prononçait son prénom. Georges le reçut comme un coup de poignard. Non qu'il l'ait oubliée évidemment, mais un père, ce n'est pas une mère, se disait-il. Ce n'est pas son ventre à lui qui avait travaillé après le décès des nuits entières, il y avait déjà vingt-huit ans de cela. Leur petite, la première, avait dix mois quand elle était «partie».

Le médecin n'avait jamais su dire quelle maladie, quel syndrome lui avait été fatal une nuit. La «malédiction», diagnostiquait Magdeleine. Sa mère, déjà, avait perdu un fils en bas âge, juste avant sa propre naissance. Les premiers-nés de la famille lui avaient dès lors semblé promis à s'en aller, jusqu'à ce que son fils fasse mentir la légende avec la naissance de Gabrielle, si débordante de vitalité. Magdeleine avait tremblé pour elle à n'en pas dormir. Elle continuait à la regarder comme une miraculée, la preuve vivante de la grâce de Dieu. C'était une fille, en plus, comme Geneviève, son enfant perdue. Magdeleine avait même suggéré aux parents de lui donner ce prénom, sans leur en révéler la raison. Le drame était leur secret, à Georges et elle, ou plutôt, leur tabou. Les jeunes avaient trouvé le prénom daté – sans doute était-ce mieux ainsi – mais pour lui faire plaisir, ils l'avaient choisi comme second prénom.

Courageusement, toute sa vie Magdeleine s'était appliquée à enfouir le drame, à aller de l'avant. Mais soudain, la fatigue aidant, dans son esprit confus s'immisçait le doute: et si on lui avait laissé Gabrielle pour mieux lui reprendre Yves? Elle avait déjà cru le perdre enfant à cause de crises d'asthme à répétition, l'avait traîné en cure au Mont-Dore chaque été, avant d'y emménager franchement pour tenter de le sauver. C'est là qu'ils avaient passé la guerre, échappant aux bombardements autant qu'à la menace fatale. À la Libération, Yves était guéri et ils avaient pu rentrer à Veules. Était-ce pour le lui enlever à vingt-sept ans ? Magdeleine avait l'esprit en ébullition. Elle croyait le malheur derrière elle, mais c'est à croire qu'il finissait toujours par vous rattraper.

Georges ne put rien faire pour apaiser sa femme, ni cette nuit-là, ni les suivantes. Aux déjeuners en famille, Magdeleine parlait désormais peu, s'appliquant juste à répondre à Gabrielle avec un sourire forcé. Les adultes avaient décidé d'un commun accord qu'on n'aborderait plus le sujet qui fâche. Or, il était le seul qui vaille.

Le dernier dimanche, Magdeleine se sentait si faible qu'elle faillit renoncer à la messe. La mine étonnée de sa petite-fille la convainquit de ne rien changer aux habitudes. À l'église, Magdeleine, enfoncée dans ses pensées, sourde à l'orgue tricentenaire, n'eut pas le cœur de chanter avec l'assemblée, répétant juste par automatisme les « amen » et « ainsi soit-il ». L'œil perdu entre les voûtes et les colonnes sculptées connues par cœur, elle trouva soudain le décorum hideux. Dans le discours du prêtre revenait le mot « paix » décliné sur tous les registres, du couple, des familles, du monde. Il sonnait comme autant de claques, exaspérant. Qu'on donne n'importe quelle terre à n'importe qui, mais qu'on ait la paix, en effet ! Magdeleine était prête à rendre l'Alsace et la Lorraine pour garder son fils auprès d'elle, en sécurité. Dieu ne servait à rien.

— Tu ne vas pas communier ? l'interrogea Gabrielle quand elle vit sa mère seule se lever pour aller recevoir l'hostie.

— Non, j'ai péché, souffla Magdeleine, prise au dépourvu.

La petite fille roula des yeux effarés. Sa grand-mère, pécher ? Magdeleine ne croyait elle-même qu'à moitié à cette histoire de pureté d'âme nécessaire à la communion, mais le fait est qu'elle était trop en colère contre le Ciel pour aller regarder le curé dans les yeux. Elle l'aurait fusillé.

À la sortie, tout le monde se salua chaleureusement sur le parvis, lieu de convivialité dominical où Magdeleine ne lut cette fois que le spectacle navrant de la comédie humaine. À bien regarder, sa bru avait visiblement pleuré, Anaïs et sa mère semblaient éteintes, Françoise la factrice avait des cernes, ce monde ne lui semblait que tourments. Magdeleine avait tout juste trouvé la force de préparer pour Yves des « douillons », poires de Caux comestibles après des heures de cuisson, enrobées de pâte à tarte, son dessert préféré. « Les derniers », ne put-elle s'empêcher de songer en le regardant se régaler. Elle ne vivait plus qu'en égrainant les « dernières fois » du moindre fait relatif à son fils, jusqu'à la « dernière fois » où, depuis la fenêtre de sa chambre, elle vit Yves tirer les volets de la maison d'en face. Il partait le lendemain. Elle lui adressa un petit signe et une grimace dont elle aurait voulu faire un sourire. Elle l'avait prévenu : à l'heure de son départ en car pour la gare, elle ne serait pas là. Les « au revoir » cachent trop souvent des adieux. Sa petite, un soir, elle lui avait bien souhaité « bonne nuit », et elle l'avait retrouvée morte au matin.

En vue de la rentrée de Gabrielle, Magdeleine tint malgré tout à se rendre en car à Dieppe avec elle pour lui offrir son premier cartable en cuir, une ardoise, une belle blouse bleue à petits carreaux avec un col rond garni de croquet et des souliers à barrettes absolument pas de saison, mais il n'y avait pas eu moyen de négocier. Elle s'était ruinée. Elle se concentra sur cette rentrée pour continuer à vivre, travailler en gardant le sourire, se répétant que plus de cinq cent mille mamans françaises vivaient déjà ce départ forcé, bien davantage d'autres malheurs, qu'il fallait être forte.

* * *

La joie de Gabrielle après sa première journée d'école fut sa consolation. Elle avait obtenu d'aller la chercher à la sortie à 17 heures puisque sa mère tenait désormais seule l'épicerie, flanquée d'un bébé encombrant.

Gabrielle n'avait pas assez de mots pour décrire à sa mamie toutes ses découvertes, dont elle était bien certaine que nul n'avait idée : il y avait une estrade avec un grand tableau noir, un « énoooorme » bureau de bois pour le maître, plus grand que celui du bureau de poste, des craies de couleur, un porte-mine et bientôt, un porte-plume. Au mur se trouvaient une carte de France avec les départements, une planche anatomique, une affiche des tables de multiplication ; la classe recelait aussi un globe terrestre, un squelette... Gabrielle s'offusquait toutefois d'être en classe avec des « bébés » qui apprenaient à dessiner les lettres. Elle estimait avoir le niveau dixième et pas onzième. Le maître lui avait vertement recommandé de ne pas faire son arrogante et d'obéir aux consignes, comme tout le monde. Magdeleine haussa les sourcils, heurtée qu'on osât attaquer la chair de sa chair. Mais Gabrielle avait déjà oublié. Elle avait retrouvé au cours de la récréation ses amis de pêche et de plage : enfin scolarisée, elle « en » était ! Et puis, le plus important, il y avait dans la classe un lapin, on ne mangerait plus jamais de lapin et elle avait obtenu de le garder aux vacances de Noël.

Magdeleine invita sa belle-fille à dîner, surtout pour prolonger la présence de son petit rayon de soleil, à dire vrai. Brigitte n'avait ni son dynamisme, ni son tempérament, et comme prévu, Magdeleine la trouva éreintée par le travail physique quand il s'agissait de traîner les palettes de conserves, et par la tension mentale, avec Marianne, curieuse de tout, qui cavalait à quatre pattes entre les rayons. La grand-mère proposa bien de la prendre un peu en dehors de ses horaires de travail, mais Brigitte s'angoissait dès qu'elle ne l'avait plus sous les yeux. Elle s'affolait aussi des papiers, s'emmêlant dans les factures des créanciers, et avec ces maudits chèques, elle ne savait pas faire. Magdeleine l'interrogea, stupéfaite :

— Vous ne savez pas remplir les chèques ?!

— Comment voulez-vous ? lâcha sa bru. C'est Yves qui le faisait. Il vient juste de me donner la signature sur le compte… À peine si j'en ai une. Je n'ai signé jusque-là que mon acte de mariage…

Magdeleine était consternée :

— Et pour les courses, vous faisiez comment ?

— Il me donnait la somme pour la semaine. À l'épicerie, on a souvent du liquide.

— Ce n'est pas une raison ! Il serait là, je le disputerais !

Georges la regarda tendrement, leur fils serait là, elle lui sauterait au cou.

— Oh ça me gêne pas, vous savez, l'excusa Brigitte. Mieux vaut que ce soit lui qui tienne la maison.

— Vous allez pourtant bien devoir le faire, maintenant ! Il faut oser, dans la vie, prendre le taureau par les cornes ! Hein Gabrielle, tu te souviendras ? rétorqua Magdeleine, passablement agacée.

— Laisse-la donc, elle a bien le temps, soupira Georges.

Gabrielle s'endormait doucement sur un bras du canapé.

— Vous me la confiez pour la nuit ? suggéra Magdeleine. Vous serez plus tranquille pour demain matin, je l'emmènerai à l'école…

Brigitte accepta, sans se douter que la grand-mère considérerait vite l'exception pour acquise presque toutes les nuits, sauf les mercredis, veille de jour sans école, et les samedis, pour lesquels elle manquait d'arguments. Au coucher, elle lui faisait une petite place au bord du lit, tassant Georges de son côté. Les pauvres grands-parents dormaient sur le flanc, tandis que Gabrielle s'étalait comme une étoile de mer, son ours rapiécé bien serré contre elle.

* * *

La petite fille s'inquiétait toujours un peu pour son père avant de dormir, mais Magdeleine savait trouver les mots, ceux qu'elle entendait de Georges et qui ne l'apaisaient pas du tout. L'âge adulte, triste condition ! Magdeleine avait entendu à la radio qu'il fallait dire la vérité aux petits autant que possible, à hauteur de leur âge. C'était l'avis des médecins spécialisés en psychologie qui commençaient à se pencher sur l'enfant, jusque-là considéré comme dépourvu de vie intérieure et de pensées personnelles. Cette science en devenir lui semblait hautement intéressante. Elle ne doutait pas que l'état d'esprit des petits comptait pour beaucoup dans leur destin, et plus encore l'oreille qu'on leur prêtait. C'est ce qu'elle avait pensé devant *Les Quatre Cents Coups* de François Truffaut, vu au cinéma l'année précédente, avec ce garçon rudoyé qui finit par mal tourner. Elle-même savait d'où elle revenait. Et c'était de loin…

Dès que les lettres d'Yves racontant son quotidien arrivèrent, Magdeleine se porta un peu mieux. Son fils avait atterri au Sahara, ce qui avait d'abord fait bondir Magdeleine : « Là où on fait les essais nucléaires ?! » Le premier essai atomique s'y était en effet déroulé au mois de février précédent. Mais Georges promit que l'exercice n'était pas appelé à se reproduire, et Magdeleine apprit vite dans son atlas que le Sahara était vaste, quatorze fois la taille de la France. En plus, Yves se décrivait avec humour perdu dans le sable avec sa garnison, au milieu de sympathiques Algériens, vite devenus ses partenaires de cartes. Nul fusil à l'horizon. Le seul danger qui le guettait semblait être « l'ennui », et l'insolation en lieu et place de l'hydrocution. Il disait endurer encore 40 °C au mois de septembre ! Heureusement qu'on n'aurait jamais ça en France, encore moins à Veules-les-Roses, qui plongeait déjà dans l'automne.

En septembre et octobre, les pluies torrentielles se succédèrent. Les feuilles piétinées transformaient les rues en chemins glissants, les volets se fermaient de bonne heure et à 21 heures, tout le monde était couché pour ne pas gaspiller le charbon du poêle et l'électricité. Si trop de monde tirait sur la ligne en même temps, elle sautait. Magdeleine emmena Gabrielle aux mûres, fit ses confitures, envoyant au Sahara trois kilos de pots joliment capuchonnés de vichy rouge, poids maximal autorisé pour passer par le service postal ordinaire. Yves lui écrivit avoir fait fureur avec, les mûres n'existaient pas au Sahara.

Elle s'employa une semaine durant à stériliser ses conserves de l'hiver, haricots verts et tomates cuites, montant vérifier la pression de sa cocotte SEB entre deux clients, du travail à la chaîne. Magdeleine rêvait d'un objet diabolique appelé « congélateur », présenté au Salon des arts ménagers, qui permettrait aux nantis d'avoir un garde-manger éternel. En 1940, un ministre, Henri Queuille, avait promis que ces inventions contribueraient à « l'équilibre psychologique du foyer ». Et comment ! Mais Magdeleine savait qu'elle pourrait attendre longtemps. Si seulement ils avaient un téléviseur, déjà. À Veules, seuls l'Hôtel de France et de rares Parisiens en possédaient un.

* * *

Gabrielle prit l'habitude de revenir de l'école avec la bande d'enfants du village, s'arrêtant à l'épicerie pour embrasser sa mère avant de gagner le bureau de poste où elle repassait sérieusement ses leçons auprès de sa grand-mère, sans plus jouer avec la monnaie. Elle estimait avoir plus sérieux à faire maintenant qu'elle était grande, dans la vie active en quelque sorte. Magdeleine l'aidait au besoin, mais cette petite était studieuse, qualité qui avait fait défaut à son père, au grand dam de la receveuse. Même ses lettres d'Algérie comportaient des fautes d'orthographe, vite pardonnées bien entendu. Magdeleine reportait tout son amour sur sa petite-fille, qui montait ensuite dîner et bien souvent dormir. Magdeleine trouvait un vif intérêt à bavarder avec elle, plus qu'avec Georges pour tout dire, au point qu'il se sentait parfois de trop. La jeune grand-mère s'amusait de se reconnaître en Gabrielle. Avec sa fibre altruiste, la fillette tint vite à l'école le rôle qu'elle tenait elle-même à la poste, une fine observatrice à l'écoute des autres.

La différence, c'est que Gabrielle était aux premières loges pour savoir ce que vivaient les enfants. C'est ainsi que Magdeleine s'émut du sort de certains. Jean, le fils des couturiers, était d'une timidité maladive. « Il a l'air trop gentil », soufflait Gabrielle, avant de préciser quelques semaines plus tard sur le ton du secret : « C'est un peu mon amoureux, mais ne le répète pas ! » L'idylle avait un goût de transgression, Jean, huit ans, étant un grand de dixième. Il était en classe avec Emmanuel, le fils de l'instituteur, dont Magdeleine apprit, peinée, qu'il se faisait tirer les oreilles jusque dans la cour de récréation où son père ne le quittait pas d'une semelle, exigeant qu'il emploie son temps à lire au lieu de jouer aux billes. La discipline du maître était redoutable, et les leçons de morale duraient « des heures », selon Gabrielle.

— Moi, je trouve que ça ressemble à la messe, lâcha-t-elle un jour à table.

Magdeleine et Georges éclatèrent de rire :

— Va pas dire ça à ton instituteur, commenta son grand-père, il n'apprécierait pas du tout.

— Ah bon…

Avant la fin octobre, Gabrielle finit au coin, avec un mot sévère à destination des parents stipulant « bavarde en classe ». Gabrielle déclara pour sa défense :

— Le maître répète tout le temps qu'il faut se comporter en bon ami, alors j'écoute mes camarades quand ils sont tristes…

— Tu as bien raison, commenta sa grand-mère, c'est le secret du bonheur… Mais pas en classe. Qui est triste, ma petite chérie ?

— Le fils des paysans. Des fois, il est tellement fatigué qu'il s'endort sur le pupitre. Alors le maître le réveille en lui tapant sur les doigts avec la règle ! Après, ben, il pleure…

Magdeleine évita de faire des commentaires. Quand un enfant montrait des signes de faiblesse, c'était forcément qu'il cachait quelque chose. Elle ne le connaissait pas plus que ses parents, dont la ferme se situait un peu à l'écart du village. Ils ne se montraient ni à la fête du Saint-Sacrement en juin, où tout le village se déguisait, ni le 15 août à la fête de la Mer, sans doute parce que la terre leur donnait trop à faire. C'est à peine si Magdeleine avait su que là-haut vivait un petit, sans frère ni sœur apparemment.

Son inquiétude la poussa à s'enquérir de son sort auprès de la factrice le lendemain, au retour de sa tournée :

— Vous l'avez déjà vu, le petit de la ferme, vous ?

— Je le croise…

— Il est bien traité, là-haut ?

— Oh… Ses parents le font beaucoup travailler. Il se fait houspiller, vous n'avez pas idée. Je n'y traîne pas trop parce que j'ai peur de leur chien.

Magdeleine, soucieuse, allait dire au revoir à Françoise quand son regard s'arrêta sur le visage de cette dernière. Elle avait l'arcade sourcilière boursouflée et légèrement bleutée.

— Vous vous êtes fait mal ? l'interrogea Magdeleine avec inquiétude.

— Non… bredouilla Françoise.

— Montrez-moi voir, insista Magdeleine en posant la main sur sa tempe pour l'observer de plus près.

Françoise se détourna.

— Je me suis pris un coup de guidon en faisant trop vite, ce n'est rien. Je me sauve, je vais être en retard…

Elle partit en courant presque, laissant Magdeleine avec une boule au ventre. Un coup de guidon ?! Les pensées de la receveuse cheminèrent malgré elle vers la boucherie… Elle ne le sentait pas, ce type. Mal dégrossi, sanguin, pas franc du collier. Elle avait vite cessé de lui prendre la viande et s'approvisionnait à l'épicerie de sa bru où il suffisait de passer commande. Ce qui la souciait, c'est que Françoise partageait sa vie.

Le soir, Georges lui reprocha de s'angoisser pour tout, le fils des paysans, la factrice, et qui encore ?

— On ne peut pas régler les problèmes de tout le monde, que veux-tu !

— Et toi, tu règles les problèmes de qui, déjà ? lui rétorqua Magdeleine en levant instantanément le nez de son tricot.

Georges rentra dans sa coquille. Il s'occupait des végétaux, il n'allait pas en plus s'occuper des gens.

* * *

Georges gagna néanmoins du galon, en allant pour une fois chercher le pain, mais le plus exceptionnel fut la nouvelle qu'il rapporta :

— Dis-moi, j'ai vu la petite de la Villa à la boulangerie… Et tu sais quoi ? Sa mère a la télé ! Elle dit que tu y vas quand tu veux !

Les yeux de Magdeleine s'écarquillèrent. La télé était un outil formidable pour avoir les actualités en images, maintenant qu'elle-même allumait le transistor au réveil pour glaner des nouvelles de la guerre d'Algérie.

— C'est formidable, mais je la croyais sans le sou !?

— Ah, je ne sais pas, mais elle l'a !

— Alors ça, mon Georges, s'exclama Magdeleine, ça…

Elle lui sauta au cou de reconnaissance, ce qui lui fit très plaisir :

— Tu vois, je suis bon à quelque chose de temps en temps !

Il était content de lui.

Magdeleine se précipita à la villa Esmeralda dès le lendemain, se confondant en excuses auprès de son hôtesse, Éléonore, d'oser s'incruster sous son antenne bénie. Éléonore lui expliqua que la belle habitante de la villa voisine, qui lui avait donné le téléviseur, avait aussi fait installer l'antenne à ses frais, en remerciement de services rendus depuis des années. Le mari de cette Parisienne venait de demander le divorce, la maison allait être vendue, c'était bien triste de se séparer quand on avait la chance… Éléonore ne termina pas sa phrase, mais Magdeleine entendit sa douleur. Elle eut vite fait aussi d'identifier la bienfaitrice comme étant son élégante cliente de la poste. Mais elle se tut, secret professionnel oblige. Après une belle soirée – cet engin était vraiment formidable –, Magdeleine remercia son hôtesse, qui l'invita à revenir profiter du petit écran à sa guise. Magdeleine en prit acte.

* * *

Les programmes de la RTF, l'unique chaîne, ne commençaient qu'après 19 heures pour se terminer à minuit, en dehors d'une heure de diffusion à la pause méridienne. Magdeleine, sitôt son bureau de poste fermé, filait donc régulièrement regarder la télévision, parfois avec Gabrielle. Elle détournait la petite fille de l'écran le temps du court bulletin d'informations, de peur qu'elle ne soit choquée ou alarmée. Magdeleine elle-même dut se répéter maintes fois, face aux images des combats de rue et exactions, qu'Alger et les points névralgiques se trouvaient très éloignés du Sahara. Son Yves n'était ni posté derrière un mur armé d'un fusil, ni torturé dans un fourré. Elle allait seule regarder *Cinq colonnes à la une*, le magazine de reportages, où elle convia Georges une unique fois, désireuse de ne pas briser la douce ambiance de gynécée. Georges, qui rêvait jusque-là d'une voiture, se trouva désormais face à un dilemme, téléviseur ou véhicule, c'était le même prix. L'intérêt de Magdeleine pour les informations passa vite au second plan quand elle découvrit *Discorama*, émission de variétés où chantait Dalida, *Art et magie de la cuisine*, programme culinaire présenté par la belle speakerine Catherine Langeais et le grand chef étoilé Raymond Oliver, ou encore *Télé-Dimanche*, divertissement familial de Raymond Marcillac. Là, elle emmenait Gabrielle sans faute. Cette fenêtre colorée sur l'extérieur élargissait son horizon. Elle aimait découvrir chaque fois des destins, des personnages, des talents, l'audace qu'ils avaient déployée pour embellir ou réparer le monde. Elle ressortait de la Villa le cœur plein de la force qu'ils possédaient.

* * *

À force de fréquenter de plus près Éléonore, Magdeleine put vérifier qu'elle ne se « nourrissait » effectivement que de thé, ou presque. Silencieuse et toujours seule, elle évoluait chez elle avec des gestes lents, comme écrasée par une épouvantable lassitude. Magdeleine lui parlait doucement, l'encourageant implicitement à se confier, elle ne serait ni jugée ni brusquée. La receveuse ne savait d'Éléonore que ce qu'on lui en avait dit à son retour d'Auvergne, quand elle-même avait découvert sa région sinistrée et sa côte sauvage ponctuée de bunkers. Éléonore, à peine majeure, avait été en 1940 l'une des grandes résistantes du village, aux côtés des admirables Marcelle et Henriette, entre autres. Pourtant on ne prononçait pas son nom avec celui des autres lors des commémorations, elle avait refusé les honneurs à la Libération. Par culpabilité d'être passée en zone libre rapidement, imaginait Magdeleine. Mais elle découvrit qu'elle n'y était pas du tout.

Un soir au coin du feu, une fois Anaïs couchée, Éléonore, les yeux rivés sur les flammes, livra d'elle-même son histoire d'une traite, avec le débit d'un fleuve trop longtemps contenu. Dès juin 1940, le village s'était trouvé au centre de l'Histoire malgré lui quand soixante mille soldats alliés, en majorité anglais et écossais, avaient été stoppés dans leur progression vers le nord de la France par les chars allemands. Refoulés dans la région, ils y avaient stationné en espérant embarquer pour la Grande-Bretagne, mais le secours par la mer se faisant attendre, ils avaient été pris au piège, cernés par l'ennemi. C'est de l'un d'eux, replié à Veules, un Écossais à peine plus âgé qu'elle, qu'Éléonore était tombée amoureuse. Les deux jeunes gens, tenaillés par la peur et l'urgence de vivre qui prend face à la guerre, s'étaient fait le serment d'un amour éternel et « fiancés », du moins moralement, en l'espace de trois semaines. Pour sceller leur union, le soldat avait acheté sur un coin de table, au prix d'une bouchée de pain, la Villa inhabitable dont plus personne ne voulait. Une fois la paix revenue, Éléonore et lui y vivraient en famille. Il ignorait encore la grossesse de sa fiancée quand il avait dû partir soudainement pour ne pas être fait prisonnier. L'étau des troupes allemandes se resserrant dangereusement, il avait tenté sa chance en gagnant la grève, espérant s'échapper sur l'un des rares bateaux de secours. Mais les embarcations étaient trop peu nombreuses et les fugitifs mal organisés. Les avions de l'ennemi, au contraire bien informés et préparés, se tenaient prêts à fondre sur eux. Entre le 10 et le 12 juin, la gigantesque bataille de Veules et Saint-Valery-en-Caux s'était engagée, un carnage tant sur terre que sur mer.

Après le « départ » de son fiancé, et sans en avoir jamais eu de nouvelles, Éléonore n'avait pas faibli. Elle avait caché dans la Villa six autres soldats écossais, aidée de ses deux complices, Henriette et Marcelle, et de quelques autres héroïnes. Pourvoir au ravitaillement de la maisonnée sans éveiller les soupçons dans le village leur avait demandé une ruse de tous les instants ! En février 1941, un réseau avait résolu d'exfiltrer les alliés captifs vers la zone libre, d'où ils pourraient gagner l'Espagne, puis la Grande-Bretagne par la mer. Mais les malheureux avaient été arrêtés dès la Dordogne, sans doute sur dénonciation. La filière avait alors été remontée.

Éléonore venait d'accoucher de sa petite Anaïs, ainsi prénommée en mémoire de l'actrice qui avait popularisé Veules. Alertée du danger, elle avait juste eu le temps de confier son bébé avant de sauter dans un train pour Rouen avec ses complices. Mais la Gestapo les avait interceptées en chemin et conduites à la prison du Cherche-Midi, à Paris. Les femmes y avaient vécu l'enfer, dans l'attente de leur jugement par un tribunal allemand pour « Espionnage – Aide à l'ennemi – Hébergement d'Anglais – Détention de tracts – Franchissement irrégulier de la ligne de démarcation – ou Complicité apportée à ces diverses activités ». Elles connaissaient le tarif…

Magdeleine retenait son souffle.

Éléonore n'avait rien oublié du procès, qui s'était déroulé le 31 juillet 1941 à l'Automobile Club de France, place de la Concorde, un théâtre voulu grandiose pour frapper les esprits. Verdict : la condamnation à mort, comme prévu.

Magdeleine se tendit, stupéfaite.

La peine d'Éléonore avait été commuée, par ce genre de « grâce » qu'affectionnent les sadiques, en déportation dans un camp allemand. C'est à Anrath, en Rhénanie, qu'elle avait passé quatre ans de guerre, en se demandant si elle reverrait jamais son bébé :

— C'était ma pire douleur, pire encore que les… les…

Magdeleine attendait la suite, dans un silence aussi profond que bienveillant. Éléonore acheva sobrement, les yeux toujours rivés sur l'âtre :

— On laissait les femmes en vie tant qu'elles pouvaient encore servir…

Magdeleine réprima une exclamation, horrifiée, comprenant soudain tout ce que cette phrase contenait de douleurs enfouies. Elle ne souffla mot pour laisser la confession s'achever.

À la libération du camp par les Soviétiques, la jeune femme avait été emmenée en Suisse pour y être soignée et réalimentée, avant de pouvoir regagner Veules et la villa Esmeralda. Elle espérait y retrouver sa fille, pourquoi pas élevée par l'homme qu'elle aimait, bien vivant et de retour, le rêve l'avait tenue. Hélas, son fiancé n'était jamais réapparu et elle avait dû apprivoiser sa fille pour ne pas la brusquer quand elle aurait voulu l'écraser de baisers. À quatre ans, Anaïs avait pris ses habitudes chez une nourrice qui, Dieu merci, ne s'était jamais fait passer pour sa mère. Petit à petit, les liens s'étaient tissés, et cette enfant était devenue sa vie, cette maison leur cocon. En son absence, l'instituteur, membre d'un autre réseau de Résistance, avait investi le deuxième étage de la Villa, et le jeune couple de couturiers le premier, mais Éléonore s'en était réjouie. L'immense bâtisse était plus agréable à vivre à plusieurs, et l'appartement en rez-de-jardin suffisait pour elles deux. Éléonore s'y plaisait toujours, malgré la structure vacillante, le toit hors d'état, les murs suintants qui puaient le salpêtre et les fenêtres laissant filtrer le vent glacial, c'était tout ce qui lui restait de son amour avorté.

Magdeleine, bouleversée, l'interrogea doucement :

— Mais… pourquoi personne ne connaît votre histoire ? Aux commémorations du 8 mai…

Éléonore, les yeux rougis – était-ce par le souvenir ou par le feu –, regarda Magdeleine durement :

— Je ne vois pas l'intérêt de raconter une part de ma vie que je n'ai pas choisie. J'ai fait ce qu'il fallait, seule l'Histoire a ensuite décidé de mon sort. Ça a été assez horrible, je n'ai pas envie d'y revenir, ni qu'on m'y renvoie.

Anaïs ne connaissait que la version officielle, à savoir l'échappée de sa mère en zone libre. Éléonore ne comptait pas lui révéler sa déportation, jamais. Magdeleine promit le secret absolu. Bien des résistants traumatisés avaient ainsi préféré le silence aux trompettes de la gloire, qui ne répare pas, souligne plus qu'elle n'efface, on ne peut que le respecter.

Ce soir-là, la receveuse rentra chez elle sans raconter sa soirée télévisée à Georges. Les deux femmes n'avaient même pas allumé le poste.

* * *

Le mois de novembre se fit remarquer, avec des tempêtes à plus de cent trente kilomètres à l'heure, à ne pas tenir debout dans la rue. La mer déchaînée emporta des imprudents, une fois de plus. Magdeleine renonça pour quelques jours à aller voir la télévision chez Éléonore, surtout avec sa petite qui attraperait mal malgré la cagoule et les moufles en pure laine irlandaise qu'elle lui avait tricotées. À la place, elles feuilletaient toutes deux collées au poêle le catalogue des jouets de Noël des Galeries Lafayette, commandé par Magdeleine au magasin du boulevard Haussmann. Gabrielle hésitait entre un baigneur en Celluloïd, pour remplacer sa petite sœur jugée « trop grande », et une poupée Brigitte, prénom de sa mère mais aussi de l'icône du moment, un modèle hors de prix sous prétexte qu'il disait « maman » quand on le retournait.

— Pourquoi pas les deux ? suggéra Magdeleine.

— En voilà une bonne idée, la disputa Georges.

— Il faut bien rêver, dans la vie !

— Si je peux rêver, reprit Gabrielle gravement, je...

Elle ne termina jamais sa phrase. On ne sut donc pas.

Magdeleine avait à cœur de faire de ce Noël sans son fils une belle fête, comme les précédentes, même si son esprit planerait loin du sapin, du côté du désert. Gabrielle avait plus que jamais besoin de féerie, c'était là-dessus qu'elle devait se concentrer.

Mais à l'école se tenait un tout autre discours, loin de la magie de Noël, qui fit réagir vivement l'enfant :

— Le maître, il dit que Noël ou Pâques, c'est comme la Saint-Glinglin, ça n'existe pas. Parce que c'est de la religion, de l'opium du peuple, et que l'opium, c'est une drogue qui endort les gens.

Magdeleine, outrée, ne se priva pas de faire part de sa désapprobation à Hugues Guichard dès son passage suivant au bureau de poste avec sa femme et son fils, *L'Humanité* sous le bras. Deux jours s'étaient écoulés, mais la grand-mère n'avait toujours pas digéré.

— Je croyais que l'école était républicaine, je ne savais pas qu'on y faisait de la politique. « Dans un sens ou dans l'autre », précisa Magdeleine prudemment.

Hugues Guichard la gratifia de son sourire pédagogique :

— Il ne s'agit pas de politique, mais d'éloge de la laïcité tel que l'énonce le programme de morale du ministère que j'ai l'honneur de servir, chère madame.

— Je comprends bien, mais tout de même, sans parler de religion, le Père Noël et les cadeaux mettent un peu de gaieté dans cette saison difficile.

— Les cadeaux ! Nous y voilà ! Le Père Noël est le bras armé de l'Amérique pour faire vendre. La preuve, Coca-Cola met son portrait dans la publicité. Ce n'est pas gai, madame Morin, non, c'est même tragique.

Magdeleine était consternée… La femme de l'instituteur regardait par terre avec embarras, leur petit garçon se cachait le visage dans son capuchon, Hugues Guichard triomphait, ravi de l'effet de sa démonstration : il laissait coi. Signe, imaginait-il, que ses arguments avaient fait mouche.

La receveuse abandonna la partie face à tant de bêtise, non sans conclure :

— Eh bien Gabrielle fêtera Noël ! Dans la joie. Pour lui

faire oublier que son papa risque sa vie à la guerre. Vous savez ce que c'est, pourtant, la guerre…

Elle exagérait un peu le danger qui pesait sur son fils, mais enfin, c'était… de bonne guerre ! L'instituteur ne fut pas ébranlé. Ses certitudes auraient résisté à la torture, ce n'était pas la receveuse qui allait le changer. On en resta là.

* * *

Quelques jours plus tard, Gabrielle se réveilla fiévreuse. Magdeleine s'accusa immédiatement de l'avoir emmenée à l'école pas assez couverte, ou une fois de trop à la villa Esmeralda, au bout du village, par ce froid pénétrant. Ou alors elle n'avait pas assez bassiné le lit avant de la coucher. À moins que ce ne soit le soir où elle avait négligé la bouillotte. Ou alors… Mais le médecin, appelé au chevet de la petite fille et lui trouvant 40 °C, coupa court en diagnostiquant pire : Gabrielle avait contracté la fièvre typhoïde ! Une bactérie dans une viande mal cuite était probablement responsable. Le mal étant potentiellement mortel chez les jeunes enfants, le médecin l'exposa sur le ton doucereux dont on annonce les issues possiblement fatales. Magdeleine courut chez sa bru en criant :

— Brigitte ! Brigitte ! C'est Gabrielle !

Brigitte se montra immédiatement dépassée, larmoyante :

— Et Yves qui n'est pas là…

— Que voudriez-vous qu'il fasse ?! s'agaça Magdeleine. Venez vite.

Brigitte se couvrit rapidement et suivit Magdeleine au chevet de sa fille :

— C'est rien, ma petite chérie, c'est rien.

— Mais non, ce n'est pas rien, c'est une vilaine bactérie, corrigea Magdeleine. Mais tu vas te battre, hein, mon trésor ?

— Oui Maman…

— « Mamie », ma petite chérie. « Mamie ».

Magdeleine balaya le lapsus, la pauvre Gabrielle n'avait plus toute sa tête.

Dès que la porte de la chambre fut fermée derrière elles, Magdeleine disputa Brigitte sous l'effet de l'angoisse :

— Pourquoi vous lui mentez en lui disant qu'elle n'a rien ? Vous voulez qu'elle ferme les yeux et se laisse mourir ? Vous lui dites déjà que la guerre, c'est rien ! Comme si elle n'allait pas apprendre le contraire autrement !

Ce mensonge initial sur la guerre, Magdeleine ne l'avait pas pardonné. Nier le drame, c'était nier son fils. Il fallait que ça sorte. Les circonstances qui avaient rendu l'une brutale rendaient l'autre plus fragile que jamais. Brigitte éleva la voix, à bout de nerfs :

— Vous savez toujours mieux que tout le monde ce qu'il faut faire, ce qu'il faut dire, comment il faut élever les enfants. Vous accaparez Gabrielle depuis la naissance, elle vous appelle même Maman, maintenant ! J'ai l'impression que je n'ai plus qu'une fille, voilà pourquoi je la couve, Marianne !

Magdeleine fut sonnée. Trop de pensées s'entrechoquaient dans sa tête pour qu'elle y voie clair, mais elle sentait bien qu'il y avait du vrai dans ce que lui lançait sa belle-fille, encore tremblante d'une sortie qui n'était pas dans sa nature. Magdeleine explosa, parce qu'il s'y trouvait aussi beaucoup d'injustice ; tout ce qu'elle faisait, c'était dans l'intérêt de Gabrielle :

— Je vais vous dire comment j'ai grandi, ma petite Brigitte. Yves vous aura raconté, j'ai été élevée par mon oncle paternel avec mes deux petites sœurs parce que nos parents étaient « morts ». Ce n'est pas l'exacte vérité, figurez-vous. Je l'ai cachée à mon fils parce qu'il y a des vérités qui blessent sans aider personne. Preuve que je ne suis pas en faveur de tout dire à n'importe quel prix ! La vérité, c'est qu'après la naissance de ma plus jeune sœur, je n'avais pas dix ans, notre père nous a toutes abandonnées pour suivre une femme à Paris. On ne l'a jamais revu. Il était photographe à Lisieux, très réputé, mais c'était un buveur, un fêtard, et un coureur comme vous n'avez pas idée. Avec l'embarras du choix, les modèles se pressaient chez lui dans l'espoir de faire carrière ! Le drame, c'est qu'il a laissé la syphilis à notre mère, et que la pauvre femme, sans le moindre soupçon de ces choses-là, occupée à gagner de quoi nous nourrir, n'a jamais été soignée. On l'a vue devenir folle, sous nos yeux, car c'est une maladie qui attaque le cerveau…

Brigitte hocha gravement la tête, elle le savait. Magdeleine continua :

— Elle est morte en hôpital psychiatrique, nous laissant seules au monde. Sans notre oncle paternel, qui nous a épargné l'Assistance publique, on aurait dégringolé. Au lieu de ça, il nous a élevées, nous a poussées à étudier, à avoir un métier, à nous battre, toutes filles qu'on était. Petit entrepreneur lui-même, il nous encourageait à viser haut. Résultat, j'ai une sœur pharmacienne, l'autre fonctionnaire de préfecture, et moi… ce n'est pas si mal. Il nous a toujours dit la vérité, qui était – vous me pardonnerez le mot de Cambronne – qu'on était nées dans la merde et qu'on avait intérêt à en sortir, parce qu'un jour, il ne serait plus là. Alors peut-être, je vous l'accorde, que ça m'a rendue autoritaire et directive – Georges dit que je porte la culotte. Admettons. Mais dans la vie, il faut prendre les choses en main. Je donne du temps à Gabrielle, je l'aide à grandir, c'est tout !

Brigitte baissa les yeux, assommée, mais souffla, les larmes aux yeux :

— Quand même… « Maman »… Et je ne suis pas folle, moi…

— Elle a 40 °C de fièvre, ma petite Brigitte ! Vous n'êtes pas folle, mais vous l'infantilisez, il faut la stimuler, lui faire réviser ses devoirs, en faire une combattante. Peut-être qu'une mamie, ça sert à ça… Et si ça se trouve, je finirai par me faire mal voir, rassurez-vous, termina Magdeleine en souriant.

Brigitte se détendit, l'explication lui convenait, pouvoir se reposer sur Magdeleine aussi. Les deux femmes se serrèrent dans les bras, démonstration d'affection dont elles n'étaient pas coutumières.

— Gabrielle va tuer la bactérie, déclara fermement Brigitte d'une voix qu'on ne lui connaissait pas.

— C'est sûr ! affirma Magdeleine avec encore plus de force.

Elle n'en était pas si convaincue, au contraire. Le cœur gros comme un ciel d'orage, elle rêvait d'être enfin seule pour pleurer tranquille un bon coup. Mais dans la vie, il faut lutter, et c'est souvent d'abord contre soi-même.

- 4 -

Gabrielle gravement souffrante, Magdeleine ne pensait plus du tout à Noël – encore moins au travail –, montant régulièrement chez elle pour rafraîchir le front de l'enfant avec des gants humides. La petite suait à tremper les draps, sa grand-mère avait tapissé le lit de linges-éponges mais les changeait chaque jour pour éliminer les « microbes ». Elle avait relégué Georges sur le canapé de velours à franges dont les coussins défoncés chassaient inévitablement les corps vers le tapis. Mais il ne ronchonnait même pas, fou d'inquiétude lui aussi. Brigitte passait matin, midi et soir et Magdeleine voyait régulièrement la lumière de sa chambre se rallumer la nuit à travers ses persiennes. Plus personne ne dormait. D'un commun accord, on ne prévint pas Yves de l'état préoccupant de sa fille aînée.

Pour tout arranger, deux jours de tempête de neige paralysèrent les routes de la région durant près d'une semaine. L'inspecteur départemental, furieux d'être assigné à résidence et sa DS au garage, en profita pour multiplier les visites, se donnant le mal de venir à pied dans la neige depuis sa falaise. Un matin, il se cassa le nez. Magdeleine avait pris soin de rédiger une affichette annonçant son ouverture avec trente minutes de retard, précisant le motif « maladie ». De toute façon, le client se faisait rare puisque le courrier était bloqué, au départ comme à l'arrivée. Elle donnait à Gabrielle un bain tiède qui ferait baisser sa fièvre et lui rendrait son odeur de petit pain chaud quand elle entendit une brute tambouriner en bas sur la porte du bureau.

Elle sortit Gabrielle de l'eau en vitesse, l'enveloppa dans une serviette sous une couverture, et descendit encaisser les remontrances de son supérieur, survolté par l'inactivité :

— Dès que ce sera déneigé, vous recevrez nos calendriers 1961 ! Magnifiques, vous verrez. Vous veillerez à ce qu'ils soient bien vendus en dehors des horaires de travail, comme le veut la règle de cet avantage que l'on vous concède.

— Un avantage pour service rendu, le cingla Magdeleine, qui n'avait vraiment pas l'esprit aux calendriers, ni à l'année à venir.

Bouquet, heurté par l'évidence, s'en alla importuner Éléonore, son autre cible. Magdeleine l'apprit de la bouche d'Anaïs à la boulangerie. Il avait cru bon d'annoncer à sa mère que la commune récupérerait la Villa au début de l'année, le vote du conseil municipal lui semblant cette fois acquis en vertu du décès d'un conseiller opposé au projet. Le seul candidat au poste vacant était en faveur de l'évacuation. Non content de laisser Éléonore en larmes,

Bouquet était monté ensuite avertir la famille de l'instituteur et celle des couturiers, défaits eux aussi. Magdeleine réconforta Anaïs. La chose était loin d'être actée, le scrutin n'aurait lieu qu'en janvier. Elle la pria de transmettre ses amitiés à Éléonore, regrettant de ne pouvoir lui rendre visite dans l'immédiat, mais tout allait mal, partout, même « là-bas », sur le front…

La radio déversait les pires nouvelles d'Algérie. Georges, privé de travail par la gelure du sol, tournait en rond dans la maison, passant de Radio Luxembourg à Europe 1 et d'Europe 1 à Paris-Inter du matin au soir. De Gaulle, une fois de plus en visite à Alger, avait été accueilli par des manifestations violentes, il y avait eu plusieurs morts. Magdeleine s'inquiétait de l'extension possible des zones de conflit qui pourrait transformer des joueurs de cartes, amis de son fils, en coupeurs de têtes de « colons », puisque c'était ainsi qu'on appelait désormais les Français. Voilà qu'elle se rongeait les sangs aussi pour son fils, au sens strict, s'arrachant les petites peaux des pouces, tachant un soir de rouge le pain qu'elle tendait à Georges.

— Ah c'est pas ragoûtant ! s'exclama Georges.

— Si ça te dégoûte, va manger ailleurs, lui balança Magdeleine.

Avec Gabrielle en danger et le huis clos forcé par la neige, le couple ne parvenait plus à cohabiter. Brigitte passait après dîner souhaiter une bonne nuit à sa fille, le moral d'autant plus bas que les étagères de l'épicerie se dégarnissaient, faute de livraisons. Un manque à gagner qui n'empêchait pas les deux femmes de promettre à la fillette alitée tous les jouets du catalogue des Galeries Lafayette, même la poupée Brigitte. Au pire, on ferait un emprunt, on vendrait le fonds de commerce, on braquerait des banques. La petite en souriait à peine.

Le suspense sur la santé de Gabrielle dura six insoutenables jours, au terme desquels la fièvre commença à tomber. Le matin où Magdeleine lut «38,5 °C» sur le thermomètre, elle s'époumona dans l'appartement :

— Ça baisse ! C'est bon !

Folle de joie, elle embrassa Georges et courut prévenir Brigitte. Le pire semblait derrière eux et Gabrielle put vite reprendre le chemin de l'école. On allait enfin pouvoir renouer avec «l'esprit de Noël».

* * *

Magdeleine, initialement en demande d'un aspirateur, ne voulait plus rien, estimant avoir reçu le cadeau de sa vie. Elle alla glisser un sou dans le tronc de l'Église, mit les bouchées doubles au bureau de poste à cause des courriers et colis de saison, et rendit visite à Éléonore pour souffler avec elle devant la télévision. Mais elle la trouva plus brisée encore qu'elle n'aurait cru :

— Vous ne savez pas tout… commença Éléonore. Figurez-vous que Bouquet s'est permis de me prendre à part pour me dire que si je voulais garder la maison, je n'avais qu'un geste à faire… Et il l'a fait, le geste. Il m'a prise par la taille et serrée contre lui, ce vieux saligaud !

Magdeleine n'en revenait pas. Bouquet avait fait l'article à la jeune femme : il avait assez d'argent pour retaper personnellement la Villa une fois que la mairie l'aurait fait évacuer, et étant veuf et sans enfant, il serait enchanté de l'y maintenir. Avec lui, bien entendu.

— Il me prend pour une prostituée ? Il me croit à la rue ? Enfin… je le suis, à la rue. Et je jette les autres dehors avec moi. Je fuis le regard de mes voisins tant j'ai honte.

Magdeleine assura qu'on trouverait toujours une solution… sans voir laquelle.

La colère d'Éléonore avait tout de même été adoucie par un récit qui atténuait à ses yeux l'outrage de Bouquet, dont l'esprit pernicieux n'avait pas manqué de comprendre comment atteindre sa cible : en la touchant droit au cœur avec un mensonge, qu'elle avait gobé.

— D'un autre côté, il a une histoire personnelle difficile, bien sûr… Veuf à quarante-cinq ans… confia-t-elle après un silence.

— Difficile ?! s'offusqua Magdeleine.

Elle était outrée que ce mufle ait pu instrumentaliser son passé pour attendrir la jeune femme, d'autant plus sensible aux drames amoureux qu'elle en avait vécu un précocement. Il avait laissé intacte sa vision idéalisée de la vie conjugale. Magdeleine lui révéla la version que le médecin du village lui-même n'hésitait pas à diffuser à visée pédagogique : Bouquet avait tellement tardé à recourir à sa science quand Madame avait souffert d'une angine de poitrine qu'elle y avait succombé. Il n'avait pas souhaité la mort de son épouse, on n'allait pas jusqu'à le dire, mais son cœur endurci l'avait retenu de s'alarmer, à moins qu'il n'ait regardé à la dépense alors qu'il ne manquait pas de revenus. C'est souvent cette question qui retenait les moins argentés de convoquer le docteur à leur chevet, ce qui fit dire à Magdeleine :

— Vous aussi, vous devriez voir le médecin. Je vous trouve encore amaigrie. Vous savez que depuis cette année, les consultations sont remboursées à 80 %, si c'est ce qui vous retient.

— Oh non, je le sais bien… Mais je n'ai plus beaucoup le goût de vivre, vous savez, avoua Éléonore, avec un sourire qui se voulait apaisé.

Sa visiteuse se fâcha presque :

— Eh bien, vous devez le retrouver ! Au moins pour votre fille.

— C'est ce je fais depuis sa naissance, soupira Éléonore, je m'applique. C'est pour lui faire plaisir que j'ai accepté la venue des enfants, dimanche, pour l'écriture des lettres au Père Noël, même si leur visite me soucie. Je ne supporte plus rien…

C'est ainsi que Magdeleine apprit qu'Anaïs organisait une séance collective de courrier avec tous les enfants du village qui le souhaitaient.

Les deux femmes convinrent que c'était charmant, et la perspective de cet enfantillage les fit se quitter sur une note joyeuse, en se faisant la bise, pour la première fois.

De retour chez elle, Magdeleine gaffa en interrogeant Gabrielle au sujet du chantier épistolaire qui allait « surcharger ses services ». Elle s'amusait chaque année de trouver dans sa boîte tous les courriers colorés à l'adresse du Père Noël, mais le visage de la petite se renfrogna aussitôt :

— C'est que pour les grands qui savent écrire, sauf que je sais, et on ne m'invite pas…

— Tu la feras avec moi, ce n'est pas grave, la consola Magdeleine.

Gabrielle écrivit sa lettre le soir même. Sa mamie souligna son avantage :

— Toi, au moins, tu es sûre qu'elle arrivera. Tu vois, je la range là, dans le casier « Laponie ».

Joignant le geste à la parole, elle plaça le courrier dans l'une des cases de l'étagère en bois du bureau de poste, affirmant tout envoyer en même temps pour le pôle, au prix de gros.

* * *

Le dimanche dit, Anaïs fut rejointe à la Villa par huit enfants, dont les deux résidents, Emmanuel, le fils de l'instituteur, et Jean, le fils des couturiers. Elle déplia les deux rabats de la table, sous l'œil finalement amusé d'Éléonore, qui avait préparé un chocolat Nesquik, nouvelle poudre appréciée pour le goût banane qu'annonçait la populaire boîte jaune. Anaïs n'était pas de trop pour piloter l'opération :

— On lui met « Monsieur » ? demanda l'un.

— Plutôt « Cher Père Noël », rectifia Anaïs.

— Ou Petit Papa Noël ?

— C'est bien aussi.

Certains en avaient fini en quelques minutes, d'autres restaient plume en l'air. Sans doute Emmanuel et Jean étaient-ils plus perplexes encore puisqu'ils n'écrivaient pas un seul mot, se tortillant sur leur chaise.

— Vous n'écrivez pas ? les interrogea Anaïs.

— Oh je n'ai besoin de rien, répondit évasivement Jean. Je suis venu pour le Nesquik.

— Et toi, Emmanuel ?

Emmanuel chuchota, dans un souffle si bas qu'elle dut pencher son oreille à sa bouche pour entendre :

— Moi, je n'ai pas le droit…

Anaïs allait l'interroger plus avant quand elle croisa le regard de sa mère qui lui fit signe de se taire. Éléonore savait l'allergie à Noël d'Hugues Guichard. Elle fit aussi signe à sa fille qu'elle devait y aller de sa propre lettre, l'exception eût paru suspecte.

À la fin se posa la question de l'adresse : « Rue de la Laponie » ?

— C'est un pays, idiot ! rétorqua durement une petite à un autre.

Les enfants ne trouvant pas d'accord, Anaïs décréta que chacun mentionnerait l'adresse qu'il voulait. Quoi qu'il en soit, tout arriverait à bon port.

Ce n'était pourtant pas ce que promettait le *Bulletin des PTT* que Magdeleine lisait scrupuleusement chaque mois de la première à la dernière ligne. Assise sur le canapé côté lampadaire – sinon, on ne voyait rien –, elle lut pour la trentième fois de sa carrière que les courriers au Père Noël, comme tous les envois sans destinataire dûment stipulé, non identifiable ou à l'adresse fantaisiste, devaient rejoindre la grande marée des courriers ordinaires. Ils seraient réorientés lors du tri départemental vers le Dépôt central des rebuts, à Paris. Là, on les détruirait, conformément au règlement. Tel était le triste destin de cinq mille lettres par an. Pas davantage, car les facteurs et receveurs eux-mêmes se chargeaient généralement de les jeter à la corbeille à la source, épargnant aux collègues une tâche inutile. Jusqu'à ce que Gabrielle soit en âge d'écrire sa première lettre, c'est aussi ce que faisait Magdeleine, le cœur un peu serré, mais qu'aurait-elle pu en faire ?

Tout au long de décembre, Magdeleine trouva dans la boîte de la poste des lettres joliment décorées, à destination du Ciel, de la Laponie ou de la Voie lactée, « rue de la Neige » ou « allée des Étoiles ». Françoise en récupérait aussi certaines de la main à la main quand elle croisait des parents à qui elle distribuait le courrier. Toutes les enveloppes portaient le dessin d'un timbre, exercice particulièrement difficile puisqu'à l'effigie de la Semeuse, à peu près impossible à reproduire. Les enfants des plus riches collaient un vrai timbre, voire un timbre de collection, des fois que soient multipliées les chances d'être exaucés. Certains glissaient dans leur lettre une enveloppe-réponse timbrée, d'autres notaient leur adresse au dos, d'autres encore ne jugeaient pas utile d'indiquer leur domicile, le Père Noël étant omniscient.

Ce tas de lettres fantaisistes qui s'accumulaient dans le casier dit « Laponie » n'échappa pas à la sagacité de Bouquet lors de l'un de ses passages :

— N'oubliez pas que la réglementation impose de les détruire.

— Comme chaque année depuis trente ans, monsieur

Bouquet, je n'y manquerai pas, sourit Magdeleine. Sauf celle de ma petite-fille, évidemment.

— Celle de votre petite-fille aussi !

— Pardon ? demanda Magdeleine, interloquée.

— Cette lettre ayant été scellée, elle ne vous appartient plus, comme le veut le serment des postiers que vous avez prêté, madame Morin, ainsi que le Code pénal. Jusqu'il y a peu (*trois siècles tout de même*), la loi punissait la violation du secret de la correspondance de la peine de mort. Vous viendrait-il à l'idée de violer l'intégrité des colis qui vous sont confiés ? Non. Eh bien c'est la même chose. Je tolère déjà, par souplesse, que vous détruisiez sur place les courriers au lieu de les envoyer au rebut…

— Non mais là, nous parlons de la lettre au Père Noël de ma petite-fille ! s'offusqua la receveuse.

Pour Bouquet, c'était pareil. Ce type était impayable. L'anecdote leur fit la soirée, à Georges et elle. Magdeleine avait monté les enveloppes en sécurité, pour éviter que ce fou ne s'en empare et les réduise en confettis avant qu'elle n'ait lu le courrier de Gabrielle. Elle les cacha dans le tiroir sous le poêle, auquel la petite avait la défense absolue de toucher.

À la première occasion, Magdeleine ouvrit religieusement la missive de Gabrielle, souriant déjà à l'idée de lire ses vœux. Bien entendu, la fillette demandait la poupée Brigitte, ainsi qu'une robe de Sissi admirée ensemble dans *Paris Match*. Mais les yeux de Magdeleine se brouillèrent bien vite, à cause des dernières lignes :

Je voudrai surtou voir mon Papa, mai je crois qu'il es mort nukélaire à la guere dalgérie et con me le cache parce que j'été malad. Souvan je pleure et je prie et si toi tu peu le renvoiller, ce serez qu'il est vivan. Merci de tout keur.

Magdeleine était dévastée, et pas du fait que Gabrielle soit très loin du niveau dixième. Se pouvait-il que sa petite-fille souffre et qu'elle l'ait ignoré à ce point ? Où diable était-elle allée chercher que son père était mort ? Georges avait son opinion :

— C'est à cause de tes informations à la télévision, pardi ! Tu l'as trop emmenée !

Accessoirement, il tenait sa petite vengeance d'être exclu de la fête. Mais Magdeleine dégaina la parade : Gabrielle pouvait aussi bien avoir été traumatisée par la radio !

Après seulement trois mois sous les drapeaux, il n'était malheureusement pas prévu qu'Yves revienne pour Noël. La pauvre enfant n'aurait donc ni poupée hors de prix, ni robe de Sissi, ni preuve de vie de son père.

Toute la famille s'efforça dès lors, par des phrases sibyllines, de rassurer Gabrielle. On lui montra les lettres d'Yves, opportunément placées aux côtés de vieilles cartes postales écrites de sa main, qui attestaient de l'authenticité de l'écriture, sans pouvoir explicitement l'inviter à faire la comparaison. Magdeleine était très tourmentée par le désarroi de sa petite-fille, à s'en retourner la nuit dans le lit comme une sauterelle, secouant Georges qui s'agaçait. Il n'était pas pour autant prêt à tout pour faire revenir son fils. Magdeleine avait en effet suggéré un moyen d'obtenir une permission à Yves, mais c'était un peu délicat… L'un de ses anciens soupirants, haut gradé dans l'armée, pourrait peut-être l'y aider si elle le recontactait. Georges s'y était opposé catégoriquement !

* * *

Le tourment et l'insomnie poussèrent Magdeleine à s'interroger sur la teneur des autres courriers… Est-ce que tous les enfants faisaient des confessions aussi graves ? Et si elle avait le pouvoir d'arrêter un malheur, ou de l'atténuer ? Magdeleine était dévorée par l'envie de savoir, comme par l'envie de pouvoir. Il n'est pas de hauts faits sans grandes audaces, elle l'apprenait mieux chaque jour. Est-ce le cœur ou la raison qui la poussèrent à se relever une nuit pour aller lire les lettres ? Nul ne le sait. Après s'être glissée doucement hors du lit, elle gagna la cuisine à pas de loup, comme une voleuse. Là, elle ouvrit doucement le tiroir du vieux poêle, un exploit car il couinait de partout.

Magdeleine commença sa lecture réprimée par le règlement des postiers autant que le Code pénal, le cœur battant. Jamais elle n'avait rien commis d'illégal.

La plupart des enfants réclamaient des bonbons, des chevaux à bascule, des ballons, des trottinettes, des poupées et des tentes d'Indiens, rien que de très ordinaire pour Noël, à quoi s'ajoutaient quelques demandes de guérison de grippes bénignes, rajeunissement de grands-parents, ou gain à la Loterie nationale. Mais deux vœux lui causèrent beaucoup de peine.

Anaïs avait fait l'enfant, réclamant le retour de son père s'il n'était pas mort, ce dont elle doutait, pour pouvoir garder sa maison, et sauver en tout cas sa mère qui en mourait. Pour tenir bon, elle réclamait aussi un petit chien. Sa mère le lui refusait parce que c'était cher à nourrir. Magdeleine nota au passage l'orthographe impeccable de la jeune fille, qui faisait déplorer plus encore l'abandon de ses études de secrétariat. Quelle tristesse…

Elle s'empara ensuite d'une lettre qui l'avait intriguée parce qu'elle avait été jetée de nuit dans la boîte, en catimini sans doute. Le fils de l'instituteur ? Mais non. Elle venait d'Armand, le fils des agriculteurs qui dormait sur son pupitre. Il racontait au Père Noël une chose stupéfiante, à savoir que ses parents n'étaient pas ses vrais parents. Il voulait retrouver les vrais, car ceux-là le traitaient « comme une baite Desomme », on « donné à manger o chien » de meilleurs morceaux qu'à lui. La confession, écrite en phonétique, faisait deux pages. Le pauvre garçon avait dû y passer des heures. Magdeleine soupira, les yeux humides. Comme la vie était injuste… Et quelle était cette histoire de « faux parents » ? Était-il adopté ? Elle ne l'avait jamais entendu dire. Beaucoup d'enfants s'inventent d'autres parents en les imaginant meilleurs, c'était l'explication la plus probable.

Elle continua à dépouiller le reste du courrier, amusée par les nombreuses recommandations au Père Noël, bien se couvrir, se reposer avant son départ, nourrir les rennes de soupe chaude. Mais soudain, elle entendit un bruit.

Georges ! Elle fourra les lettres précipitamment dans le tiroir, refermé d'un grand coup de pied, pour regarder son mari debout et bien en face, tout sourire à son irruption. Il lui lança :

— Ben qu'est-ce qui te prend ?!

— Je rangeais...

— À cette heure ?

Georges retourna se coucher. Sa femme était totalement toquée.

Magdeleine ne se rendormit pas. Que pouvait-elle faire pour Anaïs ? Armand était-il un enfant adopté, maltraité ? Et si se répétait, à deux pas de chez elle, l'histoire de Cosette chez les Thénardier ? Elle en était malade...

Le lendemain, elle interrogea discrètement sa bru au sujet des paysans, qui déposaient leurs productions à l'épicerie. Mais comme ils le faisaient à l'aube, Brigitte ne les voyait jamais. Certains clients du bureau de poste leur prenaient directement les œufs et le lait, de temps en temps un lapin ou du boudin, mais ils n'avaient pas grand-chose à en dire non plus. On savait juste que le couple n'avait scolarisé ce fils unique qu'après menaces administratives. Une paire de bras à brasser des cahiers, c'était pour beaucoup de paysans du gâchis. Magdeleine n'en fut pas rassurée.

S'insinua en elle, très doucement, comme un goutte-à-goutte au fil des heures, l'idée de répondre à la lettre d'Armand... Peut-être que ça aiderait ce petit garçon ? Lui dire au moins qu'il grandirait, que sa vie changerait ? Elle savait ce que c'était, les enfances difficiles où l'on pense les douleurs éternelles et l'avenir inexistant. Encore avait-il la chance de croire au Père Noël… Elle-même y avait eu recours enfant, réclamant le retour de son traître de père avant qu'elle ne le haïsse, puis la guérison de sa mère. À défaut de résultats, espérer l'avait aidée à tenir.

Le cours des pensées de la receveuse prit un nouveau tour, ou plutôt connut un coup d'accélérateur, grâce à la radio. Elle exulta d'entendre l'une de ces nouvelles médecins psychologues, Françoise Dolto, qui affirmait que le Père Noël ne relevait pas du mensonge aux enfants mais du «mythe fondateur» car il développait «l'imaginaire». Voilà qui donnait du sens à ce qu'elle ressentait confusément, mettant des mots carrés et inconnus sur l'instinct qui la portait. Elle se demandait, dans cette mesure, si répondre au courrier ne constituerait pas un couronnement suprême du «mythe» et de «l'imaginaire»… Restait un vide analytique. L'opportunité de répondre, personne n'en parlait sur les ondes, alors que tous les médias jouaient le jeu de l'existence du Père Noël. Lui écrire, c'était bien, mais au fond, laisser les courriers lettre morte, n'était-ce pas le tuer un peu?

Le fait que Magdeleine reçoive ces lettres créait pour elle un biais de lecture particulier: le Père Noël ne relevait plus entre ses mains du «mythe», mais de la réalité palpable. Elle se sentait, à son corps défendant, investie d'une nouvelle fonction qui ne serait plus prosaïquement celle de receveuse mais de trésorière de l'espoir. Fonctionnaire fantasmée d'un ministère des Rêves, elle recensait les enfants qui n'avaient pas écrit comme le percepteur répertorie ceux qui n'ont pas payé leurs impôts. Il y avait entre autres le fils de l'instituteur et celui des couturiers. Elle voyait bien pourquoi le premier manquait à l'appel, avec son abruti de père, mais pas le second.

Elle interrogea sa factrice :

— Vous avez une idée de la raison ?

— Oh, vous savez, soupira Françoise, certains enfants du village ne croient pas au Père Noël. J'ai même entendu les jumeaux Follain ricaner sur mon passage en me demandant si les PTT fonctionnaient bien pour le Ciel, devant des petits que j'ai dû rassurer. Ils clamaient que le Père Noël n'existait pas, ces idiots !

— Ah oui ? s'offusqua Magdeleine. C'est d'autant plus drôle qu'ils y sont allés de leur lettre !

Elle le prit pour un affront personnel, et même un crime contre la rêverie. Il ne pouvait rester impuni.

— Vous savez ce qui les moucherait, les jumeaux ? s'exclama-t-elle. C'est que le Père Noël leur écrive son mécontentement !

Françoise éclata de rire, se départant de sa petite mine souvent contrariée. Magdeleine pouffa à son tour. L'après-midi même, elle entreprit de rédiger sa missive.

Elle ne lésina pas sur les effets spéciaux, avec encre baveuse sur l'enveloppe, par effet de la neige fondue lors du transport en traîneau, dont elle s'excusait, et dessin d'un timbre à l'effigie d'un Père Noël à peu près reconnaissable. Elle ajouta « par avion », estimant que cela faisait moderne. Le contenu était limpide :

Mes chers petits,

J'ai bien cru entendre une conversation entre toi, Jacques, et ton frère Alain. C'est très vilain de ne pas croire au Père Noël. En ce cas, expliquez-moi pourquoi vous m'avez écrit quand même et demandé des jouets ? Vous mériteriez que j'oublie votre maison. C'est pardonné pour cette fois. Soyez sages et obéissants.

Bons baisers du Père Noël.

Après la distribution, c'était à se demander laquelle, de Magdeleine ou de Françoise, était la plus impatiente d'apprendre la réaction des jumeaux. La factrice eut la primeur en les croisant à la sortie de l'école. Elle rentra le raconter en courant, encore essoufflée à son arrivée au bureau de poste :

— Incroyable ! Ils sont dans tous leurs états ! Ils auraient reçu la visite d'un fantôme qu'ils ne seraient pas plus terrifiés ! Vous leur avez fait peur, je crois !

Les deux femmes pleuraient de rire quand Georges arriva, les suspectant d'une entourloupe à son encontre. Comme elles niaient, il conclut qu'elles étaient folles, Magdeleine avait contaminé sa factrice, et il monta pour déjeuner.

* * *

Mais bientôt, la facétie parvint aux oreilles de Georges, qui cuisina sa femme :

— Ce n'est pas toi qui as fait cette bêtise au moins ?

— Tu penses bien que non, soupira Magdeleine en arrosant son rôti de porc, la tête dans le four pour ne pas croiser son regard. Mais c'est amusant…

Georges haussa les épaules. Chacun ses amusements, il préférait son jeu des « cent mille » francs.

Magdeleine reçut dans la foulée de ses remontrances aux jumeaux le courrier du fils de l'instituteur, vigoureusement mobilisé par le rappel au respect. Emmanuel s'excusait de son retard dans une lettre calligraphiée avec des pleins et des déliés, l'attribuant exclusivement aux lignes que son père lui imposait chaque soir car il était toujours puni. Il réclamait des bonbons, des sablés avec un message gravé dessus, des sucettes Pierrot Gourmand. Mais il faisait surtout des révélations terribles. Il affirmait que l'école était pour lui un enfer, on se moquait de lui sans cesse à la récréation, parce qu'il était gros, roux, trop sérieux, en vertu de quoi il avait « zéro ami ». Pour Noël, il ne demandait donc qu'une chose : un bon camarade. Renseignement discrètement pris, Gabrielle confirma à sa grand-mère que tout le monde surnommait Emmanuel « Poil de Carotte », « Bonhomme Michelin » ou « le Ministre », ce qui n'était pas un compliment ! Gabrielle argumenta qu'il était « vraiment pas marrant », même quand on lui faisait des blagues. Si on le laissait dans son coin, c'est qu'il n'y avait pas moyen de l'en sortir. Magdeleine fut affreusement peinée et pria Gabrielle de faire preuve d'un peu de mansuétude. L'isolement était le pire des sorts, et la moquerie un très vilain défaut. Elle se garda de lui dire qu'elle-même, sans bonnes copines à l'école, n'aurait pas survécu au chagrin de son enfance.

* * *

La receveuse se mit à échafauder des raisonnements logiques. Elle avait pris illégalement la plume en écrivant aux jumeaux pour faire une plaisanterie, aux dépens d'autrui si l'on y pense, pour son propre divertissement et celui de Françoise. N'était-il pas plus légitime de la prendre pour mettre un peu de joie au cœur de ces petits ? Répondre à tous quelque chose de gentil, de consolant, rien de plus. Mais se présentait un obstacle de taille, en dehors des risques qu'elle plaçait au second plan. Sa factrice reconnaîtrait sa patte de Père Noël, même si elle contrefaisait son propre style, puisqu'il y avait un précédent. L'épistolière en ferait aussi implicitement sa complice puisqu'elle distribuerait ce courrier, la poussant à son insu à la faute. Il fallait donc forcément la mettre dans la confidence. Ou s'abstenir…

Après des heures de tergiversations, Magdeleine résolut de parler à Françoise, un moyen aussi de recueillir son avis. Encore fallait-il lui avouer son forfait initial, l'ouverture des courriers, qui légitimait l'importance de répondre, très loin de la plaisanterie…

— Ma petite Françoise, j'ai un secret à vous confier. Mais il faut que vous me juriez que vous ne le répéterez à personne.

— Ça dépend, madame Morin, c'est grave ?

— Ça peut le devenir.

Françoise se rembrunit.

— Mais ce n'est pas TROP grave, je veux dire, il n'y a pas mort d'homme, s'empressa d'ajouter Magdeleine.

— Alors allez-y…

Magdeleine lui avoua avoir récupéré les courriers, et pire, les avoir ouverts.

Le teint de Françoise vira à l'écarlate. Légèrement tremblante, elle jetait des regards vers la porte de peur que Bouquet ne surgisse comme un diable de sa boîte. La receveuse ajouta que les contenus étaient moins futiles qu'on aurait pu le penser. Elle préférait ne pas les révéler, une façon de garder le secret partiel de la correspondance… et un morceau de bonne conscience. Elle lui exposa alors son plan, un plan de soulagement des peines en quelque sorte, auquel elle, Françoise, devrait bien contribuer de sa main. Le visage de Françoise se détendit progressivement, jusqu'à ce que Magdeleine achève :

— Alors qu'est-ce que vous en pensez ?

Françoise la regarda, les yeux brillants d'émotion :

— Que vous êtes extra, madame Morin !

Sur ce, contre toute attente, la factrice s'écroula en larmes dans ses bras, réaction pour le moins exagérée. Magdeleine se dit que décidément, il fallait que cette jeune femme soit bien malheureuse en ménage pour que l'idée d'un peu de bonheur donné aux autres la terrasse.

* * *

Le pacte conclu, Magdeleine s'attela à répondre aux courriers durant ses heures de travail et en cachette le soir en l'absence de Gabrielle, quand Georges dormait. Que son mari la découvre serait moins tragique, et surtout improbable, il avait le sommeil lourd. Tout à sa mission, elle déployait une créativité sans bornes, alternant les plumes, les encres et le stylo à bille, ajoutant des fils de coton en invoquant la chute de fils de barbe à son âge avancé, une trace de morsure de renne, qu'elle faisait de ses propres dents, des aiguilles de sapin, écrivant et signant de toutes sortes d'intitulés et calligraphies. Du travail d'artiste qui la faisait rire toute seule, après quoi elle racontait à Françoise qui y allait de ses idées, par exemple de la suie puisque le Père Noël cartographiait forcément déjà les cheminées.

Magdeleine rédigeait des réponses délicates et douces, pleines de tact. Elle passait de longues heures à réfléchir à la bonne phrase, au bon mot, même en dehors de ses heures créatives, ce qui la rendait parfois sourde aux paroles de Georges qui finissait par se poser des questions :

— Oh, je te parle ! T'as un amant ? Tu n'as pas contacté le nabot, au moins ?

Le nabot, c'était son rival de quarante ans plus tôt, le cadre de l'armée. Magdeleine haussait les épaules. Mais puisqu'il en parlait, elle y pensait… Son fils à Noël, pour toute la famille et spécialement cette pauvre Gabrielle, ce serait tout de même magique !

* * *

Quand les réponses se mirent à pleuvoir dans les boîtes aux lettres, on ne parla plus que de cela au village. Qui donc pouvait être l'auteur de ces courriers ? Qui, à part Magdeleine ? Certains clients lui en touchèrent un mot, les uns tenant son implication pour acquise et souriant du phénomène, les autres plus perplexes. Mais Magdeleine gardait l'air altier et impassible, assurant n'avoir aucune explication. Françoise non plus, bien entendu.

Quelques citoyens donnèrent à Magdeleine du fil à retordre, à commencer par son propre mari :

— Magdeleine, je ne te pense pas complètement inconsciente, ne me dis pas que tu y es pour quelque chose ? tempêta Georges.

— Pour qui tu me prends ? répliqua sèchement Magdeleine.

— Pour le Père Noël ! Tu sais que tu perdrais ta place ? Qu'on perdrait notre logement ? Et moi mon travail, puisque je suis employé de mairie ? C'est très sérieux ce que je te dis là.

Magdeleine, le regard vissé sur son fricot, jura ses grands dieux qu'elle n'y était pour rien. Ces courriers ne portaient pas le tampon de la poste de Veules, qu'elle sache, mais un simulacre de tampon de la poste du Grand Nord ou autre, c'était bien la preuve que le bureau de Veules n'avait rien à voir là-dedans !

— J'espère bien, conclut Georges, pas rassuré pour autant.

Il interrogea même Françoise qui secoua la tête en signe de dénégation : elle n'avait pas tenu de courrier de ce genre entre ses mains.

Inévitablement, l'inspecteur départemental gara un beau matin sa DS sur le trottoir, pile devant la porte. Bientôt, il entrerait dans le bureau de poste avec, tellement il en était fier. Il s'engouffra en furie, le front luisant de sueur alors qu'il faisait 4 °C.

— Qu'est-ce que j'apprends, madame Morin ? Il y a des lettres de Père Noël qui arrivent dans les boîtes ? Mais qu'est-ce que c'est que cette farce ? Vous avez bien détruit les courriers ?

— Bien sûr !

— Alors qui les a lus ? Parce que les réponses sont circonstanciées, apparemment ! Alors comment est-ce possible ?

Il enfourna son crâne chauve dans tous les recoins du bureau de poste, des fois qu'il retrouve des preuves du délit.

— Quelqu'un aura reconstitué les courriers détruits ? suggéra Magdeleine.

— Passés par la broyeuse ? Vous vous foutez de moi ? C'est la révocation, madame Morin. Direct ! Vous le savez.

Magdeleine avait envie d'éclater de rire, ce qui lui faisait gonfler les babines, alors que ce n'était pas drôle du tout. Il disait vrai. C'était nerveux. Françoise la tira de ce mauvais pas en faisant son entrée. Bouquet changea de proie :

— Vous savez quelque chose, vous ? De cette histoire de Père Noël ?

— Oh vous savez, moi, je n'ai pas d'enfant, ça me passe au-dessus, répondit astucieusement Françoise.

— Oui, mais vous les distribuez, ces courriers, puisqu'ils arrivent à l'heure de votre tournée !

Voilà une chose à laquelle les deux complices n'avaient pas pensé…

Heureusement, Magdeleine trouva l'argument massue après deux secondes de silence :

— La question, c'est de savoir si les gens ouvrent leur boîte en dehors des horaires de tournée... Elles arrivent peut-être de nuit, par la main du plaisantin.

Bouquet fut bien embêté, ce n'était pas faux. Il conclut :

— Je vais immédiatement avertir ma hiérarchie et diligenter une enquête administrative.

Il laissa derrière lui une boule d'angoisse dans la gorge de chacune. Mais bien vite, leur joie enfantine reprit le dessus parce que les retombées euphorisantes alimentaient leurs conversations quotidiennement, et à vrai dire, remplissaient leur vie.

Gabrielle elle-même avait battu des mains en recevant sa réponse, qui pourtant ne promettait rien :

— Mamie, regarde !

Magdeleine avait ainsi pu s'extasier devant son propre courrier.

Gabrielle racontait qu'à l'école soufflait un vent d'allégresse, chacun demandant à son voisin la forme de sa réponse, à défaut du fond quand il était secret. On se demandait s'il n'y avait pas plusieurs Pères Noël à cause des styles différents, hiatus que Magdeleine n'avait pas anticipé. Il ne pouvait en effet y avoir qu'un Père Noël, son idée de varier les styles était idiote, elle s'en tiendrait désormais à une seule patte. Tous les enfants étaient enchantés, même Emmanuel qui n'avait toujours pas d'ami et Armand qui avait toujours sommeil. La réponse avait un effet placebo. Jean, en revanche, parlait encore moins que d'habitude, un peu gêné d'être le seul à n'avoir pas écrit. Il disait avoir « ses raisons ». Gabrielle, malgré leur proximité, n'avait pu lui tirer les vers du nez.

* * *

Quand Magdeleine ouvrit le cahier de sa petite-fille vers la mi-décembre, elle y trouva un mot : Magdeleine, et non Brigitte, était convoquée par l'instituteur, aux aurores, avant la classe. Étrange…

Brigitte avait son idée, avancée en douceur car elle ne tenait pas à affronter sa belle-mère :

— Ce ne serait pas en rapport avec les lettres de « Laponie », par hasard ?

— J'en suis malade, j'en suis malade, souffla Georges qui ne parvenait pas à croire sa femme innocente.

— Pourquoi malade ? interrogea Gabrielle. Ça donne énormément de travail à Mamie – Magdeleine retint son souffle – de trier toutes ces lettres.

Ouf !

— Elle en aura peut-être très vite beaucoup moins ! tempêta Georges.

Brigitte n'était pas davantage dans le secret que Georges, mais elle lança à Magdeleine un regard de connivence sans ambiguïté. Magdeleine n'avait pas envie d'avouer, chacun se faisait son opinion. Ce qui retenait Georges de basculer dans la certitude, c'était la foi conjugale mêlée à l'espoir que sa femme ne soit pas devenue totalement inconsciente. Brigitte partie, il l'interrogea pourtant encore :

— Tu connais le risque ? Tu serais incapable de me cacher quelque chose, Magdeleine ?

— Bien sûr mon gros, l'embrassa Magdeleine.

En vexant Georges, elle savait qu'elle aurait la paix.

Le lendemain dans la classe à 7 h 45, Magdeleine se fit asseoir d'autorité par l'instituteur sur une chaise pour enfant, à côté du grand squelette. Était-ce un hasard ? Gabrielle attendait dehors en jouant à la marelle. Hugues Guichard l'entreprit :

— Je suis hors de moi, hors de moi ! Mon fils, que j'éduque comme je peux dans ce monde en déliquescence, a reçu une lettre du Père Noël ! Sans lui avoir écrit !

Magdeleine se garda bien de le détromper et tenta l'humour :

— Il est fort, ce Père Noël.

— Oui, ne vous moquez pas de moi. Il a aussi envoyé un courrier aux jumeaux, qui n'avaient pas écrit non plus puisqu'ils n'y croient pas. Non content de répondre, il devance, il démarche ! Et les trois quarts du village de s'abaisser à cette… cette fantaisie débilitante ! En prime, l'auteur des courriers promet à mon fils un ami ! Un ami ! Pour quoi faire ? Il lui conseille aussi les cures de cresson à la place des bonbons et lui laisse entendre qu'il sera moins roux en grandissant !

Le cresson était la culture reine de Veules-les-Roses, une véritable spécialité locale qui poussait çà et là le long de la Veules. Pour la couleur de cheveux, Magdeleine s'était un peu avancée, certes, mais… le phénomène se voit. Elle continua d'endurer le sermon, faisant profil bas comme une enfant, en répétant qu'elle n'y était pour rien. C'était regrettable, cette contrefaçon de ses services, très.

Hugues Guichard la laissa repartir parce que la cloche sonnait et qu'il ne pouvait pas la coffrer. Il regarda Gabrielle sautiller à cloche-pied aux côtés de sa grand-mère qui lui disait au revoir et murmura, assez fort pour être entendu :

— Pauvre petite…

— Je te dis, il est bizarre, souffla Gabrielle.

Magdeleine n'était pas arrivée au bureau de poste que le téléphone sonnait, ce qui se produisait rarement. Ô comble de joie, c'était Yves !

— Mon chéri, mon chéri, comment ça va ?

Mais Yves était de mauvaise humeur :

— Je t'appelle parce que j'ai reçu une lettre de Papa. Je peux pas parler longtemps, c'est très cher, mais Papa me dit que tu réponds aux lettres du Père Noël ? Rassure-moi, Maman, tu fais pas ça ?

— Comment vas-tu, mon chéri ?

— Très bien, j'ai chaud ! Réponds-moi.

Elle nia en bloc. Il lui rappela les sanctions encourues, les conséquences, se retrouver sans travail, elle comme son père. Enfin, il lui demanda de jurer que ce n'était pas elle, elle jura. De jurer sur sa tête…

— Ça grésille mon chéri, je t'aime je t'aime, je n'entends plus rien !

Et elle raccrocha.

* * *

Quand les courriers devinrent rares, Magdeleine et Françoise sombrèrent dans une forme de dépression. Ce que c'était triste, la vie sans magie… Elles avaient le sentiment de ne plus servir à rien, de n'avoir plus rien à faire que le travail ordinaire. C'est Françoise qui alluma la mèche de la suite, en rentrant de sa tournée avec une information, de pourtant maigre envergure en apparence :

— La chienne des agriculteurs a mis bas, il y en a partout ! Au moins cinq !

— Et qu'est-ce qu'ils vont en f… C'est quoi comme chien ? se ravisa Magdeleine.

— Des loulous de Poméranie. Je le sais parce que j'ai demandé, vu que j'en ai peur, et en fait, ça aboie beaucoup, mais ça ne mord pas.

— Ils sont grands comment, les petits ?

— Comme ça ? suggéra la factrice en montrant une vingtaine de centimètres de long.

— Parfait. Vous pourriez demander s'ils ne veulent pas vous en donner un ?

Mais Françoise ne voulait pas de chien ! Magdeleine la pria de ne pas poser de questions et de lui ramener un chiot, plutôt femelle.

Magdeleine se répéta qu'elle n'y pouvait rien, si ce chien tombait du ciel. Et si du ciel, il tombait dans le jardin d'Anaïs, après tout, où était le mal ? Quand la boule de poils blancs arriva dans la sacoche de la factrice, Magdeleine réalisa qu'elle ne pouvait traverser le village avec un chien sous le bras. Elle ne pouvait le lâcher que de nuit dans le jardin de la Villa. Elle alla donc cacher l'animal dans les anciennes toilettes du fond de la cour, avec des gésiers de poulet, de l'eau mêlée d'un peu de vin, et un vieil édredon, priant pour que, gavé et sonné, le chiot s'endorme. Georges cru bien entendre aboyer dehors en plein milieu du repas, mais Magdeleine lui assura que c'était l'âge, des acouphènes sans doute. Une fois son mari endormi, elle attendit 23 heures pour aller libérer le bébé loulou, rond comme un tonneau, et traversa Veules sous un vent glacé munie de son colis. Après l'avoir libéré dans le jardin clos de la villa Esmeralda, elle ficha le camp en courant. Elle ne dormit pas jusqu'au petit matin, surexcitée à l'idée de connaître l'effet produit, qui la rassurerait aussi sur l'arrivée du chien entre les bonnes mains.

— Madame Morin, vous êtes complètement fada ! s'amusa Françoise en revenant le lendemain. Le chiot… Et alors c'était la fête, vous n'avez pas idée !

Quand Anaïs s'était réveillée, apercevant le chiot dans le jardin par la fenêtre, elle était sortie en chemise de nuit pour le rentrer vite au chaud, incrédule. Comment était-ce possible ? La jeune fille avait bien son idée, mais… Elle n'en revenait pas. Elle était partie à regret travailler, laissant la bête entre les mains de Jean et Emmanuel, missionnés pour faire de la garde canine chez elle, sa mère ne s'en sentant pas la force. Encore heureux que ce soit un jeudi, jour sans école. « Loulou » avait déjà déchiqueté une pantoufle et courait dans l'appartement avec une énergie diabolique, peut-être liée aussi à ses agapes de la veille, il se cognait partout. Françoise racontait que les deux enfants, d'habitude indifférents l'un à l'autre, discutaient vivement autour de l'animal des méthodes éducatives à appliquer. Emmanuel souriait, Jean parlait, Éléonore supervisait. La factrice avait vu cette villa pour la première fois sous le soleil !

Magdeleine ne put s'empêcher d'aller le vérifier de ses yeux le soir même. Elle n'avait qu'une peur, qu'Éléonore, dépassée par l'animal, souhaite s'en débarrasser. Mais la mère, qui avait bien identifié la main du miracle, n'avait pas le cœur d'attrister sa fille, heureuse comme jamais.

— C'est gentil, madame Morin...

— Magdeleine.

— Magdeleine. Je peux vous demander comment...

— Je ne suis au courant de rien, répondit la receveuse en souriant. Désormais, je saurai pour qui garder les restes ! Parlez-moi de vous, plutôt...

Mais Éléonore, étendue sur le lit-cosy qui tenait lieu de canapé, n'avait pas très envie de parler. Ces temps-ci, elle pensait beaucoup à la Villa, au père d'Anaïs, à sa détention en camp aussi... Tout son passé lui revenait en boomerang, la faute aussi à cette saison qui décuplait le bonheur des uns et soulignait le malheur des autres. Magdeleine ne put que compatir, renvoyée à ses souvenirs.

Elle n'avait rien oublié de sa détresse d'enfant quand arrivaient les Fêtes. Ses amies décoreraient le sapin, feraient bombance et trouveraient une orange en cadeau, quand elle aiderait sa mère à s'occuper de ses petites sœurs, et qu'une soupe à la crème ferait son repas de fête. Ce qui la peinait, petite, n'était pas tant son propre sort que celui de sa mère qui, avant de se savoir malade, avait eu la stupeur de découvrir un homme qu'elle avait aimé sans au fond l'avoir jamais connu. Les créanciers avaient frappé à la porte en même temps que les modèles et catins qui lui avaient révélé l'autre face de la vie de son mari. Magdeleine se demandait souvent si elle-même n'avait pas choisi son gros balourd de Georges en sorte d'être à l'abri de ce genre de déconvenue... Au dernier vrai Noël, sa mère, fiévreuse et couverte de plaques de boutons d'origine inconnue, accusait ses conditions de travail en buanderie, envisageant de changer d'emploi. Magdeleine avait prié pour une meilleure année. Mais le Noël suivant, placée chez son oncle, quand elle avait eu le droit d'aller voir sa mère à l'hôpital, celle-ci n'avait pas reconnu sa fille. Alors Noël...

Magdeleine partit de chez Éléonore le cœur gros, état qui avait le don de générer chez elle l'envie violente de se battre pour faire mentir le destin. Le froid glacial acheva de dissiper sa mélancolie. Pour voir les choses positivement, elle avait mis un peu de gaieté dans une maisonnée morose, enchanté une jeune fille trop sage. Elle ne put s'empêcher de passer à la boulangerie pour prendre la mesure elle-même de la joie d'Anaïs. La jeune fille, en présence d'une cliente, formula ses remerciements de façon sibylline, « le colis » la comblait ! Magdeleine fit mine de ne pas bien comprendre, mais sur le chemin du retour, elle sautillait presque de joie.

Par terre dans la rue, elle trouva un énorme calot œil-de-chat, immédiatement identifié comme rare. Elle s'y connaissait en billes grâce à Gabrielle, qui avait enrichi la collection héritée de son père et soigneusement conservée. Elle le ramassa, vérifia qu'aucun enfant alentour ne pouvait en revendiquer la propriété, et le glissa dans sa poche dans l'idée de le donner à sa petite-fille. Elle le tripotait machinalement quand elle se mit à penser que Gabrielle avait déjà beaucoup de billes, tandis que d'autres n'avaient rien… L'injustice sociale liée à l'héritage commençait à cette modeste échelle. Et si elle la gardait pour la faire déposer par une main anonyme chez le petit des paysans le jour de Noël ? Rien que le fait d'imaginer la scène la mit en joie. Les derniers cent mètres pour arriver chez elle achevèrent de lui souffler un projet diabolique : elle allait récolter une babiole pour tous les enfants qui lui avaient écrit !

Françoise souscrivit immédiatement au plan, bien entendu. En toute complicité, elles s'attelèrent à réunir au fil des jours différentes surprises, bonbons, petites voitures et cordes à sauter trouvées en promotion au Bazar ou chez le brocanteur. La factrice s'adonna aussi à la fabrication industrielle de cocottes en papier tandis que Magdeleine tricotait des kilomètres de scoubidous. Georges la regardait faire, atterré :

— On aura bientôt de quoi faire le tour de la terre, avec tout ça !

Mais les scoubidous disparaissaient régulièrement pour rejoindre le stock, dans un vieux tonneau qui figurait la hotte, chez Françoise pour plus de prudence.

* * *

Jusque-là, les Veulais ne savaient que penser de ces courriers qui amusaient les adultes autant qu'ils enchantaient les enfants. Aucun client du bureau de poste n'insistait trop auprès de Magdeleine, comprenant que ni elle, ni personne ne se dénoncerait plus. Une sorte de complicité tacite unissait les habitants, qui n'était pas sans rappeler la Résistance. Tout le monde croyait savoir, mais personne ne parlait. C'était sans compter la messe du 11 décembre…

Le curé, qui jusqu'ici ne s'en était pas mêlé, avait sa tête des mauvais jours, débitant son office en quatrième vitesse. Même l'organiste là-haut avait du mal à suivre. On comprit plus tard que c'était pour disposer de plus de temps pour le sermon…

Le curé commença par des généralités. Tout le monde savait que les superstitions, la chiromancie, tout type de magie, c'était mal. On somnolait déjà. Mais il tonna : le Père Noël, c'était pire ! Oui, bien pire, car cette figure concurrençait celle de Jésus, voire de Dieu bien nommé « le Père », or elle polluait Veules-les-Roses jour après jour. Envisager un bienfaiteur, au Ciel qui plus est, universel et intersidéral, doté de pouvoirs qui n'étaient pas de ce monde, c'était du blasphème, rien d'autre. Il n'y avait de royaume que le Royaume de Dieu. Ni Laponie, ni pôle Nord et autres balivernes. Au catéchisme même, un enfant avait osé qualifier sa réponse de « miracle » ! Voilà où l'on en arrivait dans ce village où, déjà, de nombreux parents laissaient leurs petits déserter l'église sans se soucier du salut de leur âme, le prêtre en pleurait presque. C'est vrai que Jean, Emmanuel, Armand et quelques autres ne fichaient pas les pieds au catéchisme, réalisa Magdeleine, pleine de compassion pour ce pauvre homme, oubliant qu'elle était pour quelque chose dans ses affres de saison. L'abbé termina par une note d'espoir : le pauvre pécheur, auteur de la mauvaise plaisanterie, se repentirait sans doute bientôt en confession, et Dieu, dans sa miséricorde, le pardonnerait. Magdeleine s'y voyait déjà ! Tout au long du sermon, elle avait gardé la tête soigneusement baissée, moins en signe de pénitence que pour éviter de croiser dans l'assistance un regard – elle se serait trahie.

Sur le parvis, tout le monde était sonné. Certains se sentaient coupables d'avoir souri avec leurs enfants, mais la plupart trouvaient fort de café de se faire disputer pour si peu. Soudain, toutes les têtes se tournèrent vers Hugues Guichard, l'instituteur, que l'on n'avait jamais vu dans cette assemblée fraîchement bénie. Il n'avait pas assisté à la messe, il ne faut pas exagérer, mais il s'approcha du curé pour lui serrer chaleureusement la main. Les conversations se turent, tous les Veulais sidérés par la scène. On entendit l'impensable :

— Monsieur le curé, je me suis permis d'écouter aux portes, je me doutais que vous ne toléreriez pas l'intolérable. Je tiens à vous manifester ma solidarité totale, et celle de l'école laïque et républicaine dans son ensemble, je crois pouvoir le dire. Sur le scandale du Père Noël, en tout cas.

Le prêtre se laissa secouer la main sans oser la reprendre, on n'est jamais à l'abri d'une nouvelle recrue à qui tout chrétien doit la tendre. Il comprit vite que leurs divergences de fond restaient intactes, mais ils se quittèrent en se promettant une lutte commune contre le Père Noël: «Ensemble pour éradiquer et punir», premier slogan christiano-stalinien.

Magdeleine prit congé rapidement et rentra avec Brigitte, qui demeurait silencieuse avec Marianne dans les bras, et Gabrielle, très ébranlée. La petite lui souffla:

— Mamie, tu sais qu'à l'école, ils disent que c'est toi le Père Noël?... Ils sont fous.

Magdeleine monta sur ses grands chevaux en criant au scandale, et on n'en parla plus. C'était jour de décoration du sapin, ce dont elle se mit à l'entretenir de façon très volubile, elles allaient bien s'amuser.

Comme tous les délinquants, Magdeleine s'enhardissait avec l'expérience. Tard ce soir-là, elle entreprit de rédiger une réponse sans trop se soucier des dormeurs dans la pièce d'à côté. Georges ronflait comme un sonneur, une mélodie pleine de variations reflétant sans doute la teneur de ses rêves, toute interruption l'aurait frappée. Quant à Gabrielle, elle dormait d'autant mieux qu'elle pouvait s'étaler. La grand-mère dessinait des sapins et des étoiles de neige en tirant une langue appliquée, goûtant une quiétude enfantine qu'elle n'avait pas connue en temps et en heure, quand soudain, elle aperçut dans son champ de vision, se découpant dans l'embrasure de la porte, une silhouette blanche de petite taille...

Gabrielle se tenait debout, yeux écarquillés dans l'obscurité, depuis quelque temps visiblement. Magdeleine fourra précipitamment son attirail sous la corbeille à pain et se précipita sur elle. Mais Gabrielle hurla:

— C'est toi, le Père Noël ! C'est pour de faux, qu'il écrit ! Ils avaient raison à l'école !

Elle lui échappa immédiatement, son petit corps souple se faufilant sous son bras pour dévaler l'escalier.

— Gabrielle ! Gabrielle ! cria Magdeleine, lancée à sa poursuite.

Mais sans chaussons, la pauvre grand-mère se prit les pieds dans sa longue chemise de nuit. Le temps qu'elle se relève, Gabrielle avait déjà déverrouillé la porte et s'était précipitée dans la rue.

Pieds nus aussi, à peine vêtue, la petite courait de toutes ses forces sous la pluie en remontant la rue principale, en direction de l'extérieur du bourg.

Magdeleine tenta de la rattraper, mais les trois réverbères de Veules éclairaient à peine le centre-bourg. Elle la perdit de vue au deuxième coin de rue. Où s'était-elle cachée ? Enfuie ? Au mépris du sommeil des Veulais, la grand-mère se mit à hurler :

— Reviens ! Je vais t'expliquer ! Tu vas prendre froid ! Gabrielle !

Brigitte ouvrit ses volets, puis Georges, puis d'autres, et tous se retrouvèrent dans la rue sous une pluie verglaçante, appelant Gabrielle à pleins poumons, regardant sous les rares voitures, dans les jardins et par les soupiraux. Personne ! Gabrielle avait disparu !

- 5 -

Une partie de la nuit, on chercha Gabrielle. Magdeleine était remontée enfiler un manteau et des bottes, passant robe et chandail par-dessus sa chemise de nuit pour faire plus vite. La Veules était très proche, à cinquante mètres de toutes les sentes qui partaient d'un côté de la rue principale. Ses berges plongées dans la nuit, détrempées et glissantes, laissaient craindre l'accident. On s'équipa de lampes de poche pour chercher de ce côté, comme vers la sortie du bourg, là où la route disparaissait dans l'obscurité la plus dense. Ils étaient une dizaine à s'être époumonés en criant « Gabrielle » quand l'un des habitants pourvu d'une 2 CV proposa de s'aventurer jusqu'en dehors du village. Georges à bord, tous deux s'aidaient des maigres phares pour scruter les bas-côtés. Sans succès. Georges revint pour sonner la fin des investigations :

— Écoutez, vous ne pouvez plus rien faire. Rentrez vous coucher. Je vais prévenir les gendarmes.

L'estafette Renault des forces de l'ordre arriva peu

après. Quatre gendarmes sillonnèrent le village, armés de leurs torches puissantes, tandis que Georges et Magdeleine continuaient de chercher de leur côté. Brigitte était rentrée veiller sur Marianne pour ne pas ajouter du malheur au malheur. Les grands-parents ne criaient plus. Ils n'en avaient plus la force. Exténués, frigorifiés, ils regagnèrent leur domicile à 5 heures du matin, sur le conseil de la brigade. La question n'était plus de savoir où était Gabrielle, mais combien d'heures une enfant de cet âge pouvait tenir dans le froid… et dans l'eau glacée ? Magdeleine avait envie de mourir. Georges évitait de l'accabler, mais il avait vu le matériel de Père Noël sur la table… Les heures qui suivirent, avec Brigitte et le bébé qu'elle ignorait pour la première fois de sa vie, furent interminables.

Gabrielle ressurgit au lever du jour, l'air guère plus éprouvée qu'en rentrant de promenade :

— Je suis en retard parce que je me suis endormie, affirma-t-elle d'une voix assurée.

Elle fut tout étonnée que sa famille se précipite sur elle en larmes pour l'écraser de baisers. Gabrielle avait trouvé refuge dans une alcôve collée au fournil de la boulangerie, se souvenant que le pain cuisait la nuit. C'est fou ce que cette petite était intelligente ! On la disputa gentiment, pour le principe, en la suppliant de ne plus jamais recommencer, mais tout était pardonné. Du moins du côté des adultes. Car de son côté à elle, ce n'était pas le cas. Elle faisait ostensiblement la tête à sa grand-mère.

Magdeleine évacua tout le monde de la pièce au motif de choses capitales à lui dire. Nul ne saurait jamais lesquelles.

Elle l'assit près d'elle et la regarda droit dans les yeux :

— Voilà, Gabrielle. Je vais tout te dire car je te crois assez grande pour comprendre. Mais tu vas détenir un secret absolu, qu'il faudra bien garder. Cette année… j'ai été nommée lutin !

Gabrielle écarquilla les yeux.

Magdeleine lui expliqua qu'en effet, le Père Noël l'avait choisie pour se faire aider dans sa correspondance, en ayant déjà plein les hottes avec tous les enfants que comptait le monde. Il s'agissait d'une rare distinction, d'une haute confidentialité, même Papi n'était pas au courant. Elle recevait ses ordres de mission par téléphone pour ne pas laisser de trace, recopiait de mémoire le message dicté par le Père Noël et allait le glisser dans les boîtes personnellement, car même Françoise ne devait rien savoir.

Gabrielle, sous le choc de la révélation, promit le secret. Extrêmement fière de sa grand-mère, elle s'excusa d'avoir réagi comme une enfant. Elle quitta la pièce avec un air d'importance, sans daigner adresser la parole à Brigitte et à Georges qui patientaient dans le couloir, elle avait sommeil.

La petite dormit jusqu'au soir avant de revenir sur le sujet en prenant à part sa grand-mère :

— J'ai réfléchi. Si tu ne fais que les lettres, ce n'est pas très important. Le plus important, c'est qu'il fasse ce qu'il dit. Par exemple, il m'a promis qu'avec l'aide du Ciel, je pourrai peut-être voir Papa à Noël. Je prie de toutes mes forces. S'il ne le ramène pas… ce sera qu'un « salaud » !

Et Gabrielle s'écroula en larmes.

Magdeleine, épuisée par les émotions, la consola avec ce qui lui restait de forces pour ne pas montrer sa peine.

Georges profita de la suite de la soirée seul avec sa femme pour lui passer un savon. Ainsi, elle lui mentait et mettait la famille en péril ?! Dès lors, tout était possible ! Quelle journée !

Mais Gabrielle avait raison, songea Magdeleine une fois couchée, les yeux ouverts dans la nuit de leur chambre. Le Père Noël ne pouvait pas promettre ce qu'il n'allait pas tenir, s'il faisait cela, ce serait… un « salaud » !

* * *

Le lendemain aux aurores, Magdeleine écrivit à son ancien soupirant pour solliciter son entremise afin d'obtenir une permission pour son grand fils à Noël, non sans lui glisser quelques amabilités sur le bon souvenir qu'elle gardait de lui.

L'homme étant ce qu'il est (à part Georges), sa réponse ne se fit pas attendre. Le surlendemain, il téléphonait à Magdeleine au bureau de poste pour l'inviter au restaurant à Rouen afin d'en parler plus aisément. Magdeleine rougit à la seule idée de mentir (encore) à son mari, de se rendre à Rouen en cachette, de se laisser conter fleurette autour d'un repas par un rival que Georges honnissait. Exclu. Elle l'éconduisit en douceur d'un « on verra », bien décidée à ce qu'on ne voie rien du tout.

Son bureau fermé, Georges boudant toujours ostensiblement, Magdeleine alla se délasser devant la télévision chez Éléonore. Les aboiements de Loulou couvrant le bruit du poste, on l'éteignit. Magdeleine raconta la fugue de Gabrielle, qui lui avait fait imaginer le pire. C'était affreux, de ne pas savoir, soupirait-elle, sans réaliser que c'était précisément le drame d'Éléonore. Elle comprit sa bévue à la mine déconfite de son amie :

— Ce que je suis sotte ! se reprocha vivement Magdeleine. Pardon. Mais dites-moi… En votre for intérieur, vous pensez qu'il est vivant ou mort, votre fiancé ?

— Disons que je refuse de croire qu'il est mort, c'est tout, souffla Éléonore.

Magdeleine s'enfonça dans ses pensées, pleine d'empathie pour ces deuils sans corps qui n'avaient le droit ni de commencer, ni de finir. Que pourrait-elle faire ? Encore contrariée par son échec pour ramener Yves à Noël, elle se demanda s'il n'y avait pas là moyen de prendre sa revanche. Après tout, c'était le vœu d'Anaïs aussi… Si elle cherchait et découvrait cet homme mort, cela ne sauverait pas la maison, mais Éléonore pourrait au moins aller de l'avant. Si elle le découvrait vivant… Elle préférait ne pas y penser.

— Il s'appelait comment, votre fiancé ? s'enhardit Magdeleine

— John.

— John comment ?

— John Lücke, souffla la jeune femme, qui dut lui épeler son nom, pour le moins inhabituel.

— Et vous savez quoi, de lui ?

— Qu'il était écossais, et qu'on s'aimait.

C'était maigre. Mais quand Magdeleine prit congé, elle s'était juré de remettre la main dessus, mort ou vif. Il fallait en finir avec ce mystère vieux de bientôt vingt ans. Elle s'inventa de quoi donner une grande légitimité à sa démarche, se reprochant d'avoir apporté le chien, ce

Loulou foldingue digne d'un Walt Disney, sans se soucier de l'essentiel, un père et fiancé. Elle se trouvait lamentable, elle allait réparer.

* * *

Georges s'étonna de se voir soudain questionner sur les soldats écossais de la guerre :

— Qu'est-ce que tu mijotes, encore ? Tu t'intéresses à l'histoire, maintenant ?

Magdeleine argua de son ignorance crasse, certaine qu'il ne pourrait se retenir de faire état de ses connaissances dans un domaine qui le passionnait. Faute d'avoir passé la guerre à Veules, elle avoua ne rien savoir du détail des opérations qui s'y étaient déroulées, et quand elle assistait aux commémorations, les 8 mai et 11 novembre, elle ne discutait pas, comme Georges, avec ses congénères masculins, des faits d'armes qui honoraient le village. Le temps passant, elle le regrettait. Son mari lui donna bien volontiers un cours de rattrapage.

Après la bataille d'Amiens en juin 1940, qui avait vu bombarder toute la côte nord de la France, dont Calais et Dunkerque réduites en poussière, le général Rommel avait coupé la retraite des soldats alliés qui se repliaient dans la région, dont beaucoup d'Anglais et d'Écossais. Magdeleine savait tout cela mais n'en dit rien. Plus de trois mille hommes avaient embarqué sous les obus, mais pour des milliers d'autres, ça avait été un carnage. Plus intéressant, il lui annonça qu'il y en avait plein le cimetière de Veules, mais aussi de Saint-Valéry-en-Caux, quand leur corps ne reposait pas au fond de l'eau. Enfin, Georges y alla de son avis. Ces combattants de la première heure, morts ou vivants, avaient été oubliés, comme si la guerre n'avait commencé qu'en 1944 sous prétexte qu'un armistice avait été signé le 22 juin 1940.

— Mais l'armistice pour qui ? Pour les vendus ! tonna Georges.

Pour conclure, il glissa sa pointe de vieille rancœur. Il regrettait encore d'avoir passé la guerre au Mont-Dore, même si c'était « pour le petit ». Sa femme l'avait privé de sabotage de blockhaus sur la falaise.

En attendant, son historien ne l'avait pas bien avancée. Elle allait se débrouiller toute seule.

Magdeleine eut tôt fait de vérifier que « John Lücke » n'était pas enterré à Veules. Elle se rendit d'un coup de vélo à Saint-Valéry-en-Caux, situé à six petits kilomètres, tout en se doutant bien qu'Éléonore avait dû s'assurer qu'il n'y était pas davantage. Ce que souhaitait aussi Magdeleine, c'était s'imprégner du passé, ressentir l'importance de sa quête en prenant concrètement conscience du sang versé de bonne heure par les Alliés. Au cimetière militaire franco-britannique de Saint-Valéry, elle fut saisie d'un vertige. Des croix à perte de vue, des stèles blanches… Plus d'un millier de jeunes hommes, plus jeunes que son fils encore, reposaient ici. Des gamins. Consultant la liste des défunts, elle s'assura que ne s'y trouvait aucun « John Lücke ». Avant de rentrer à Veules, Magdeleine fit un détour par le petit cimetière marin que jouxtait une jolie église face à la mer. Elle s'arrêta devant une minuscule tombe: «Geneviève Morin 1932-1932». Après un rapide signe de croix, elle y jeta quelques fleurs cueillies le long de la route, rien à voir avec les florissants rosiers en pots où elle reconnut la main de Georges. Il avait dû passer. Ils ne s'en parlaient jamais, ne s'y rendaient jamais ensemble, elle-même le moins possible, c'était au-dessus de ses forces. Rester plus d'une minute aussi.

En pédalant sur son vélo, Magdeleine se disait que, décidément, il fallait s'appliquer à faire aller la vie mieux qu'elle ne va, tant qu'il y en a. Ce John Lücke, elle apprendrait ce qu'il était devenu!

En rentrant, elle se résolut à appeler sa sœur Suzanne à la préfecture, s'excusant de briller par son absence, mais l'une comme l'autre, très attachées à la famille qu'elles avaient fondée, ne se déplaçaient guère. Rouen était distant de soixante-dix kilomètres, mais il fallait compter trois heures de car pour s'y rendre. Magdeleine expliqua à Suzanne, sans vouloir trop en dire, rechercher la trace d'un soldat. Sa sœur lui indiqua les archives départementales à Rouen, plus adaptées pour la renseigner que le service de l'état civil où elle officiait. Et soudain, Magdeleine eut une autre idée:

— Dis-moi, tu as un moyen, toi, de savoir si un enfant a été adopté?

Suzanne tiqua:

— Tu as quitté les PTT pour les bureaux de Duluc Détective ou quoi?

Duluc était une grosse agence de détectives parisienne, souvent citée dans les pages «Faits divers» pour avoir élucidé un crime.

Magdeleine éclata de rire et lia son intérêt pour l'enfant au sort du soldat, dans une histoire à dormir debout de «fille-mère» que sa sœur goba par amour sororal autant que parce qu'elle lisait *Nous Deux*. Suzanne promit de faire une recherche, mais il lui fallait impérativement la date de naissance de l'enfant.

Magdeleine employa Gabrielle, sous couvert d'une mission ultra-confidentielle de mini-lutin, en la chargeant de savoir quand tombait l'anniversaire d'Armand.

— Parce que le Père Noël n'aura pas le temps de faire sa cheminée cette année? interrogea Gabrielle.

— On ne peut rien te cacher, soupira Magdeleine, il est débordé. Chut hein… Prudence.

Le soir même, sur un petit papier plié en huit et caché dans ses gants, Gabrielle rapporta l'information, que Magdeleine put téléphoner à sa sœur: 8 août 1952.

* * *

Magdeleine fut dès lors poursuivie par l'idée obsessionnelle de se rendre aux archives, à Rouen. Rouen, où se trouvait aussi son ancien soupirant… Elle projetait de faire trois heures de voyage pour John Lücke, peut-être mort, et se voyait mal ne pas tenter ce qui était en son pouvoir pour ramener Yves, encore vivant… Question de logique. Mais moralement, c'était cornélien. Georges lui en voudrait tellement! La solution était d'emmener Françoise en protection rapprochée, l'imposant dans le déjeuner avec «le nabot» pour s'épargner l'opération séduction et se tenir au-dessus de tout reproche.

Mais quand Magdeleine proposa le voyage à sa factrice, celle-ci prit un air épouvanté :

— Ah non, ça, avec mon mari, ce n'est pas possible, il me tuerait ! Non non non, madame Morin, là je vous dis non.

La pauvre jeune femme était tremblante. Magdeleine trouva sa réaction très disproportionnée et la rassura, mais elle ne put s'empêcher de lui parler franchement :

— Vous savez, Françoise, je ne dis rien, mais je crois que vous avez un drôle de mari…

Françoise rougit, baissa la tête et partit faire sa tournée. Magdeleine attirait habituellement les confidences, mais sa factrice lui cachait des tensions conjugales, c'était évident. La factrice dissimulait ses difficultés sous une application professionnelle sans égale, se pliant en quatre pour aider les clients, ramenant le pain ou les médicaments aux personnes âgées, rendant aux uns et aux autres des services, et c'est des habitants qu'elle entretenait toujours Magdeleine, jamais d'elle-même. Quand elle n'évoquait pas le travail, c'était désormais pour s'égayer de leurs facéties de Noël, et elle repartait chez elle en donnant le change, mais pour y vivre quoi ? Magdeleine se promit d'être plus vigilante, un drame couvait peut-être sous ses yeux sans qu'elle fasse rien pour le contrer.

La receveuse retrouva sa légèreté en ouvrant la boîte aux lettres, face à une nouvelle lettre au Père Noël, celle-là inespérée. Elle était signée « Jean Galet », enfin ! Le petit des couturiers. On peut dire qu'il avait du retard, celui-là ! Elle alla s'asseoir derrière son guichet et entreprit la lecture, le cœur battant de plus en plus vite :

Cher Père Noël,

Je ne vous écris pas pour moi parce que j'ai un cadeau par jour pendant sept jours au mois de décembre, je vous demande de ne pas le répéter, c'est interdit. Je vous écris pour mes parents. Ils ont laissé un magasin et un gros stock de tissus à Paris pris par les Allemands et le gouvernement de Vichy, qui en avait spécialement après les tissus. Ils disent que ce n'est pas grave à côté de tous mes papis et mes mamies assassinés, mais ce serait bien de les aider parce qu'ils vont être expulsés et on n'aura plus rien du tout. Je sais que tu as déjà beaucoup de travail pour les enfants mais pour mes parents, ça peut attendre janvier. Si possible.
Merci.

Salutations distinguées.

Jean

Magdeleine ne comprenait strictement rien. C'était quoi cette histoire de cadeaux, de magasin, de grands-parents assassinés ? Complètement incohérent, d'autant qu'elle n'avait jamais entendu dire que les Galet avaient des biens à Paris. Pourquoi n'y seraient-ils pas retournés après-guerre, alors ? Elle attendit l'heure du déjeuner pour interroger Georges en lui tendant la lettre, mais loin de s'en saisir, il entra dans une colère noire :

— Mais ce n'est pas possible, Magdeleine ! Tu ne vas pas continuer ?! On n'a pas assez d'ennuis, tu veux vraiment te faire prendre ?!

— Lis, il y a plus important que le règlement ! cria Magdeleine plus fort que lui.

Georges s'empara du courrier et resta sans voix. Il ne comprenait rien non plus, sinon qu'il se souvenait vaguement avoir lu dans le journal que quelques commerçants s'étaient fait prendre leur maison ou leur outil de travail pendant la guerre, mais il s'agissait de juifs, et il croyait d'ailleurs avoir entendu dire à la radio qu'on leur avait rendu. Et puis les Galet n'étaient pas juifs. Galet, c'était un nom d'ici, Joseph et Marie, on ne peut plus catholique. On n'avait jamais tué les vieilles personnes non plus du temps des Allemands, ça se saurait. Tout cela était bien curieux…

— D'un autre côté, ils ne sont pas d'ici, souligna Magdeleine, et je n'ai jamais entendu dire qu'ils avaient de la famille dans la région. Éléonore sait qu'ils sont arrivés pendant la guerre…

— Bah oui. Comme tant d'autres. En ville, il n'y avait rien à bouffer.

Georges n'était pas loin de conclure à l'affabulation, chiffonné seulement par le refus des cadeaux. Un enfant qui n'en demandait pas n'était pas tout à fait normal, sa propre génération se serait damnée pour une orange. Magdeleine eut alors l'idée de titiller son sens de l'histoire :

— Tu pourrais aller fouiller chez le brocanteur qui entrepose des tonnes de vieux journaux. Faire une recherche *historique* sur cette histoire de commerce.

Georges se rengorgea. Et accepta. Il fit toutefois promettre à Magdeleine de ne pas répondre au courrier. Il estimait que ce petit garçon soumettait peut-être un problème de grandes personnes, à régler entre grandes personnes. Magdeleine promit, elle n'était plus à ça près. Mais le lendemain, elle recopia à peu près les mots de Georges :

Mon cher petit Jean,

Je te remercie de m'avoir enfin écrit, tu as eu bien raison. Comme tu me parles d'une affaire de grandes personnes, je vais m'en occuper avec mes lutins adultes. Je suis surpris que tu aies déjà des cadeaux en grand nombre, mais je m'en réjouis pour toi.

Baisers du Père Noël.

Magdeleine ne brillant pas par sa patience, elle résolut de se rendre le soir suivant chez Éléonore, ce qui lui donnerait l'occasion de frapper avant chez les Galet où elle enquêterait, munie de l'excellent prétexte de la robe de Sissi pour le Noël de Gabrielle. La dépense, pas prévue au budget, était le prix à payer pour en savoir plus. Derrière la porte, elle entendit d'abord le couple, qui ne recevait jamais personne selon Éléonore, chuchoter, voire se disputer. Ils mettaient du temps à venir, on entendait du raffut dans l'appartement, et quand on lui ouvrit enfin, elle sentit une odeur tenace de bougies fraîchement soufflées, sans en apercevoir de trace. Bizarre.

Magdeleine entra en matière par le motif officiel, se souciant que Jean n'entende pas :

— Vous me feriez une robe de Sissi pour le Noël de Gabrielle ?

— Sissi… d'Autriche ? demandèrent-ils, surpris.

— Sissi-Sissi, Romy Schneider, quoi.

— Ah…

Ils n'avaient pas l'air trop ravis.

Magdeleine ignorait, comme la majorité des Français, que le film, décliné en plusieurs volets puisqu'il rassemblait les générations autour du rêve princier, avait été promu à grands frais en 1955 par l'Autriche et l'Allemagne afin de faire oublier les bruits de bottes dans le frou-frou des corsets et le romantisme bucolique. Une opération de blanchiment cinématographique dont les Galet n'étaient ni dupes ni partisans. Mais le client était suffisamment rare pour ne pas l'éconduire.

Les Galet sortirent bon gré mal gré un morceau de taffetas rose et un autre de tulle blanc qui pourraient faire l'affaire. Un arceau en fil de fer tiendrait le tout en forme de crinoline. Le modèle vivant ne pouvant faire les essayages, ils résolurent que Jean, de même taille et corpulence que Gabrielle, leur servirait de mannequin. Sitôt appelé, le petit blondinet arriva gentiment, joli comme un cœur. Magdeleine le voyait finir en Karlheinz Böhm, le mari de Sissi, elle comprenait le béguin de sa petite-fille.

Quand ses parents lui annoncèrent son embauche, la bouche de Jean s'ouvrir en signe de protestation. Puis il se tut, c'était tout de même pour Gabrielle… Magdeleine s'inquiéta surtout de ce que la magie de Noël soit soudainement démasquée :

— Oh, ne vous inquiétez pas, il n'y croit plus, précisa sa maman. Lui au moins n'a pas participé à cette folle histoire de lettres !

Jean fuyait le regard de sa mère, Magdeleine jugea bon d'éviter tout commentaire. Discrètement, elle observa le piteux décor de l'appartement et enchaîna sur un ton naturel :

— Vous ne faites pas de sapin ?

Les Galet bredouillèrent. Pas cette année.

— En même temps, la mairie nous en a dressé un beau sur la place, nous avons de la chance dans ce village. Comment avez-vous connu Veules, d'ailleurs, vous avez rejoint de la famille pendant la guerre ?

Ils se jetèrent un regard ennuyé et le mari répondit :

— Euh, non… Mais on nous a dit qu'on y serait mieux qu'en ville, et que c'était très beau.

— À qui le dites-vous ! Je rêvais de rentrer quand nous étions réfugiés en Auvergne avec notre fils malade. Et vous veniez d'où ?

— De… de Calais !

Magdeleine, qui n'avait rien su de Calais jusqu'à ce que Georges lui cite la ville comme rasée en 1940, s'exclama :

— Oh, vous avez dû fuir les bombardements, je comprends…

Les Galet se regardèrent, visiblement désemparés, et Magdeleine sut. Qu'ils n'avaient jamais mis les pieds à Calais. Elle était démangée par l'envie de leur demander s'ils avaient déjà vu la tour Eiffel, mais il ne fallait pas exagérer. Ils reprirent pour faire bonne figure :

— On a surtout le souvenir du raid de Dieppe en août 1942.

Magdeleine avoua avoir échappé à ces bombardements meurtriers, les seconds à avoir marqué la région après la bataille de Veules en 1940. Les Alliés avaient fait une première tentative de débarquement qui s'était soldée par la mort de centaines de soldats, canadiens cette fois, fauchés par une pluie d'obus allemands. Elle compatit, puis tenta de cuisiner le couple encore un peu, sans succès. Elle leur versa un acompte de la modique somme demandée pour la robe, un prix «spécial Noël», que Magdeleine apprécia. Avant de partir, elle avisa une longue traînée de cire de bougies sur un meuble du couloir. Les traces d'un chandelier fraîchement déplacé?

Magdeleine les quitta avec une drôle d'impression. Ils avaient l'air pas catholiques…

Éléonore, interrogée discrètement dans la foulée, ne lui apprit guère plus que ce qu'elle savait déjà. Ils parlaient aussi peu qu'elle et n'invitaient personne. Une fois seulement, une dame était venue les voir de Paris, une parente sans doute, mais cela remontait à des années. Ils n'allaient pas à l'église, non, mais les voisins du second étage non plus.

Ce n'était pas facile, à Veules, d'avoir de la documentation sur la religion, surtout quand on ne savait pas ce que l'on cherchait. Le bibliobus qui venait de Dieppe acheminait les nouveautés jusqu'au comptoir de la mairie, ou un livre expressément commandé, mais en matière de religion, on ne pouvait rien espérer, Magdeleine ne voyait guère que le curé pour la renseigner. Elle se décida donc à passer le voir, moyen aussi de détourner les soupçons de sa personne pour l'histoire du Père Noël, car elle se demandait, dans ses instants de paranoïa, si le poids du regard de l'abbé n'avait pas pesé sur ses épaules lors de son sermon.

Curieusement, après avoir secoué la lourde cloche du presbytère, elle entendit chez lui le même remue-ménage que chez les Galet, à croire qu'elle dérangeait partout. La bonne, Eugénie, ouvrit enfin, l'air d'être prise au saut du lit, pour la conduire dans le bureau du curé, la soutane un peu chiffonnée. Les mauvaises langues n'avaient pas forcément tort… Les rayonnages de livres qui garnissaient les quatre murs de la pièce du sol au plafond la rassurèrent vivement : lui saurait.

Le curé répétait souvent que Jésus était « un peu » juif et, précédant de quelques années Vatican II, le voyait comme tel assassiné par l'un des siens, et non comme un chrétien assassiné par des juifs, sa religion restant à naître. L'abbé devait cette lucidité à des études poussées en théologie, où il avait appris que toute fête chrétienne était l'écho direct d'une fête juive, ce dont il informa Magdeleine. Noël par exemple, à l'époque du solstice d'hiver, correspondait à une fête de la Lumière, qui faisait allumer aux juifs un chandelier à huit branches… Magdeleine se retint de manifester une quelconque réaction. Les enfants recevaient-ils des cadeaux ? Le curé n'en savait fichtre rien, et il en avait assez de cette histoire de Père Noël et de cadeaux. Il s'avoua au regret d'avoir nourri de mauvaises pensées, il avait un temps pu être effleuré par l'idée que la postière elle-même… Mais son visage pur et sa parole claire comme l'eau de roche lui disaient assez son erreur.

Magdeleine ouvrit grand les yeux, comme si son âme avait été salie. Le curé conclut en venant l'embrasser :

— Je vous prie de m'excuser, ma fille…

Magdeleine sursauta. N'ayant été appelée « ma fille » par personne, ou à peu près, entendre l'expression la troublait toujours beaucoup, comme s'appliquer à répondre « mon père ». Elle rentra perturbée par tous les secrets présumés des Galet, qui s'ajoutaient à ceux d'Éléonore, de Françoise sans doute et de tant d'autres, des douleurs intimes que les codes de la vie sociale laissaient dans l'ombre. Pour les voir, il suffisait d'ouvrir les yeux, de pousser les portes, de creuser les vies au-delà des apparences. Elle n'avait pas le souvenir, enfant, que quiconque se soit jamais préoccupé de son sort, à l'école, dans la rue ou le voisinage, chose regrettable. Elle se demandait si les bonnes manières, sous prétexte de respecter la vie privée, n'assuraient pas au fond le magistral abandon de ceux qui se trouvaient en souffrance. Tous les héros qui l'habitaient, à commencer par l'abbé Pierre dont l'action envers les plus démunis défrayait la chronique chaque hiver, s'étaient un jour occupé de ce qui ne les regardait pas.

* * *

Un événement national modifia radicalement le cours normal des événements qui, passée la mi-décembre, faisait se précipiter toute ménagère dans les préparatifs des Fêtes : un deuxième essai de tir nucléaire eut lieu au Sahara ! Magdeleine et Georges l'apprirent à la radio, en plein dîner :

— Tu vois ! s'écria Magdeleine, affolée. Tu avais dit que ça ne se reproduirait pas !

Georges souffla d'une voix lasse :

— Je me serais trompé, mais ça explose où il n'y a personne, ils disent. Il n'y aura pas de troisième fois.

— Comme le dit l'adage, « jamais deux sans trois », ironisa Magdeleine, tu dis vraiment n'importe quoi !

Georges, vexé et angoissé lui aussi, triturait nerveusement sa tomate farcie du bout de sa fourchette. Il finit par se lever d'un coup, en posant brutalement sa serviette sur la table :

— J'ai plus faim !

Au moment du coucher, Magdeleine tenta de l'amadouer sur l'oreiller en lui flattant la nuque, sans surmonter pour autant sa terreur de voir son fils irradié. Mais il bougonna :

— Fous-moi la paix !

Elle minauda :

— On ne va pas s'endormir fâchés, tu sais bien que c'est pas bon...

Il n'y eut rien à faire. Georges se mit à ronfler, ajoutant l'exaspération à l'angoisse de Magdeleine. C'est en proie à la rage autant qu'aux tourments qu'elle prit sa décision : le lendemain, elle irait à Rouen, voilà ! Aux archives, mais aussi au rendez-vous avec son ancien soupirant. Après tout, elle sauverait peut-être la vie de son fils, tandis que son indolent mari le laissait en offrande à la radioactivité.

* * *

Debout à 6 heures, Magdeleine décrocha son téléphone et demanda à l'opératrice de lui passer Antoine de Saint-Céneri, alias le « nabot ». On pouvait être petit et pouvoir beaucoup. Réveillé en fanfare, il lui donna rendez-vous sans délai au restaurant à 12 h 30, ce qui laissait le temps à Magdeleine, après la descente du car, de faire à sa sœur la surprise d'aller l'embrasser à la préfecture. Elle se rendrait aux archives après le déjeuner, dont elle ne savait que penser – se réjouir ou trembler.

Sur la porte du bureau de poste, elle n'hésita pas à laisser l'écriteau : « Fermé ce jour. Cause décès. » Après tout, c'était bien de la vie d'Yves que l'on parlait, ou de celle de l'Écossais, peu importait. Il était 6 h 45 quand elle passa à la boucherie pour glisser dans la boîte à lettres les clés du bureau de poste, avec un petit mot pour Françoise afin qu'elle pare aux urgences. Mais à l'approche du domicile qui surplombait la boutique, sous les fenêtres allumées, elle entendit des cris. Le couple se disputait, assez violemment. Elle hésita à manifester sa présence… et se ravisa. Se mêler de la vie conjugale des autres restait délicat, surtout en présence du mari. Et puis elle ne devait pas manquer le car de 7 heures.

Le cœur serré pour mille raisons, Magdeleine s'installa dans le bus CNA, la Compagnie normande d'autobus, qui la mettrait à Rouen trois heures plus tard. Pomponnée, avec rouge à lèvres, chapeau cloche beige à ruban et dans un nuage de *Cabochard* de Grès, elle regarda défiler les paysages verts et les champs givrés, entre exaltation et remords, comme une femme adultère. *Madame Bovary*, c'était elle. Elle commettait une faute, c'était mal… Si son mari apprenait son escapade, c'était le drame. Si Bouquet passait au bureau de poste, pareil. Elle aurait pu descendre cent fois, à l'un des trente-deux arrêts. Mais il était trop tard pour reculer, elle enfouissait Yves sous John puis John sous Yves, elle était obligée d'aller à Rouen, un point c'est tout.

* * *

Sa sœur lui sauta au cou :

— Ma grande sœur, mais qu'est-ce que tu fais là ?! Comme tu es belle ! J'allais t'appeler, j'ai des nouvelles, pour le petit. Tu avais raison…

Armand avait été déclaré à l'état civil de parents inconnus, sa mère avait accouché sous X à la maternité de Dieppe. Suzanne expliqua à Magdeleine que l'accouchement anonyme, suivi de l'abandon du nouveau-né, avait été permis par une loi de Pétain destinée à éviter aux maris rentrant du front de trouver chez eux un enfant qu'ils ne pouvaient avoir fait. Souvent, les fruits étaient nés de liaisons avec l'ennemi, mais diverses situations embarrassantes, hors contexte de guerre, pouvaient conduire une mère à cette extrémité. L'enfant né sous X héritait de trois prénoms choisis par l'officier d'état civil, le dernier lui tenant lieu de nom de famille jusqu'à son adoption plénière. Le prénom d'Armand était le premier, il n'en avait pas changé, ce qui avait facilité les recherches. Magdeleine était soufflée, le gamin des agriculteurs était bien un enfant adopté !

— Ce n'est pas tout, poursuivit sa sœur. Comme je te connais teigneuse, je me suis renseignée par une copine infirmière à Dieppe. Et elle m'a dit…

— Le nom de la mère !

— Non, mais elle a trouvé dans le dossier le seul élément laissé : la mère était de Veules.

De Veules ? Magdeleine fouillait sa mémoire, elle n'avait pas le souvenir au village d'une femme enceinte qui, du jour au lendemain, ne le fût plus. Comment savoir ?

— Par le médecin ? suggéra sa sœur.

— Il invoquera le secret médical, je ne suis pas copine avec lui, moi ! soupira Magdeleine.

Magdeleine refusa le déjeuner que lui proposait sa sœur, prétextant le manque de temps pour faire toutes ses courses, et lui réclama un plan. Elle devait localiser *La Couronne*, la belle auberge rouennaise où elle avait rendez-vous.

— Dis-moi où tu vas, je vais t'accompagner, suggéra sa sœur, tu n'as jamais su déchiffrer un plan. Tu te rappelles… commença-t-elle d'une voix enjouée.

Elle ne termina pas sa phrase et le souvenir commun assombrit leurs visages.

Oui, forcément, Magdeleine se souvenait. Quelque quarante ans plus tôt, l'état de leur mère avait fini par se dégrader au point qu'elle souffrait de trous de mémoire. Un jour, elle ne savait plus où était la maison, le lendemain, elle oubliait ses filles en chemin, jusqu'au jour où ce fut le cas à l'autre bout de Dieppe. Magdeleine, en aînée, avait voulu prendre les choses en main et s'était fait prêter un plan par un commerçant… Elle avait amusé ses petites sœurs en marchant au fil des rues, mais les avait perdues davantage. Jusqu'à la nuit, glaciale, qui avait rendu les repères méconnaissables et la ville un peu plus hostile. C'est finalement la maréchaussée, alertée par une concierge, qui les avait ramenées à bon port.

Magdeleine embrassa Suzanne avec un sourire contrit,

lui souhaitant de bonnes Fêtes de fin d'année avec sa petite famille. Elle repartit en songeant que finalement, si les trois sœurs ne se voyaient guère, c'était peut-être pour laisser derrière elles ce passé douloureux qu'elles avaient partagé.

Grâce à cet intermède, Magdeleine avait un peu oublié son trac de voir « Antoine ». Le restaurant était impressionnant, trop feutré, trop intime, avec de riches tentures et de petites lampes dont l'abat-jour pourpre tamisait la lumière, on aurait dit une maison de rendez-vous. Déjà gênée, elle s'assit en face du « nabot », souriant en pensée au qualificatif de Georges, c'est vrai qu'il avait le menton au ras de la nappe, et le temps, en l'épaississant, semblait l'avoir encore tassé. Elle contemplait, navrée, ce à quoi elle avait échappé. Après les présentations – il était « marié-deux enfants-mais c'est anecdotique » –, elle lui exposa son problème, lui confiant le numéro de matricule de son fils et son lieu d'affectation, Fort Lallemand, Sahara. Elle s'autorisait cette demande de dérogation pour sa petite-fille, Georges n'en serait pas plus content que cela, précision destinée à produire l'effet qu'elle produisit. Il promit de faire son possible, et Dieu sait qu'il avait le bras long, affirma-t-il dans son corps de batracien. Antoine entreprit alors de caresser la main de Magdeleine de sa main droite tandis qu'il gardait prudemment celle portant l'alliance sous la nappe. Magdeleine, affreusement embarrassée, se laissa faire pour obtenir ce qu'elle voulait. Après tout, ce n'était qu'un morceau de peau, l'effusion restait tolérable. Elle toucha à peine aux bouchées à la reine, expédia le sorbet, refusa le digestif et prétexta les horaires des archives pour mettre fin au supplice. Il se battit pour l'y déposer en voiture, à croire qu'il doutait de son alibi. Il parvint, en lui disant « au revoir », à lui voler un baiser à la commissure des lèvres en susurrant « à bientôt ». Quand il disparut, Magdeleine s'essuya vigoureusement la bouche, pria pour qu'il n'y ait pas de prochaine fois, et considéra fièrement que l'affaire était dans le sac, c'est-à-dire pour Gabrielle, son père dans la hotte.

Aux archives, elle tomba sur un vieux fonctionnaire qui l'aida aimablement dans sa recherche en lui désignant un kilomètre de rayonnages concernant la guerre en Normandie. Comme elle ne s'en sortait pas, il localisa les bons registres, épais de quinze centimètres, où le récit des batailles et les noms des héros se succédaient à un rythme soutenu. Durant une heure et demie, Magdeleine se livra à un travail de fourmi dans la pénombre et la poussière qui flottait en suspension dans les minces rayons de soleil dispensés par d'étroites fenêtres. C'est dans le quatrième tome que Magdeleine, les yeux usés, découvrit que les soldats écossais de Veules appartenaient à la 51e Highland Division, qui s'était illustrée aussi en 1914. Ces fervents combattants de génération en génération livraient bataille en kilt et guêtres pour faire rayonner leur nation, ce qui n'avait pas manqué de marquer les locaux. Le registre ne révélait pas le nom de chacun des milliers de soldats, bien entendu, fournissant uniquement la liste des morts avérés, enterrés pour la plupart dans les cimetières de la région. Aucun John Lücke n'y figurait, un soulagement qui ne prouvait rien.

L'archiviste qu'elle rejoignit à sa table conseilla à Magdeleine de contacter l'association des vétérans qui saurait peut-être où le trouver, s'il était en vie. Ne parlant pas anglais, Magdeleine envisagea la difficulté de la tâche, mais enfin elle se débrouillerait pour trouver les coordonnées. Elle précisa fièrement être receveuse des PTT.

Elle allait prendre congé quand elle s'avisa que l'archiviste était penché au-dessus d'un livre écrit dans un genre de hiéroglyphes :

— Vous lisez le russe ? demanda-t-elle, épatée.

Il ouvrit grand ses petits yeux gris :

— Non, c'est de l'hébreu.

— Ah… ah c'est drôle, fit Magdeleine. Vous vous y connaissez, en hébreu ? Je veux dire, en religion juive ?

— C'est-à-dire, madame, que j'ai le malheur d'en être. Je m'appelle Maurice Prévert, anciennement Moïse Grünfeld. J'ai francisé mon nom et mon prénom en les traduisant de l'allemand, comme l'État l'a offert aux Juifs par décret en 1950.

— Ah bon ? Et pourquoi donc ?

— Pour nous protéger, des fois que ça le reprenne… après avoir contribué à nous exterminer. On a été dix mille à saisir l'occasion.

Magdeleine se demandait quelle contenance adopter, « exterminer » lui semblait un peu fort, mais la mine sombre de l'archiviste la convainquit qu'un pan de l'histoire devait lui échapper. Il n'existait malheureusement aucun moyen de retrouver l'ancien nom de quelqu'un. Il gisait dans les archives impénétrables du Conseil d'État… Son interlocuteur jeta ostensiblement un œil sur l'horloge géante accrochée au mur. 16h50, le service fermait à 17 heures, Magdeleine elle-même devait attraper son car. Mais *in extremis*, une idée lui vint, après s'être souvenu avoir vu dans le couloir des Galet quantité de cartons pour chemises siglés du nom « Steiner et frères ».

— Dites-moi, comment on dit « galet » en allemand ?

L'archiviste soupira :

— *Kieselstein*, mais pourquoi vous me demandez tout ça ?

— … Et Steiner, ça ne veut rien dire ?

— Tailleur de pierre… Bien, je ferme !

Magdeleine cacha son émotion. Pierre, Galet, c'était pareil. Incroyable, les Galet étaient juifs ! Elle libéra le pauvre homme et descendit précipitamment le grand escalier des archives départementales. Arrivée dans la rue, elle se ravisa et remonta les marches deux à deux. M. Prévert, manteau sur le dos, finissait d'éteindre les lampes de lecture quand elle ressurgit :

— Pardonnez-moi, j'ai une dernière question. Pour la fête des Lumières, qui est en ce moment, est-ce que les enfants ont des cadeaux ?

L'archiviste commençait à la trouver suspecte :

— Oui, un par jour, mais ça vous intéresse drôlement, dites-moi…

Magdeleine, bouleversée, lui souhaita une bonne « fête des Lumières » et partit pour de bon. Le temps de se rendre à la gare routière, elle réalisa que Marie et Joseph étaient des prénoms d'emprunt aussi bateau qu'efficaces.

Elle attrapa de justesse le car de retour pour Veules

où elle arriva de nuit, sous une pluie battante, découvrant subitement qu'elle allait devoir s'expliquer auprès de Georges. Avec toutes ces émotions et ce qu'elle avait eu à ruminer pendant le trajet, elle en avait fait un détail. Elle décida d'invoquer sa sœur et de faire du tiers de la vérité un tout.

* * *

Georges lisait tranquillement un vieux journal sous le lampadaire, une pile de presse à ses pieds :

— Ah, te voilà, lui lança-t-il, goguenard. Je te croyais morte. Cause décès ! T'es pas un peu folle, non ? Il est content, Bouquet, enfin tu verras avec lui. Tu as dépensé beaucoup d'argent ?

Georges l'avait crue partie à Dieppe faire des emplettes pour le punir et se passer les nerfs. Culpabilisant fort de son comportement de la veille, il était bien content de la revoir ! L'histoire de la visite à la sœur à Rouen passa comme une lettre à la poste. Georges semblait fébrile, agité par tout autre chose que son absence. Avec de grands airs de mystère, il lui servit un petit Martini dans un verre à pied, trinqua, et lui annonça les nouvelles qui lui brûlaient la langue :

— Ce que tu vois là, dit-il en désignant la pile de vieux journaux à terre, c'est la fin de l'énigme…

Lui n'en avait qu'une, n'étant pas le Père Noël.

— … car je suis allé chez le brocanteur pour me faire pardonner, et il y a de fortes chances…

— Oui, les Galet sont juifs, leur vrai nom est Steiner, lâcha Magdeleine.

— Ben… Comment tu le sais ? souffla Georges, déçu.

Magdeleine répondit que c'était trop long à expliquer, mais elle en avait acquis la conviction grâce à sa sœur. Georges, de son côté, débordait d'informations précises après s'être plongé dans la presse des années écoulées. En 1956, un documentaire, *Nuit et Brouillard*, avait fait scandale à Paris, au point que l'État avait réussi à le faire censurer au bout de cinq mois d'âpre bataille. Et pour cause. On y révélait pour la première fois le destin des Juifs en France pendant la guerre, tués par millions dans les camps, emmenés en train par la Société nationale des chemins de fer français ! Même ceux qui se savaient à peine juifs, même les bébés, les vieillards, Georges n'en revenait pas. On révélait aussi que le gouvernement de Pétain avait coopéré avec les nazis en faisant main basse sur les logements appartenant aux Juifs, mais aussi sur leurs magasins et leurs stocks. L'État français estimait inutile de remuer toute cette boue dans l'objectif d'une réconciliation nationale, mais Georges, qui plaçait l'histoire au-dessus de tout, trouvait fort de café que cela ne se sache pas, sauf dans un petit milieu d'intellectuels apparemment.

— C'est tragique, souffla Magdeleine. Les pauvres gens…

Elle comprenait maintenant les mots de l'archiviste qui lui avaient semblé si excessifs…

— Mais j'ai une grande nouvelle… annonça Georges en ménageant le suspens. On peut récupérer ces biens « spoliés », c'est le mot consacré. Je me souvenais bien avoir entendu parler de quelque chose de ce genre. Il faut s'adresser à un service spécial, tout est marqué là, dit-il en tapotant l'un des journaux, daté de 1945. Les personnes lésées peuvent se manifester, sans limite dans le temps. Dis-leur d'écrire…

— Mais non, comment leur en parler ? J'écrirai moi-même et je leur ferai la surprise ! décida Magdeleine après quelques secondes de réflexion.

Georges jugeait la manœuvre hasardeuse, mais Magdeleine était folle de joie, déjà tournée vers le futur. Elle s'imaginait faire entrer les Galet dans un magasin flambant neuf rempli de riches étoffes, réparant l'injustice et rendant à César ce qui appartenait aux Steiner, enfin elle était ivre morte avec ce petit Martini, et en prit un deuxième. Georges n'était pas mécontent non plus, d'avoir récupéré à la fois son honneur de mâle efficace et sa femme à la maison. Quatre Martini plus tard, ils étaient couchés, à faire dans leur lit ce qu'ils n'avaient pas fait depuis… ma foi… le bal déguisé de Veules en juin dernier. Décidément, c'était Noël.

Ils dormaient comme des bûches quand, sur le coup de 1 heure du matin, ils furent réveillés par des jets de pierre sur les persiennes. En bas, c'était Françoise, serrant son manteau contre elle, le visage implorant tendu vers la fenêtre. Magdeleine descendit les escaliers quatre à quatre, lui ouvrit et poussa un cri. Françoise avait l'arcade sourcilière ouverte, l'œil à moitié fermé. La factrice se jeta dans ses bras en sanglotant.

- 6 -

Magdeleine s'empressa de soigner Françoise, qui pleurait par hoquets sans parvenir à s'arrêter, assise sur le canapé. Georges, extirpé de son lit, la regarda, effaré. Jamais il n'avait cru légitimes les inquiétudes de sa femme :

— Eh ben, il vous a bien arrangée pour Noël !

Comme si le problème était la date ! Ce Georges…

— Va donc mettre de l'eau à bouillir pour désinfecter ! ordonna Magdeleine sans lui jeter un regard.

Il obéit puis regagna ses pénates, choqué que des hommes puissent faire des choses pareilles.

Françoise essayait de s'exprimer entre deux sanglots ; dans ses balbutiements Magdeleine croyait distinguer que le boucher était un homme colérique, imprévisible et maladivement jaloux, surtout quand il avait bu un verre de trop. Il la traquait, l'interrogeait, la « corrigeait », disait-elle…

— Non, il vous bat ! rectifia Magdeleine.

Françoise ne parvint pas à valider le mot. Elle l'avait tellement aimé quand elle l'avait rencontré, cinq ans plus tôt, alors qu'elle pensait finir « vieille fille »... Après la disparition de ses parents agriculteurs quand elle avait vingt ans, elle avait vendu la ferme et les terres dont elle était l'unique héritière. Pendant dix ans, elle avait pu mener à Dieppe la vie citadine qui l'avait toujours attirée, se laissant tout le temps de bien choisir son mari. Libre, elle était allée au cinéma, au café, avait rencontré quelques galants, mais elle s'était surtout fait de bonnes amies aux PTT, dont les enfants étaient comme les siens.

— Et vous, vous n'en avez jamais voulu ? lui demanda Magdeleine.

— Non, souffla Françoise.

Quand elle avait rencontré son mari, alors employé de sa boucherie, il avait vite incarné à ses yeux le conjoint idéal. Il se montrait sérieux dans son travail, sobre, drôle, terriblement gentil et très amoureux. C'est quand il s'était mis à son compte, sans patron, que sa mentalité avait changé, ou alors, c'était le temps qui passait, les petits verres qu'il s'octroyait. Elle avait accepté de quitter la ville pour Veules en pensant que cette mise « au vert » lui serait profitable, mais hélas...

— Il faut divorcer, lui intima Magdeleine.

— Jamais, coupa net la factrice. Ça ne se fait pas. Et puis il faut une faute, or c'est moi qui la commets. La preuve, je suis chez vous, sur votre canapé, en pleine nuit.

Et elle éclata à nouveau en larmes. Magdeleine eut beau lui expliquer que la faute était la violence et non le fait de s'en tenir à l'abri, Françoise refusait la guerre, hélas inévitable. Il fallait pour divorcer accumuler les attestations de tiers accusateurs, que les juges soupesaient, elle ne s'en sentait pas la force. Magdeleine réussit à grand-peine à la garder pour la nuit, cette fois sur le canapé.

Au réveil, Georges parti, Magdeleine regardait sa protégée avec une peine telle qu'elle résolut de lui parler de tout autre chose pour l'extraire de son drame et lui ouvrir d'autres horizons :

— Françoise, je dois vous dire quelque chose… Je ne me suis pas contentée d'ouvrir les courriers… Certains posaient de gros problèmes, et… j'ai commencé à enquêter.

— Non ?!

La factrice oublia un peu son propre sort le temps du récit de l'épopée à Rouen. Tout ouïe, elle ponctuait les révélations de « c'est pas possible ! » et « les pauvres ! », qu'il s'agisse du fils des agriculteurs ou des Galet-Steiner. Magdeleine conclut sur le régiment à appeler en Grande-Bretagne alors qu'elle ne parlait pas anglais…

— Je parle anglais, moi ! s'exclama la factrice.

Une aubaine. Magdeleine en était sûre, rien ne relevait du hasard. Françoise eut un regain d'énergie, le projet de s'occuper des autres lui faisait un bien fou, c'est toujours plus simple que s'occuper de soi.

Immédiatement, les deux femmes descendirent téléphoner à Londres, ce n'était pas plus compliqué qu'appeler Asnières, le comique Fernand Raynaud s'en amuserait bientôt. Il fallut toutefois passer quatre appels pour être redirigé vers la 51e Highland Division, où Françoise s'entendit répondre, ou crut s'entendre répondre car elle n'était pas bilingue, que le régiment d'infanterie était divisé en multiples brigades et bataillons, il s'agissait de savoir lequel. Il pouvait aussi s'y trouver plusieurs John Lücke, prénom et nom répandus, et à la fin, « *dear Lady* », comme on ne comprenait rien à ce qu'elle racontait et réciproquement, il était plus sûr de formuler la demande par écrit.

Aussitôt dit, aussitôt fait.

La lettre « par avion » était pesée et tamponnée quand Bouquet fit son entrée, il était 8 heures tapantes. Avisant l'arcade tuméfiée de Françoise tartinée d'arnica orange et luisant, ce qui avait réussi à les faire rire face au miroir, il manifesta sa surprise plus que son émotion :

— Eh bien, dites-moi, vous êtes bien amochée…

— Je suis tombée, expliqua Françoise.

Il n'y vit rien de suspect, rien non plus qui valût de prononcer un mot de réconfort, et passa à Magdeleine :

— Mes condoléances, madame Morin, navré pour votre sœur, votre mari m'a dit…

Magdeleine marqua un temps d'arrêt.

— C'est-à-dire qu'elle va mieux, rectifia Magdeleine, aux cent coups à l'idée d'enterrer sa pauvre Suzanne.

Ce Georges avait si peu d'imagination qu'il avait fait bref quand Bouquet l'avait hélé le matin même, au bord de la route, pour l'interroger sur le « décès ». L'inspecteur départemental attrapa dans la corbeille la lettre par avion, étonné de voir l'adresse d'un régiment écossais sous la plume de la receveuse, dont il reconnaissait l'écriture. Immédiatement, il l'interrogea et, prise de court, elle avoua être à la recherche d'un soldat, « par curiosité ». Bouquet, pas dupe, réagit vivement :

— Ah, la dame de la villa en ruine vous aura monté le bourrichon, vous cherchez le propriétaire ? Oubliez !

— Et pourquoi donc ?

Bouquet se dandina quelques secondes :

— Il est mort !

Magdeleine reçut un coup au cœur.

— Mort ?

— Mort et enterré, assura l'inspecteur.

— Mais où ?

Bouquet, cramoisi, fut tenu d'improviser, et c'est rarement le fort des tempéraments organisés. Il se ridiculisa de façon pathétique :

— Oh… dans la fosse commune, j'imagine… ou au fond de l'eau.

— Ah oui ? Et comment en êtes-vous si sûr ?

— Parce que… Je l'ai vu. Je l'ai vu mort, hélas, le pauvre homme, avec son kilt…

Bouquet avait donc vu John Lücke mort et « enterré »… au fond de l'eau.

— Et il était comment, physiquement ? continua Magdeleine que l'embarras de Bouquet amusait plutôt.

— Il était… de ceux dont on ne parle pas, lâcha Bouquet, apparemment fâché.

— C'est-à-dire ?

— Un épouvantail. Une botte de cheveux blonds sur la tête et des yeux bleus globuleux, un physique ingrat, et… et ceint d'un kilt ridicule, conclut Bouquet.

La receveuse, imaginant le tableau, se retenait de rire… Elle avait d'autant plus de raisons de douter de cette description qu'Anaïs était ravissante, sans tenir de sa mère pour autant. Bouquet devait décrire John Lücke de la façon dont il imaginait les gens du Nord, blonds aux yeux bleus, et ne s'avançait pas davantage en évoquant le kilt. D'évidence, il ne l'avait pas plus vu qu'elle, ni mort ni vif.

Bouquet s'empara de la lettre, se proposant de la poster lui-même à Dieppe, ce qui accélérerait son arrivée. Mais Magdeleine n'était pas naïve :

— C'est interdit par le règlement, rétorqua-t-elle en lui reprenant la lettre des mains.

Pris à son propre piège, il leva le camp, lâchant au passage que l'enquête administrative diligentée au sujet de Magdeleine n'avait permis de mettre à jour aucune irrégularité de sa part, pour le moment. Il le regrettait visiblement.

La volonté de Bouquet de soustraire le courrier anglais ôta à la receveuse le moindre doute sur son empressement suspect à enterrer John Lücke. Elle en devint convaincue que le soldat était vivant, déduction abusive qui avait le mérite de lui donner de l'espoir. Quand Éléonore lui décrirait son fiancé, elle assurerait que c'était le plus bel homme qu'elle ait jamais vu, grand, athlétique, avec de beaux cheveux blonds et un regard bleu acier. Seules les couleurs coïncidaient. Difficile de savoir si elle et Bouquet évoquaient un même personnage, l'une avec les yeux de l'amour, l'autre avec ceux de la haine.

Le matin même, Françoise tint à enfourcher son vélo en assurant qu'elle se sentait bien et ne souffrait pas. Magdeleine banda maternellement sa blessure spectaculaire pour ne pas effrayer ou faire s'interroger les Veulais. La factrice voulait finir d'écouler ses calendriers 1961, très réussis comme l'avait promis Bouquet, avec de belles photographies des régions de France, la mer et la montagne, des animaux mignons, de belles vaches, et quelques stars de cinéma. On y trouvait les saints à fêter, les lunes, les horaires de marée, et diverses informations utiles tout au long de l'année comme les codes postaux, personne ne pouvait s'en passer. Magdeleine joua le jeu en glissant le sou à Françoise, laissant Gabrielle choisir le modèle qu'elle accrocherait chez elle, des chatons enrubannés de rose statufiés dans un panier.

À la pause de midi, Magdeleine, après une matinée à ressasser le sort de sa factrice, ne put s'empêcher de se précipiter à la boucherie :

— Vous êtes un beau salaud ! lança-t-elle à la brute depuis le seuil de la boutique. Ne vous avisez plus de la toucher ! Et vous pouvez compter sur moi pour vous faire de la publicité !

— Mêlez-vous de ce qui vous regarde, la Mère Noël ! hurla le boucher.

La femme de l'instituteur, entrée sur ces entrefaites, regarda drôlement Magdeleine qui rougit malgré elle et battit en retraite. Elle trotta en direction de son domicile, aussi vite que le lui permettaient ses mocassins à petits talons. Elle avait les pieds gelés, mais rien à faire, elle ne pouvait se résoudre à porter des bottes de cuir « comme les prostituées », seules adeptes du genre jusqu'à récemment. Une minute plus tard, Magdeleine entendit dans son dos le bruit de semblables petits talons qui se rapprochaient dangereusement. Elle rentrait le cou dans ses épaules quand elle sentit une petite main se poser sur son bras.

C'était Josette Guichard, la femme de l'instituteur :

— Je voulais vous dire… C'est très bien, ce que vous faites. Le chien a rompu la glace entre mon fils et le petit des voisins, une amitié que mon mari tolère puisqu'il le garde à l'œil. Mais je voulais savoir… Il a écrit au Père Noël, Emmanuel ?

Face au mutisme de Magdeleine, elle l'encouragea de sa propre confidence :

— Moi, je pense que oui, je ne dirai rien à mon mari, rassurez-vous.

Magdeleine fit mine de ne rien comprendre. Elle se borna à dire que Gabrielle avait aussi reçu une réponse, et que c'était une initiative de génie ! En toute modestie, s'amusa-t-elle en son for intérieur. Ce soutien lui fit un bien fou, après cette nuit difficile et tout ce qui lui restait à faire.

* * *

La semaine précédant Noël, Magdeleine se trouva débordée par la fête à préparer et les cadeaux à acheter, à l'insu de Gabrielle qui était en vacances. Avec ces péripéties, sa petite-fille lui avait manqué. La grand-mère se laissait inlassablement conter les journées d'école dont elle n'avait pas tout su. Gabrielle savait désormais colorier en bleu sur une carte de France vierge les cinq principaux fleuves, et même la Veules. Elle avait aussi appris le changement de nom du département en 1955, la Seine-Inférieure devenant la Seine-Maritime, ce qu'elle jugeait plus judicieux puisqu'ils avaient la mer. La seule contrariété de l'enfant était que Jean, son amoureux, lui avait soufflé, mécontent, « Tu ne sais même pas tout ce que je fais pour toi... », alors qu'il ne faisait rien du tout. Gabrielle n'avait pas compris, Magdeleine non plus, mais les enfants... À moins que ce ne soient les hommes, car son mari prononçait souvent ce genre de phrases. Ah oui, et une dernière chose qui la chagrinait. Le maître avait confié à une autre petite fille la garde du lapin de la classe, et comme elle s'était insurgée, en réclamant le motif de ce changement de dernière minute, il lui avait répondu : « Tu demanderas à ta grand-mère. »

Quel con ! pesta Magdeleine intérieurement, bien consciente qu'il s'agissait d'une punition par personne interposée pour l'affaire du Père Noël. Enfin, elle détestait nourrir de mauvais sentiments et rassura sa petite-fille en soulignant l'aubaine : au moins, personne de la famille n'attraperait la myxomatose !

Magdeleine dénicha pour Georges au Bazar un beau réveil en trois volets qui se repliait sur lui-même dans un boîtier de cuir, pratique pour voyager même s'ils ne quittaient jamais Veules, pour Brigitte un carnet-mémo parce qu'elle n'avait pas de tête, pour la petite Marianne un ours en peluche, et elle partit chez les Galet chercher la robe de Gabrielle, non sans objectif plus personnel. Elle se demandait pourquoi ils n'avaient jamais cherché à récupérer leurs biens. Elle en était certaine puisque, s'ils avaient entamé des démarches, elle aurait vu passer par son bureau de poste des enveloppes, des dossiers, or les Galet ne se présentaient jamais à son guichet. Ils n'envoyaient pas plus de courriers qu'ils n'en recevaient. Forcément, s'ils n'avaient plus de famille... Sensible à la remarque de

Georges, elle ne voulait toutefois intercéder en leur faveur auprès du service compétent qu'après s'être assurée qu'ils n'avaient pas de bonnes raisons de s'en être abstenus, ne pas prendre le risque d'un impair. Ils avaient pu n'avoir jamais été propriétaires, leur magasin pouvait aussi se trouver hors de Paris, or elle devrait bien de toute façon indiquer son emplacement…

Une fois entrée, elle jeta un œil rapide sur les boîtes à chemises du couloir, « Steiner & frères », elle n'avait pas rêvé. Elle récupéra la robe de Gabrielle, plus réussie que les créations habituelles du couple à qui Magdeleine passait parfois commande, surtout par charité tant les coupes étaient approximatives. L'armature en fer de la crinoline, qui les révélait meilleurs ferronniers que couturiers, contraindrait Magdeleine à traverser le village flanquée d'un genre d'abat-jour d'un mètre de diamètre, elle ne passerait pas inaperçue. Après s'être extasiée en toute sincérité, elle entreprit les Galet en les prenant de biais :

— Vous savez ce que c'est, mon rêve ? Aller faire les magasins à Paris, lécher les vitrines des grands couturiers !

Ils s'animèrent, approuvant vivement. Paris, capitale de la mode, avec Christian Dior, Jacques Fath, Givenchy…

— Et Saint Laurent, le jeune homme qui vient de se lancer, ajouta Magdeleine. Il est si beau… Vous avez dû le voir dans le journal ?

Ils avouèrent ne jamais acheter la presse, et s'être détournés de la radio, sinon pour les concerts de musique classique. L'actualité ne les intéressait pas, ni locale ni nationale, ils jugeaient avoir assez à faire avec la leur. Tout leur quotidien était tourné vers leur survie, garder un toit sur la tête, et ils craignaient fort de le perdre, avoir de quoi manger, et les clients veulais étaient rares, payer de quoi se chauffer un peu, et l'appartement était plein de courants d'air. Rien n'était facile dans cette vie, rien. Ils la remercièrent au passage de ses commandes épisodiques. La plupart des gens préféraient se fournir chez les tailleurs de Dieppe, ou recourir au prêt-à-porter, invention qui allait tuer le métier. Magdeleine écoutait d'une oreille distraite, elle aurait mis sa main à couper qu'ils ignoraient le recours qui pourrait changer leur vie.

Elle insista lourdement :

— Vous avez déjà eu une boutique, vous ? À Paris peut-être, avant Calais, je veux dire, on passe tous un jour ou l'autre par Paris…

… disait celle qui n'y avait jamais mis les pieds, pas plus que la majorité des Normands.

La question leur déplut, et c'est Mme Galet qui répondit, en la renvoyant dans ses buts :

— Dites-moi, on se demandait, avec mon mari… Vous faites des recherches historiques ?

— Absolument, lâcha instantanément Magdeleine, reconnaissante de cette excuse servie sur un plateau. Mon mari écrit un livre sur Veules en temps de guerre !

C'était d'autant plus improbable que Georges peinait à aligner trois lignes pour son fils en Algérie, confiant à Magdeleine un « dis-lui que je l'embrasse ». Mais ils ne pouvaient le savoir.

Bredouille, elle prit congé, caressant la tête du petit Jean qui venait d'arriver. Il paraissait d'assez méchante humeur à son égard, ce qui la contraria ; elle fut tentée de se démasquer : « Hé ho, c'est moi, le Père Noël qui t'écrit et se démène ! » Mais la poursuite de sa mission se faisait au prix de ne pas s'en vanter. Les parents, navrés, soufflèrent :

— Excusez-le, il n'en peut plus, des essayages !

Magdeleine fit soudain le lien avec la remarque du petit garçon à Gabrielle et pouffa de rire, entraînant avec elle les parents mis au parfum. Elle félicita Jean, garder un si joli secret était une belle preuve d'amour.

Le lendemain, Magdeleine téléphona à l'Amicale des déportés juifs de France indiquée par le journal pour savoir comment récupérer des biens « spoliés », vraisemblablement à Paris. Mais ce n'était pas du tout la bonne porte ! Il fallait écrire au « service de restitution » du ministère des Finances, département « Bien non revendiqués », section IC dite « Textiles », incluant « Tissus, brocante, marchandise de forains, etc. ». Magdeleine nota bien le tout, puis, avec l'aide de Georges qui se révéla d'un précieux conseil, elle prit la plume et rédigea la missive au nom de ses « amis très chers » à qui elle disait compter faire la surprise. Ils achevèrent leur mission avec le sentiment de racheter l'honneur de la France. À leurs yeux, c'était comme si c'était fait.

* * *

Tous les Veulais trottinaient désormais dans les rues du bourg pour acheter de bonnes choses, prenant d'assaut les charrettes des marchandes de poissons frais qui vendaient à la criée le long des rues. Magdeleine mettait en garde les clients qui se présentaient à son guichet :

— Le boucher, ne lui prenez pas la viande, elle est avariée !

On ne sut jamais pourquoi cette année-là le poisson se vendit mieux que la dinde, alors que Noël ne tombait pas un vendredi. De son côté, elle ne lésina pas sur la dépense et prit deux homards pour le dîner de réveillon. Georges jugea que c'était disproportionné :

— Pour trois ? On en bouffera au petit déjeuner !

— On ne va pas se laisser abattre, c'est déjà assez difficile, rétorqua Magdeleine.

Elle acheta du bon vin, conseillée par sa bru qui se dégourdissait un peu et maîtrisait désormais le ton commerçant qui fait vendre du sable à un Saharien. À ce sujet précisément, Brigitte faisait grise mine. Elle n'avait pas très envie de « fêter » Noël avec sa famille amputée de son « chef », qu'elle vénérait d'autant plus qu'elle ne lui voyait plus aucun défaut. En avait-il seulement ? Gabrielle, elle, oscillait entre la joie enfantine liée à l'effervescence des Fêtes et le visage grave de celle qui pense à son papa mais préfère le taire. Elle entendait montrer l'exemple à Marianne qui, à un an, restait sans opinion, la bienheureuse, maintenant d'autant plus accrochée à sa mère qu'elle devait à peine se souvenir de son père. C'était terrible, ces enfants qui n'avaient pas gravé en eux le visage d'un papa… Magdeleine avait haï le sien, mais elle avait gardé l'image du temps où elle l'aimait, c'était mieux que rien. Il paraissait si flamboyant, quand on ne savait rien de lui…

* * *

Le 24 décembre, elle ferma le bureau de poste à midi, rappela à Françoise leur rendez-vous secret à l'aube pour la distribution des babioles aux enfants du village, et s'enquit de la soirée qu'elle projetait aux côtés de son « drôle de mari ». Mais la factrice semblait avoir oublié le coup dont elle portait encore la trace, virée au violet. Tout heureuse, elle évoquait même son bourreau de façon volubile, en proie à cette sorte d'ivresse qui fait prendre la norme pour un bonheur insigne après un coup dur, de la même façon qu'un chien pendu par les pieds est inondé d'endorphines quand on abrège son supplice, fait scientifiquement établi. Le mari était donc qualifié d'« adorable », il leur avait préparé un foie gras d'oie maison, avait promis de s'occuper de tout, elle n'aurait qu'à se mettre les pieds sous la table. Voilà une chose qui ne risquait pas d'arriver à Magdeleine, mais elle ne se laissa pas impressionner et évita de sourire hypocritement.

— Il ne recommencera pas, souffla la factrice, comme pour l'inscrire dans le marbre.

Si, il recommencerait, comme tous les malades des nerfs ou de la tête, Magdeleine n'était pas médecin, mais elle en était sûre. Elle se garda de le formuler, forte des convictions morales qui lui interdisaient de gâcher le Noël de celle qu'elle considérait maintenant comme une amie, et de l'humilité qui la forçait à admettre que l'on ne peut pas faire le bonheur de tous, encore moins contre leur gré. Elle posa deux bises sur les joues de sa factrice en lui souhaitant un bon réveillon et fila ensuite embrasser Éléonore, qu'elle n'avait pas vue depuis un moment. La pauvre voyait se profiler la nouvelle année avec angoisse. Ce serait l'année de l'expulsion, celle où elle perdrait jusqu'au décor de ses amours, le lieu où elle avait élevé sa fille et tout ce qui restait de John Lücke à la fois.

En jetant les homards dans l'eau bouillante, Magdeleine pensait à toutes ces femmes, du village et au-delà, qui n'avaient pas sa chance. Elle avait sa famille vivante autour d'elle, du moins en temps normal, et un bon mari, même si Georges était un peu lourdaud. Il ne buvait pas, elle veillait au grain, et en cas de dispute, il prenait la fuite en claquant la porte ou en se renfermant sur lui-même. Elle l'aimait de n'être pas coureur comme son père, buveur comme le boucher, absent comme l'Écossais, ou mort, quelle horreur… Elle embrassa soudainement son époux qui tournait comme une toupie dans la cuisine, ne sachant pas comment aider, clamait-il, tout en s'avérant incapable de faire le moindre geste pour la soulager, pas même trouver les serviettes de table brodées dans le placard.

La contemplation de la table de fête, dressée dès 15 heures, enchanta Magdeleine, avec le beau service à fleurs en porcelaine de Limoges, les chandeliers d'argent briqués au Miror, la nappe amidonnée et repassée, à grand-peine puisqu'elle ne disposait pas de fer électrique malgré ses réclamations. Elle envoya Georges se donner un coup de peigne et enfiler son costume dès la fin de l'après-midi :

— C'est pas un peu tôt ? râla-t-il.

— Ça va t'occuper !

Magdeleine rinça sa teinture Belle Color châtain moyen et fit ses bigoudis, le coût de la visite chez le coiffeur ayant été englouti dans la parure Sissi. Elle enfila une robe chasuble bleue avec un beau sous-pull rayé, très moderne, et alla chercher Gabrielle pour la faire belle à son tour. Avec ses petits nœuds roses dans les cheveux, Gabrielle était à croquer, le sosie des chatons de son calendrier, lui assura Magdeleine, comparaison enchanteresse. Rentrée chez elle, la grand-mère ne cessait de la faire rire et l'écrasait de baisers, pleine d'un entrain qui surprenait Georges tant c'était difficile pour tout le monde ce Noël sans Yves, dont on évitait de parler. Enfin, Magdeleine semblait avoir admis que son fils ne risquait rien, une bonne chose dont il s'attribuait entièrement le mérite : il avait su la convaincre.

Pour passer le temps, Gabrielle entreprit de découper des sapins dans du papier, puis de les coller sur la fenêtre pendant que Magdeleine hachait menu les légumes pour faire une macédoine et montait sa mayonnaise. Sur le trottoir d'en face, Brigitte garderait l'épicerie ouverte jusqu'à la dernière minute pour rendre service aux retardataires. Il était 18 heures, la nuit était tombée, et en ce soir de réveillon, tout le monde tirait sur l'électricité et les lampes rendaient une lumière pâle. La maison était plongée dans la pénombre et un silence un peu lourd. Georges, comme un lion en cage, râla qu'on veillait les morts et posa sur la platine le dernier disque d'Édith Piaf, miraculeusement trouvé chez le brocanteur alors qu'il venait de sortir. « Nooon, rien de rien, non, je ne regrette rien », se mit à chantonner Magdeleine de concert, car la chanson passait en boucle à la radio.

Soudain, Gabrielle, martelant la fenêtre de ses petits poings comme pour briser la vitre d'un boîtier d'appel d'urgence, s'écria :

— Papaaaaaaaaaaaaaaaa !

- 7 -

À l'épicerie, l'heure était aux effusions entre tous les membres de la famille qui étreignaient le revenant, surtout ses filles, une sur chaque bras, qu'il trouvait tant grandies. Yves attrapa une bouteille de champagne dans les rayons, offrant un verre aux clients de passage flattés de pouvoir fêter le retour d'un valeureux soldat veulais. Yves n'en faisait pas trop, vu la modestie de sa bravoure, mais il se laissait volontiers embrasser par toutes les femmes, sans dédain pour son rôle de héros. L'une d'elles lança que son fils aussi était rentré pour les Fêtes, ce qui surprit beaucoup Magdeleine. Elle se demanda si sa rivale avait elle aussi « vendu son corps », et à qui, pour obtenir le même privilège.

Bien entendu, le nabot libidineux avait prévenu Magdeleine du succès de l'opération quelques jours plus tôt par téléphone, annonçant l'arrivée d'Yves en fin de journée le 24 décembre. Mais elle n'avait pu le révéler à personne, il aurait fallu évoquer les moyens, et peinait elle-même à le croire au motif toujours qu'« on ne sait jamais ce qui peut arriver ».

Une fois attablés pour le réveillon, tous les regards étaient braqués sur Yves, comme pour rattraper les heures où il avait manqué et pour s'en repaître puisqu'il repartirait. Gabrielle riait trop fort et coupait la parole à chacun, Marianne criait en gesticulant sur sa chaise haute, empruntée pour libérer les bras de Brigitte et la laisser se consacrer au décorticage du homard comme aux tendresses conjugales. On évoqua tous les événements de Veules survenus en quatre mois, et les lettres au Père Noël atterrirent forcément sur la table :

— Le Père Noël finira avec un blâme, énonça Yves gravement, en langage codé.

Gabrielle le regardait avec pitié. Son innocent de père ignorait le service que rendaient les lutins au Père Noël… Magdeleine lui lança un regard de connivence.

Pour détourner la conversation, Magdeleine évoqua le sort de cette pauvre Françoise, à demi-mot afin d'épargner les enfants. Brigitte réagit : chez elle, étant petite, « Le père aussi, parfois… ». Elle voyait la violence comme le mode de vie de certains couples et l'on n'y pouvait rien. Magdeleine sortit de ses gonds, comment pouvait-on avoir cette mentalité « d'arriérée » alors que le Mouvement pour le planning familial militait partout pour informer les femmes de leurs droits élémentaires !?

— Ne parle pas comme ça à Brigitte ! lui intima Yves.

— T'inquiète pas, on se comprend, répliqua Magdeleine.

Mais visiblement, on ne se comprenait pas complètement,

parce que Brigitte était un peu vexée. La maligne Gabrielle y alla de son grain de sel :

— Vous parlez du bleu de Françoise ?

— Non, non, souffla Brigitte.

— Si, si, rectifia Magdeleine. C'est son mari qui lui a fait, et tout le monde trouve ça normal. Un jour, on aura une mort sur la conscience ! Alors écoute-moi bien Gabrielle, si un homme lève un jour la main sur toi, tu t'en vas. Tout de suite ! C'est pour ça qu'il faut avoir un emploi !

Le propos dériva donc sur le travail des femmes, sujet émergent qui voyait partir dans le débat des familles apparemment ouvertes au dialogue, qui finissaient par s'étriper. Seuls 20 % des femmes étaient dans la vie active, encore le mari devait-il donner son accord ! Yves convint qu'il avait évolué à ce propos. Il trouvait Brigitte déjà changée par le poids des responsabilités, changée dans le bon sens. Elle se débrouillait comme un chef, il se demandait même si le travail ne rendait pas les femmes séduisantes… Magdeleine buvait du petit-lait quand Georges commit un grave impair :

— À moins que ce ne soit l'effet de quatre mois de désert ! Enfin, avec le lave-linge et le balai électromécanique, les femmes peuvent travailler, elles n'ont plus rien à faire à la maison ! Et c'est qui, qui invente tout ça ? Des bonshommes, s'esclaffa-t-il.

Magdeleine le regarda, consternée. Le slogan « Moulinex libère la femme » lui apparaissait comme une escroquerie propre à assigner les tâches aux seules « ménagères », mot qui n'avait pas de masculin. L'homme restait un poids dont aucune marque ne les « libérait ». Mais comme c'était Noël, elle se leva et lui asséna, sans élever la voix :

— Tu sais quoi ? La semaine prochaine, tu t'occuperas de la maison tout seul. Je fais grève. On passe au dessert ?

Il n'y avait pas de douillons. En préparer aurait trahi le secret de l'arrivée d'Yves. Le repas se termina avec une bûche aux marrons dans la joie et la bonne humeur, à une contrariété près. Alors que la petite famille s'apprêtait à rentrer chez elle, le Père Noël passant dans la cheminée nuitamment, Yves soupira :

— L'État est tout de même rudement gentil de nous avoir accordé la permission des Fêtes…

— Pas à tous, souffla Magdeleine, contente d'elle, sans attendre de réponse.

— Bah si, Maman. On a vraiment eu la chance que cette année, le 25 tombe un dimanche !

Magdeleine faillit pousser un cri. Elle était folle de rage ! Son « contact » lui avait fait valoir au téléphone ce qu'elle lui devait, quémandant un second déjeuner de remerciements, un peu plus chaleureux si possible, le tout après lui avoir volé un dixième de baiser, autant dire une quasi-prostitution ! Quel malotru !

Elle en bouillait encore à la messe de minuit, où elle traîna Georges à son corps défendant. À la sortie, elle salua tous les Veulais, dont Éléonore et Anaïs, dans un froid piquant qui ne donnait pas envie de s'attarder. Ils allaient s'éloigner quand Anaïs lança à Georges :

— Et bravo, pour votre livre ! On a appris…

Georges resta coi, ce qui passa pour un signe de grande modestie. Magdeleine le tira violemment par la manche pour couper court à toute dénégation. Elle lui expliqua sur le chemin du retour ce petit mensonge de rien du tout, qui l'avait aidée à questionner le couple Galet. Il en était malade.

Elle évoqua plus grave, le sort de la villa Esmeralda qui serait scellé en début d'année au conseil municipal. L'unique candidat pour remplacer le conseiller défunt était favorable à l'expulsion, elle avait vérifié les dires de Bouquet. Georges estimait bien malheureuse l'éviction des habitants, surtout des pauvres couturiers juifs qui incarnaient maintenant pour lui la figure du Christ sur la croix, en mieux puisqu'il ne croyait pas en Dieu. Soudain, Magdeleine s'arrêta en le regardant :

— Mais tu ne te présenterais pas, toi, comme remplaçant ? Tu voterais contre !

— T'es pas un peu folle ? J'y connais rien du tout !

— Les autres non plus, parfois. Pour gouverner, c'est toujours bon de connaître l'histoire, encore plus si on est en train d'écrire un livre…

Georges protesta. Il s'endormit pourtant en caressant l'idée, non du livre, mais de son siège.

Il ne sut jamais pourquoi sa femme s'était levée aux aurores comme si elle ouvrait sa poste un 25 décembre, mais il se rendormit sans réaliser qu'elle avait fugué.

Magdeleine retrouva Françoise devant la boucherie, comme prévu. La factrice avait eu toutes les peines du monde à convaincre son mari qu'elle n'allait pas retrouver un amant, mais il avait fini par gober qu'elle allait aider Magdeleine à trier des colis un jour férié, alors qu'il passait sa vie à douter de la vérité quand elle rentrait de tournée avec dix minutes de retard. Elles transvasèrent le contenu du tonneau rempli de cadeaux dans deux grands sacs en cuir et, ainsi lestées, se mirent en route. Tout s'annonçait bien.

Armées de lampes électriques, allumées seulement par intermittence pour ne pas se faire repérer, les deux complices déposèrent leurs babioles dans les boîtes aux lettres, sur les rebords de fenêtres, dans les jardins, les jetant par-dessus les murets, selon la taille du présent et la configuration des lieux. Elles pouffaient de rire comme des gamines, excitées par la peur d'être surprises, la drôlerie de leur farce et le plaisir qu'elles faisaient aux enfants. Le petit de l'agriculteur ne fut pas oublié, malgré la demi-heure de marche jusqu'à la ferme, où l'on était déjà debout. Quand le chien aboya, une grosse voix masculine tonna: «Qui va là?» Elles détalèrent pliées de rire et de peur avant de se jeter dans un fourré pour s'y cacher. Françoise soufflait en pleurant presque:

— J'ai fait pipi dans ma culotte!

Magdeleine réprima un hululement, elle ne s'était pas autant amusée depuis ses douze ans. Ou plutôt, elle riait à quarante-huit ans comme elle ne l'avait jamais fait à douze, une forme de rattrapage. Quant à Françoise, sa légèreté rendait à son visage des traits adolescents, Magdeleine la découvrait vraiment jolie, quel gâchis…

La distribution officielle en famille autour d'un opulent petit déjeuner fut un succès, malgré l'absence de cheminée qui rendit Gabrielle perplexe: par où le Père Noël était-il entré? Magdeleine assura qu'il était passe-murailles, comme dans une histoire qu'elle avait lue récemment, un mode de livraison qu'il préférait largement parce que moins salissant. Elle guettait spécialement la réaction de la petite fille face à sa robe de Sissi.

Georges, qui savait sa provenance, faillit les compromettre en contemplant le résultat :

— De Sissi ? C'était tout indiqué ! Et pourquoi pas un uniforme du IIIe Reich, pendant qu'on y est ?

— Qu'est-ce qu'il dit ? interrogea Yves en regardant sa mère.

— N'importe quoi, comme d'habitude, répondit Magdeleine en souriant, avant de lancer à son mari un regard fâché.

Gabrielle battit des mains et fut aussitôt parée de sa robe meringue avec laquelle elle déjeuna, passa l'après-midi, et dormit le soir dans le lit de ses grands-parents, restreignant un peu plus la place dont ils disposaient car vraiment, l'arceau de la crinoline était solide.

* * *

Magdeleine avait bien fait de profiter du bon temps car les jours qui suivirent furent mouvementés. Dès la messe de 11 heures, avec le petit Jésus posé dans la crèche et Gabrielle aux premières loges, le curé poussa une gueulante : avec les cadeaux dont il avait eu vent, on touchait le fond ! La seule richesse qui vaille était spirituelle, c'était tout le message de Jésus sur sa croix. Si l'hérésie était derrière « nous », il avait résolu que l'année prochaine, avec son allié l'instituteur avec qui il s'était entretenu, ils feraient des rondes au petit matin du 25 décembre. Tous les paroissiens volontaires seraient les bienvenus pour leur prêter main-forte. Il se retenait d'en arriver aux extrémités de son confrère dijonnais qui avait brûlé pour l'exemple une icône du Père Noël sur le parvis de sa cathédrale, le 23 décembre 1951, mais il comprenait son geste, appris de l'évêque à qui il avait confié son désarroi ! Gabrielle roulait des yeux ronds, estimant aussi bien Dieu que le Père Noël sans y voir aucune contradiction.

* * *

Dès le lundi matin, la DS de l'inspecteur départemental stoppa devant la porte du bureau de poste avant de partir pour Dieppe. Bouquet venait s'étonner auprès de Magdeleine de la « distribution particulièrement généreuse du Père Noël », qui l'avait lui-même « gratifié d'un cadeau »... Magdeleine tremblait déjà de rire à l'intérieur. Les deux complices n'avaient pas pu s'en empêcher, par cet effet d'entraînement propre aux bandes de voyous. Elle regrettait l'absence de Françoise pour goûter le moment.

— Et vous savez ce que j'ai eu ? s'écria Bouquet.

Magdeleine savait, forcément...

— Un peigne ! Un vieux peigne !

Magdeleine priait pour ne pas craquer. Son ventre se gondolait, la rétention des éclats de rire générait en elle des spasmes grandissants, elle allait partir d'un grand « hahaha » tonitruant, et c'en serait fini de sa carrière.

Il osait espérer que cet affront n'était pas l'œuvre de la même main que les courriers, car il avait « son idée », malgré les bonnes notes de la receveuse à son évaluation de l'année, et l'enquête administrative restée sans résultat.

Les meilleurs criminels finissaient toujours par se faire prendre ! Magdeleine, lèvres pincées pour contenir son hilarité, hocha la tête plusieurs fois comme un pantin sur ressorts, le visage absolument impassible. Mais ses yeux brillaient de larmes, comme si ses humeurs cherchaient une porte de sortie. Enfin, Bouquet partit. Elle souffla de soulagement. Elle était au bord de jurer ne jamais recommencer. La garde à vue avait été trop éprouvante.

Certains parents vinrent également lui glisser un mot de la manne céleste, négligemment, mais l'affaire semblait cette fois trop grosse pour être l'œuvre d'une adulte à la mine si respectable. Paradoxalement, cette initiative, encore plus audacieuse que la correspondance, lava dans certains esprits la suspicion qui avait précédé. Magdeleine crut bon de préciser auprès de Gabrielle, en prévision de son retour en classe, qu'elle n'était elle-même pour rien dans l'avalanche de petites surprises. Vu leur faible poids, il était probable qu'elles étaient tombées du ciel, larguées par un Père Noël trop débordé pour s'arrêter partout, malgré sa dispense de cheminées, ouf !

Magdeleine se réjouissait que ce ne soit pas Noël toute l'année, elle allait pouvoir goûter un repos bien mérité, d'autant plus qu'elle avait confié à Georges le magnifique aspirateur qu'il lui avait offert, honorant son préavis de grève domestique. Durant une semaine, elle le laissa se débrouiller pour entretenir la maison, vaisselle, ménage, lessive, ce qu'il jugeait « impossible » à faire en dehors de ses horaires de travail car c'était « un plein-temps ». Elle le lui confirma. Ainsi allait la vie des femmes, toutes les semaines de l'année. Magdeleine avait gardé la direction des cuisines pour ne pas punir son fils et les siens. Au 31 décembre, la maison était dans un état épouvantable. Elle releva son mari de ses fonctions et passa la journée à tout briquer pour passer un réveillon digne de ce nom. Yves repartait le lendemain. Elle s'efforçait de ne pas y penser. Il avait reçu pour mission de convaincre son père, juste avant son départ, de se proposer comme nouveau conseiller municipal. Magdeleine savait qu'en s'y engageant *in extremis* auprès de son fils, Georges ne pourrait plus changer d'avis.

— Ça t'ira comme un gant ! lui assura Yves sincèrement. Maman a eu une très bonne idée… Pour une fois !

L'affaire fut plus simple que prévu. Georges se fit un peu prier pour le principe, mais il avait déjà eu le temps d'y penser. À force de se projeter, « et si j'y étais ? », il ne parvenait plus à ne pas s'y voir. À lui, le discours des anciens combattants et le vote d'une augmentation du budget « fleurissement de la commune » ! Il donna sa parole à son fils, enchantant Magdeleine qui triompha discrètement. Elle brûlait de l'annoncer à Éléonore ! On se souhaita une « bonne année », avec surtout la santé et la paix. En son for intérieur, Magdeleine fit aussi le vœu que ses diverses entreprises aboutissent.

- 8 -

L'année 1961 commençait en fanfare au village, avec deux élections coup sur coup. La première semaine de janvier échapperait à l'habituelle torpeur des lendemains de Fêtes. Le dimanche 8 janvier, un référendum pour le droit à l'autodétermination des Algériens était soumis à tous les citoyens français, mais on commençait par l'essentiel aux yeux de Magdeleine et des habitants de la villa Esmeralda, le vendredi 6. Ce jour-là, les quinze membres du conseil municipal devraient répondre à cette question : le « bien sans maître » était-il en péril, ses habitants avec lui ? Georges siégerait, bien sûr. Il n'avait eu aucun mal à convaincre le maire de le coopter, l'autre postulant s'étant finalement défilé pour ne pas perdre la face. Tous les conseillers avaient cautionné l'arrivée parmi eux de ce natif du village qui faisait mériter à Veules son suffixe « les-Roses », le métier du candidat consistant à les planter. Et puis il écrivait, paraît-il, bien qu'il en fît grand secret, un livre d'histoire locale. Tous lui accordèrent leur préférence donc, sauf Bouquet qui redoutait « le conflit d'intérêts », sans que personne comprît jamais de quels intérêts il parlait. Éléonore avait presque pleuré d'apprendre la nouvelle, les couturiers presque applaudi. *Presque*, car si l'on pouvait compter sur la voix de Georges en leur faveur, on n'était pas à l'abri d'en perdre une *in extremis*. L'instituteur, concerné aussi, s'était montré plus discrètement satisfait, ayant moins à perdre, et identifiant Georges comme un proche du gang de Noël.

Le soir de la veille du vote, Georges proposa que tout le conseil visite les parties communes pour se faire une opinion sur site, qui compléterait le rapport des experts. Éléonore, fébrile, suivait le cortège dans le large escalier de pierre qui desservait les deux paliers. Les couturiers et l'instituteur passèrent une tête dans l'embrasure de leur porte pour un bref salut. Ils n'avaient aucune envie de prolonger l'entrevue avec leurs potentiels expulseurs et de faire valoir leur détresse, une question de dignité. Les murs de la cage d'escalier, bombés d'eau, étaient lézardés de fissures où l'on aurait glissé un doigt. Mais le pire, c'étaient les combles, tapissés au sol de bâches enduites de goudron pour éviter les infiltrations d'eau dans les étages. La toiture laissait voir le ciel étoilé, c'était poétique, mais effectivement préoccupant. Bouquet soufflait comme un bœuf en multipliant les « C'est hors d'état... » qui alternaient avec les « Bien sûr, une fois rachetée à la municipalité par quelqu'un qui aurait de l'argent... ». Personne ne s'y trompait. Il glissa à Éléonore, en la serrant contre le mur à lui faire respirer son odeur : « Ne vous inquiétez pas, avec vous, on s'arrangera.» Loulou gronda en montrant ses petites dents, poussant l'agresseur à un repli prudent.

Magdeleine suivait l'affaire de près. L'obsession de Bouquet pour cette villa restait un mystère. Son projet de transformer le rez-de-chaussée en salle de jeux alors qu'on avait déjà un superbe casino brillait par son irrationalité. Jamais le village ne dégagerait une enveloppe de plusieurs millions pour la réhabiliter, et il n'était pas plus rationnel que lui la rachète à bon prix à la mairie pour se ruiner personnellement en travaux. Était-il en cheville avec le milieu des jeux ? On le voyait mal, solitaire et pointilleux comme on le connaissait, fricoter avec la pègre, surtout à Dieppe entre midi et deux. Était-ce pour avoir quelque chose à faire valoir à Éléonore, autre que sa personne si peu ragoûtante ? Après quatre ou cinq ans d'échec, il se serait fait une raison. Tard dans la soirée, Magdeleine échafaudait des scénarios en se retournant dans le lit :

— Il aurait pu cacher un cadavre derrière une cloison et vouloir le récupérer...

— Arrête, Magdeleine, tes lectures te montent à la tête ! Laisse-moi penser...

Penser ! La receveuse ne s'endormait plus avec un horticulteur, mais avec un homme politique, elle l'oubliait.

Le lendemain, jour du vote, dûment cravaté, les chaussures cirées et le dos droit comme la justice à la table des décisions, Georges appela au sursis un an de plus avec les arguments de la raison :

— Cette maison ne va pas s'écrouler comme un château de cartes du jour au lendemain, elle est debout depuis 1834, par-delà les tempêtes et l'air salin. Et il faut intégrer dans notre choix l'impact humain…

Voilà un élément que personne n'avait considéré jusque-là. Grâce à l'initiative de la visite, chacun avait pu lire l'inquiétude sur les visages des résidents connus de tous, des parents respectables, une jeune fille méritante, et deux petits garçons devenus inséparables. Emmanuel avait perdu du poids – était-ce le cresson ou la course après le chien, Magdeleine se posait la question chaque fois qu'elle le voyait dans la cour de l'école. Jean était plus sociable et volubile. On les entendait parfois rire aux éclats depuis le bout de la rue. Pouvait-on séparer deux frères ? On eut aussi une pensée pour Éléonore, l'ancienne vendeuse en boulangerie devenue recluse et spectrale sous le poids des soucis. On rappela la valeur mémorielle de la villa Esmeralda, haut lieu de la Résistance. À la fin, sur quinze votants, quatorze votèrent pour retarder d'un an la décision fatale, soit un soutien bien plus large que l'année précédente. Georges, qui estimait se devoir ce succès, lança un regard à de Gaulle, encadré au mur : enfin, il se sentait des siens.

Bouquet quitta le conseil furieux, tellement pressé de démarrer sa DS qu'il en oublia la suspension hydropneumatique. La fusée rendue incontinente laissa derrière elle une trace de bave, comme les escargots. Deux jours plus tard, le vote pour le référendum national mécontenta encore davantage l'inspecteur départemental, lui qui voyait les trois départements algériens comme la Seine-Maritime, l'Eure et le Calvados, et prenait les badauds à témoin de la bêtise universelle : « La région réclame-t-elle son indépendance ? » 74,99 % des Français se prononcèrent pourtant en faveur du droit à l'autodétermination des Algériens. Autant dire que l'Algérie était perdue. Bouquet promettait qu'on le paierait cher, Magdeleine que son fils rentrerait vite.

La receveuse fut chaleureusement remerciée du sauvetage de la Villa par un déjeuner dominical en tête à tête chez Éléonore, ce que Georges prit d'abord mal :

— C'est moi qui vote, c'est toi qu'elle remercie ? Bravo !

Il la punit en se rendant seul au cinéma du village, ouvert le week-end, pour voir *Ben-Hur*. Magdeleine s'en félicita, elle détestait les péplums.

Elle apprécia de se mettre les pieds sous la table, ce qui ne lui arrivait jamais. Pour la première fois, elle vit Éléonore se sustenter un peu, même si elle alternait une bouchée de poulet pour elle, une glissée sous la table au chien, qu'on aurait pu désormais rouler comme un tonnelet tant il avait forci. Anaïs, de retour de la boulangerie avec une tarte aux pommes, confirma à Magdeleine que sa mère trichait grâce à son complice, faisant croire qu'elle absorbait une quantité normale de nourriture.

— Vous devez vous retaper, Éléonore ! la gronda Magdeleine. C'est comme une maladie, de ne pas manger, vous devriez peut-être consulter le médecin…

Mais la jeune femme éluda, ignorant la spirale infernale dans laquelle elle était entrée, sur laquelle personne ne mettait encore de mots. Éléonore restait nouée par l'angoisse, se projetant déjà l'année suivante, quand le conseil réexaminerait la situation. Elle ne connaîtrait pas le repos tant que la Villa ne serait pas réparée, et son supplice ne prendrait fin, elle le savait, qu'avec l'issue fatale, un jour ou l'autre. Les travaux étaient pharaoniques, il n'y avait aucun espoir que quiconque les finance, à part ce vicieux de Bouquet. Magdeleine l'écoutait, désarmée. Elle faisait son possible pour la sortir de cette situation en cherchant ce qu'était devenu John Lücke, mais elle se refusait à lui parler de ses démarches, pour lui épargner les affres de l'attente comme les faux espoirs. La receveuse guettait chaque jour une réponse de la 51e Highland Division, en vain. Quand on lui déposait les sacs postaux, elle se jetait dessus dans l'espoir d'une lettre « par avion » qui sortirait du lot au premier regard. Mais rien. Que des cartes de vœux !

Anaïs raccompagna la receveuse jusqu'à la grille du jardin et lui glissa sur le ton de la confidence :

— Je voulais vous remercier… pour ma mère. Vous comptez beaucoup pour elle, et sans vos visites, elle serait déjà morte.

Magdeleine s'en alla précipitamment pour cacher son émotion.

* * *

Une brouille occupa la famille les deux semaines suivantes, Georges s'opposant vivement à Brigitte au sujet de la réfection de la devanture de l'épicerie. Investi de sa fonction d'élu, Georges entendait respecter les directives du ministre chargé des Affaires culturelles, André Malraux, qui appelait de ses vœux une esthétique du bâti dans les plus petites communes de France, or c'était un fait, l'épicerie était une verrue au cœur du village. Les menuiseries dataient d'avant-guerre, la Première, et elle n'avait pas été repeinte depuis la Seconde. Brigitte refusait d'engager une dépense sans le consentement de son mari, injoignable par téléphone, Georges lui assénait qu'elle n'avait pas le choix, Magdeleine jugeait déplacé d'écrire à Yves pour le plonger dans des tourments et entamer une discussion par lettres interposées. Pour la première fois, Brigitte devait donc prendre seule une décision, fâcher son beau-père ou courir le risque de fâcher son mari. Elle opta pour la politique de l'autruche et refusa de parler à son beau-père durant plusieurs jours. Magdeleine faisait tampon, rapportant à l'un ce que disait l'autre, sous l'œil soucieux de Gabrielle qui se proposait pour repeindre et qui, en attendant, ne dormait plus que chez sa mère. Pressé par sa femme, Georges, désireux de paraître un membre influent du conseil sans cesser d'être un membre de la famille, trouva une solution qui contentait tout le monde : Brigitte engageait les travaux, en informait Yves, et si celui-ci venait à le lui reprocher, Georges les paierait. Il ne voyait pas avec quoi, mais il était certain qu'Yves ne s'inscrirait pas en travers des plans nationaux d'un ministre et qu'il y verrait aussi l'intérêt de son commerce. Magdeleine put rendre son tablier de négociatrice et retrouver Gabrielle aussi souvent qu'elle le voulait. Les affaires familiales lui apparaissaient bien plus complexes que les affaires nationales, ce que la suite lui prouva presque.

Le service de restitution pour les Steiner se manifesta au mois de février. Le courrier réclamait judicieusement l'adresse exacte du bien et spécifiait que seuls les intéressés pouvaient entamer les démarches, on ne pouvait pas écrire

« pour des amis », comme Magdeleine l'avait stipulé. Afin de localiser le magasin, elle eut l'idée de téléphoner au gentil archiviste juif, il aurait peut-être une idée. Il se souvenait très bien d'elle. Trop. Il tiqua, le ton suspicieux :

— Je croyais, chère madame, que vous étiez venue consulter nos services au sujet d'un soldat écossais, et je finis par m'interroger, je suis archiviste et m'en tiendrai à ma fonction. Vous travaillez dans quel bureau de poste exactement ?

Magdeleine prit peur et raccrocha rapidement. Manquerait plus que les ennuis lui arrivent des archives alors qu'elle slalomait déjà de justesse entre les flèches de l'inspecteur départemental de sa propre administration.

Elle eut alors l'idée d'écrire à sa sœur, la pharmacienne de Paris, puisque la presse situait la majorité des spoliations commerciales et industrielles du côté du Sentier et de Belleville. Peut-être qu'en interrogeant quelques commerçants de ces quartiers, elle trouverait des pistes, des gens qui auraient connu les Steiner. Magdeleine invoqua une recherche historique au bénéfice de Georges, sans oser prétexter son « livre », sa sœur connaissant trop bien Georges.

Thérèse lui répondit un mois plus tard :

Ma grande sœur chérie,

Suzanne m'avait bien prévenue que tu étais devenue détective privé, et Georges a bon dos... Je me suis pourtant pliée, au nom de tout ce que tu as fait pour nous, à me promener les dimanches dans les quartiers que tu m'as indiqués, et ils ne sont pas mes préférés.

Tu as la chance que les magasins juifs soient ouverts quand je suis fermée et fermés quand je suis ouverte, leur dimanche est le samedi, si j'ai bien compris. Malheureusement, plusieurs couturiers s'appelaient Steiner et la plupart sont morts, déportés lors de la rafle du Vel d'Hiv, m'a-t-on dit partout. Je ne saurais t'indiquer une ancienne adresse, ni t'en dire davantage. Je suis désolée de ces mauvaises nouvelles et te renouvelle mon invitation à Paris, si tu veux venir faire des emplettes aux grands magasins.

Ta petite sœur qui t'aime, même de loin

Magdeleine était complètement chamboulée. Déçue et chamboulée. Elle entendait pour la première fois parler cette « rafle du Vel d'Hiv », elle était choquée qu'on enterre « ses » Steiner, et elle ne disposait pas de sa précieuse adresse. Au déjeuner, elle soupira en tendant à Georges la lettre, jugée inepte.

— Mais si ! s'exclama Georges. Le Vélodrome d'Hiver, qu'ils ont détruit l'année dernière, ils en ont parlé au bulletin d'information, si t'écoutais ! Ils se sont bien gardés de dire qu'on y avait entassé treize mille juifs, pour qu'après… À propos, tu savais que Ben-Hur était juif ?

— Mais c'était quand ? coupa Magdeleine, agacée.

Georges chercha dans sa pile, classée comme aux archives :

— Juillet 1942.

Magdeleine calcula que les Steiner étant arrivés après juin 1941, date de l'arrestation d'Éléonore, et avant le raid de Dieppe d'août 1942 qu'ils se souvenaient avoir vécu, c'était cohérent. Ils avaient donc probablement échappé à cette rafle grâce à leur fuite, et les fameux « quatre grands-parents » pouvaient avoir été assassinés… Restait à savoir par quel miracle « Marie et Joseph », âgés d'une petite vingtaine d'années, s'étaient enfuis avant, pourquoi seuls, et pourquoi à Veules. L'idée n'était pas si bonne puisque le village, situé en zone occupée, représentait un front tout désigné en cas de débarquement, théâtre dès 1940 d'une sanglante bataille. Ces questions ne relevaient toutefois par de l'urgence. L'urgence, c'était d'obtenir l'adresse.

Magdeleine en était certaine, les Galet ne lui diraient plus rien, elle avait déjà assez éveillé leurs soupçons.

L'esprit de Georges fertilisait visiblement sur le terreau des responsabilités municipales puisqu'il suggéra illico :

— T'as pas gardé les vieux bottins de Paris pour faire du feu ?

À la poste de Veules, la population parisienne de l'été poussait en effet Magdeleine à se procurer les annuaires parisiens, sinon chaque année, au moins tous les deux ans. Après avoir qualifié Georges d'« extra », elle fila au fond de la cour explorer la remise où elle les stockait. Elle extirpa rapidement les gros tomes du département de la Seine. Elle tenait 1937, après quoi toute la vie était partie en capilotade avec l'exil familial en Auvergne, suivi de la guerre qui les y avait maintenus. On sautait ensuite à 1946, mais les Galet-Steiner habitaient déjà Veules. En remontant son trésor poussiéreux, elle pria tous les saints pour trouver leur trace. Il exhalait curieusement des pages une terrible odeur de pipi de chien. Magdeleine en fut d'abord surprise avant de faire le lien avec la captivité de Loulou dans la remise. Elle feuilletait fébrilement l'annuaire quand Georges se mit à renifler l'air :

— Ça sent pas le pipi de chien ?

— Mais non ! balaya Magdeleine.

— Si…

— Je les aiiiii !

Son hurlement coupa court au vent de soupçon. Munie de son bottin, Magdeleine dansait dans l'appartement, à ne pas laisser Georges s'en emparer, puis elle lui désigna triomphalement le petit encart publicitaire : « Tissus, étoffes, lainages, vêtements sur mesure, Steiner et frères ». Y figurait une adresse.

— Et comment tu sais que ce sont les bons ? nota Georges.

— Parce que le petit sigle avec un mouton au milieu d'une étoile est aussi sur les boîtes !

Ils se serrèrent dans les bras avant que Magdeleine ne réalise, perdant son sourire :

— Pourquoi « et frères » ? Tu crois qu'ils étaient plusieurs frères ?

— Ou alors c'étaient les oncles ? Les frères du père ?

On verrait plus tard. Magdeleine sauta son déjeuner pour rédiger sa nouvelle lettre en indiquant l'adresse du magasin, 47, rue de Saintonge, Paris 3ᵉ.

— Tu vas devoir leur en parler pour les faire signer, maintenant… fit Georges, soucieux.

— Oh ben non, c'est pas la peine, souffla Magdeleine.

Et joignant le geste à la parole, elle signa, en s'abstenant de tout prénom faute de connaître l'ancien, « M. Steiner, rebaptisé M. Galet». Georges n'en revenait pas. Il lui fit toutefois remarquer que «rebaptisé» n'était pas un terme approprié et risquait de la trahir, ce qui obligea Magdeleine à tout recommencer pour remplacer par «redénommé Galet». Comme adresse, elle indiqua «Poste restante. Veules-les-Roses».

Le soir même, l'espoir était en route pour le centre de tri de Dieppe.

* * *

Dans les jours qui suivirent, arriva, à l'intention de Magdeleine, un télégramme. C'était forcément qu'il y avait un mort ! Son fils ? L'OAS, Organisation de l'armée secrète, pour ne pas dire terroriste, venait de se créer en réaction au lâcher gaulliste de l'Algérie, et elle promettait des larmes et du sang, ce qui avait le mérite d'être clair. Magdeleine imaginait déjà ses membres traquant son fils pour «jeux de cartes avec l'ennemi». Une sœur ? Mais le télégramme venait de Nice. Quand elle lut, au milieu d'un texte anglais qu'elle ne comprenait pas, le nom de John Lücke, son cœur se mit à battre à tout rompre. Comme par hasard, une cliente qui n'était pas du village prenait au même moment racine devant son guichet, hésitant entre différents timbres de collection représentant un Matisse, un Braque, un Cézanne. Magdeleine bouillait sur place :

— Vu le prix d'un timbre, prenez-les tous !

Mais la dame ne bougeait pas.

— Vous savez quoi ? Je vous les offre ! s'écria Magdeleine, exaspérée.

Interloquée, la cliente décampa. La receveuse ferma précipitamment la porte du bureau, même s'il n'était que 11 h 15, puis détala dans la rue principale qui menait vers la falaise, où devait approximativement se trouver Françoise dans sa tournée. Il lui fallait la traduction de ce message de toute urgence. Elle avait bien pensé le soumettre à l'inconnue, mais un tempérament d'agent des services spéciaux l'habitait désormais, elle préférait éviter le moindre risque.

Au bord de la falaise effectivement, elle trouva Françoise, mais loin des habitations, sur la lande, à l'écart de la route, son vélo abandonné contre un talus. Plus Magdeleine s'approchait de la factrice, plus elle avait le sentiment qu'elle se tenait beaucoup trop près du précipice, la silhouette un peu vacillante dans la lumière beige pâle du ciel et de la mer fondus l'un dans l'autre. Le cœur à bout de souffle et serré par l'angoisse, elle faillit la héler, mais craignit de lui faire peur à la précipiter dans le vide. Alors elle approcha doucement, par le côté. Elle entendait ses propres pulsations cardiaques cogner dans sa poitrine, stupéfaite de voir à Françoise un regard vide et déterminé, planté sur l'horizon, un regard… de morte. Magdeleine en était sûre, elle allait se suicider !

Françoise poussa un petit cri en l'apercevant, reculant instinctivement d'un pas, ce qui permit à Magdeleine de reprendre son souffle.

— Qu'est-ce que vous faites là ? demanda-t-elle d'une voix blanche.

— Je… Je regardais le paysage, hésita Françoise.

Elle ne parvint pas à convaincre la receveuse, qui lui tendit le télégramme tout en se désintéressant soudainement de John Lücke. Ce à quoi elle venait d'assister était trop grave.

Françoise lui traduisit le message: «Meilleur ami John Lücke pendant bataille. Perdu de vue. Passe bientôt vous saluer à Veules. Andrew Ward.» Pas de quoi sortir Magdeleine de son état de stupeur. Elle se fichait pas mal qu'un inconnu anglais passe lui dire bonjour alors qu'il ne savait rien, mais s'inquiétait en revanche pour son amie. Que s'était-il encore passé? La brute avait-elle recommencé? Mais Françoise affichait ne se préoccuper que du soldat écossais, assurant qu'il s'agissait d'un message très prometteur, cette visite augurait du meilleur, jurant qu'elle-même se portait très bien, son mari se montrait gentil, non vraiment tout allait bien.

Le démenti arriva dès lendemain matin. À peine son uniforme de postière enfilé, Françoise dut monter en urgence au premier étage. Elle vomissait ses tripes. Georges se tourmenta:

— Ben qu'est-ce qu'elle a?

— Va travailler, lui intima Magdeleine qui ne voulait pas l'avoir dans les pattes.

Magdeleine envisagea que Françoise «somatisait», un phénomène dont elle avait découvert l'existence grâce à la voix d'un psychologue à la radio, une fois de plus. L'émission lui avait permis d'identifier l'origine de ses propres douleurs utérines endurées des mois après le décès de sa petite Geneviève: son ventre avait sangloté! Elle imagina que le corps de sa factrice développait une allergie à la violence conjugale. Elle négligeait l'explication la plus simple, que Françoise, effondrée, lui confia :

— Je suis enceinte.

Magdeleine resta sous le choc. Manquait plus que cela !

— Je ne peux pas le garder, je ne peux pas, bredouilla la jeune femme. Jusqu'ici, je me suis toujours débrouillée pour que cela n'arrive pas…

Magdeleine ne posa pas de questions sur les moyens, chacune avait ses astuces. La finalité l'interrogeait davantage. Elle s'était bien imaginé que cette absence d'enfant n'était pas le fruit du hasard, mais pourquoi ? Françoise se lança dans des explications complexes, mais Magdeleine la poussa dans ses retranchements, jusqu'à ce que la factrice fonde en larmes et avoue tout :

— Parce que je refuse de faire subir à un enfant ce que je subis, je ne veux pas qu'il soit élevé dans la brutalité, qu'il voie les coups, les menaces, qu'il entende les insultes, et puis mon mari ne supporterait jamais de me voir aimer quelqu'un d'autre, un enfant serait un rival, il « prendrait » aussi, et puis…

— Et puis ?

— Vous m'avez ouvert les yeux, Magdeleine. Avant, je pensais que c'était le destin, mais je réfléchis à tout ce que vous dites, je vois bien comment vous êtes avec Monsieur Georges, et je me dis… Je me dis que si j'ai un enfant, je ne pourrai plus jamais m'en aller !

Malgré le contexte, Magdeleine sentit une vague de soulagement la submerger : enfin ! Enfin, elle pensait à se sauver ! Françoise reconnut qu'elle redoutait sa grossesse depuis plusieurs semaines, guettant ses règles en vain, de plus en plus désespérée.

— C'est ça qui vous a amenée au bord de la falaise ?

Françoise garda le silence, une réponse en soi. Alors Magdeleine rassembla son courage et feignit de maîtriser parfaitement la situation en assurant d'une voix sereine :

— Je vais vous aider, Françoise. À le faire passer.

Pour Françoise, c'était « impossible ». L'avortement était passible d'une peine de prison, pour la femme comme pour l'avorteur. À Veules-les-Roses, personne ne le pratiquait, la chose se serait sue. Alors où ? Comment ? Et à quel prix ?

Magdeleine affirma qu'elle en faisait son affaire, elle la tiendrait au courant le soir même. Françoise partie distribuer son courrier, Magdeleine se retrouva seule avec sa promesse. « Faire passer » un enfant, voilà qui ne lui serait jamais venu à l'idée personnellement. Elle aurait aimé en avoir trois, comme sa mère. Mais le destin en avait décidé autrement, lui en retirant un, ne lui en offrant pas d'autre après Yves.

Sitôt à son bureau, la receveuse s'activa. Elle téléphona au Mouvement pour le planning familial de Dieppe dont on disait qu'il pouvait tout pour les femmes. Une interlocutrice autoritaire lui indiqua que l'intervention se pratiquait sans difficulté en Angleterre et en Suisse, voyage inenvisageable pour des raisons financières et logistiques dans le cas présent. On lui proposa alors de passer en personne au bureau de Rouen pour se voir communiquer des adresses confidentielles de rares médecins solidaires de la cause féminine. Magdeleine renonça, un peu agacée que l'on fasse des difficultés à des femmes en difficulté, un comble ! Elle passa en revue ses connaissances à Veules, réalisant que personne ne pourrait la renseigner, ni Éléonore, ni Anaïs, elle connaissait les autres trop mal. Quant à consulter le médecin, il n'en était pas question. On ignorait la position de celui du village sur le sujet, c'eût été courir le risque de la dénonciation. N'était-il pas fou que la loi française préfère voir mettre au monde des petits haïs, ou mal lotis d'avance, à autoriser une intervention médicale qui éviterait le malheur annoncé ? Il n'y avait au fond qu'une personne de confiance à qui elle pouvait en parler : Brigitte, qui en bonne commerçante recevait les confidences des uns et des autres, en particulier de ses contemporaines en âge de procréer.

Magdeleine traversait la rue quand Bouquet arriva :

— C'est une nouvelle manie, madame Morin, de quitter votre bureau à votre convenance tout au long de la journée ?

— Pardon ?

L'inspecteur expliqua en avoir été informé par une dame qui s'était vu « donner » des timbres par « une folle », c'était son terme, avant que celle-ci ne s'échappe en courant dans la rue et ferme la poste. Donner ! Et aux frais de qui ?!

— Je les ai payés de ma poche, si vous voulez tout savoir. Je ne vous permets pas de me soupçonner de vol et j'aimerais bien savoir qui est cette dame !

— Ma sœur ! Eh oui, j'ai une sœur ! Voyez, je peux encore vous surprendre !

Tu parles d'une surprise. Tel frère, telle sœur, les mêmes ! Des délateurs. Magdeleine argumenta : sa première sortie avait un motif urgent, question de vie ou de mort, celle-là aussi, elle serait de retour dans quelques secondes.

Magdeleine fulminait en entrant chez Brigitte.

— Qu'est-ce qui vous arrive ?

— L'autre abruti.

Magdeleine désigna son bourreau de l'autre côté de la vitre. Elle continua :

— Ne me posez pas de question, ma petite Brigitte, mais… j'ai besoin des coordonnées d'une faiseuse d'anges, et comme vous fréquentez beaucoup de monde… On vous aurait parlé d'une, pas trop loin d'ici, et fiable ?

Les faiseuses d'anges opéraient avec des talents et dans des conditions d'hygiène variables, au point que l'on pouvait y laisser la santé, voire la vie. Leur réputation se transmettait exclusivement par le bouche-à-oreille, leurs coordonnées sous le manteau. Brigitte, un peu gênée de voir sa belle-mère briser un tabou aussi intime, accusa le coup :

— Mais, Magdeleine… Je…

— Bon, oui ou non ?! s'impatienta sa belle-mère.

Brigitte balbutia qu'elle avait bien entendu parler d'une femme à Saint-Valéry-en-Caux, mais qu'elle n'avait pas son adresse exacte. Elle ne voulut jamais dévoiler de qui elle tenait l'information, mais promit la précision pour le soir même.

Quand Magdeleine sortit, Bouquet était parti, laissant derrière lui la bave d'escargot de sa DS toujours incontinente.

Le soir, Magdeleine accueillit Françoise avec la liste du matériel à apporter et le prix, raisonnable, mais la détermination de la jeune femme avait faibli :

— Je pourrais parier qu'un enfant va l'apaiser…

— Arrêtez avec vos paris, la vie n'est pas une loterie,

Françoise ! se fâcha Magdeleine. Maintenant, de deux choses l'une, soit je vous aide et vous quittez ce fou furieux, soit je ne vous aide pas.

Un dimanche après-midi, Magdeleine accompagna donc Françoise jusqu'à un lieu-dit proche de Saint-Valéry-en-Caux. La ferme lui déplut tout de suite, l'intérieur ne lui sembla pas propre. Mais les deux femmes n'avaient pas le choix. Si Françoise différait plus longtemps, l'avortement serait plus risqué encore. Elle avait déjà deux mois de retard de règles, ce qui fit soupirer la sexagénaire semblant évaluer l'ampleur de la corvée au nombre de jours d'aménorrhée. La factrice, tremblante, tendit les linges réclamés par la praticienne, très expérimentée avait-on assuré à Brigitte, et le cintre, dont les deux Veulaises n'avaient naïvement pas saisi le rôle à venir. La femme procéda machinalement, mettant le tissu et l'objet insolite à bouillir dans une bassine sur le poêle pendant qu'elle se penchait sur la situation.

Jambes écartées sur la longue table de bois de la cuisine, Françoise se mit à pleurer doucement tandis que la femme semblait lui fouiller les entrailles. Elle tremblait, à la fois de froid et de peur. Postée à hauteur du visage de sa factrice, Magdeleine gardait les yeux pudiquement ancrés dans ceux de son amie et lui insufflait du courage en lui tenant fort la main. Françoise se montra stoïque, jusqu'à ce que la faiseuse d'anges détortille le cintre pour en couper un morceau. Quand elle l'inséra dans le col de l'utérus en prévenant Françoise d'un sec « ne bougez pas », la factrice poussa un cri de douleur. La praticienne soufflait bruyamment, visiblement lassée de gestes qu'elle devait répéter depuis des années, génération après génération, fallait-il que les femmes soient sottes. On ne sentait pas l'ombre d'une commisération, d'une solidarité, que l'on était pourtant en droit d'attendre d'une femme bien placée pour savoir que la blessure physique n'était rien à côté des souffrances qui menaient là, d'une sorte ou d'une autre. Enfin la chose fut faite, et la femme récita comme un robot ses recommandations :

— Laissez la sonde de fer jusqu'à ce que les douleurs soient fortes, c'est le signe que « ça passe », puis vous l'enlevez d'un coup sec. Hygiène parfaite, pas de rapports, une question ?

— Et le vélo ? demanda Françoise, qui n'en perdait pas sa conscience professionnelle.

— Ah non, il va falloir oublier le vélo ! se moqua la faiseuse d'anges.

Françoise paya, et elles repartirent à pied comme elles étaient venues, en direction de Veules. Le temps des quatre kilomètres, elles n'échangèrent pas un mot. Des larmes silencieuses coulèrent un peu sur le visage de Françoise, puis plus rien, c'était fait. Magdeleine se garda de briser le silence, certaines plaies ne cautérisent qu'en n'étant pas partagées.

Magdeleine décida de remplacer Françoise les jours suivants pour la tournée, tandis que la factrice tiendrait le bureau. Elle présenta à l'inspecteur cette organisation provisoire sous son meilleur jour :

— Je dois connaître mes administrés… C'est important, lui fit valoir Magdeleine.

— Je salue pour une fois votre initiative…

Magdeleine adorait faire du vélo, mais elle put constater qu'à force de sédentarité au guichet, ses muscles avaient fondu. De passage à la ferme, elle aperçut le petit des agriculteurs du côté des clapiers, sale et dépenaillé. Elle se désespéra de n'avoir jamais eu le fin mot de l'histoire. Elle avait interrogé aussi discrètement que possible tout Veules pour savoir si une femme aurait été enceinte sans qu'on n'en voie jamais l'enfant. Mais personne n'en avait le souvenir, fait d'autant plus étonnant que l'enfant était né en août, saison où les grossesses se dissimulent difficilement. Elle avait demandé à Georges de consulter discrètement le registre des habitants puisqu'il y avait accès à la mairie, afin de pointer ceux qui auraient pu quitter le village à cette époque. Georges avait commencé par protester, exigeant de connaître le motif, puis avait plié, comme toujours. Mais il était rentré bredouille, et également, content. On revenait à Veules plus qu'on en partait. Les seuls départs enregistrés étaient pour le grand voyage, au Ciel.

Françoise apprécia son nouveau poste au contact de la clientèle, le monde la distrayait de son épreuve en cours. Mais quand Magdeleine revint le troisième jour à midi, elle la trouva fiévreuse, et le surlendemain, Françoise arriva à la poste en nage, pliée en deux de douleur, pour s'écrouler sur la chaise du guichet. Elle saignait sans discontinuer depuis qu'elle avait ôté la sonde de fer. Son teint blanc comme un linge faisait craindre l'hémorragie. Magdeleine, affolée, la fit monter chez elle et bénit le thermomètre acheté lors de la typhoïde de Gabrielle. Mais son cœur s'emballa en voyant le chiffre : 39,5 °C !

À cette heure-là, le médecin ne faisait pas de visites à domicile, mais il consultait à son cabinet, à deux pas. Magdeleine, faisant fi de l'accueil qui leur serait réservé, soutint Françoise comme elle le put jusqu'à la salle d'attente, où les autres patients les laissèrent passer devant – leur factrice était visiblement au plus mal.

— C'est une fausse couche… commença Françoise, une fois dans le cabinet.

Avant même de l'ausculter, le médecin la regarda d'un air sévère, dont on voyait toutefois qu'il ne relevait pas du jugement moral mais de l'inquiétude scientifique :

— … comme tous les avortements, enchaîna le médecin froidement. Un avortement est une fausse couche provoquée.

Françoise baissa la tête, Magdeleine regardait le plafond, ou plutôt les casiers médicaux pleins de petites fiches de patients classées par ordre alphabétique.

Le médecin continua :

— Vous savez que c'est illégal, mais vous ne savez peut-être pas qu'une femme meurt d'avortement chaque jour en France, chiffres officiels de l'année passée ! Je vais vous examiner, vous faites sans doute un début de septicémie.

Il entraîna Françoise dans la petite pièce attenante.

Pendant ce temps-là, Magdeleine regardait les casiers. Une cinquantaine de femmes étaient suivies à Veules, pas davantage, et elle les connaissait toutes. C'était tentant de jeter un œil… La mère veulaise qui avait accouché sous X avait pu consulter pour y découvrir son état ou pour des troubles ultérieurs, personne n'allait ailleurs chez le médecin. Peut-être même qu'au début, elle n'avait pas projeté d'abandonner l'enfant. Bien sûr, ce n'était pas le moment de fouiller, elle se faisait du souci pour Françoise, mais en même temps, ce souci qu'elle se faisait pour Françoise rendait assez innocent de mettre la main dans quelques papiers… Comme à côté, l'auscultation se prolongeait, elle n'y tint plus. Elle se mit à compulser les fiches, rapide comme l'éclair, reconnaissant les noms de parents qu'elle voyait au bureau de poste ou de camarades de classe qui revenaient dans la bouche de Gabrielle. Elle tendit l'oreille. La conversation entre la factrice et le médecin continuait, elle s'obstina donc, jusqu'à frôler la tachycardie quand elle entendit du mouvement derrière la cloison. Magdeleine renvoya le casier sur ses rails et se rassit sagement, les yeux encore exorbités quand Françoise revint avec le médecin.

— Vous ne vous sentez pas bien, madame Morin ? Je vous trouve un peu pâlotte… Vous feriez un peu d'anémie que ça ne m'étonnerait pas. Je vais vous donner quelque chose. Quant à vous, continua-t-il en s'adressant à Françoise, vous devriez vous en tirer avec de la pénicilline. Pour cette fois. J'espère qu'il n'y en aura pas d'autre…

Françoise bredouilla que non, approuvée par Magdeleine. Il rédigea ses deux ordonnances, et se vexa un peu quand elles l'interrogèrent sur la confidentialité de la visite. Il était médecin, oui ou non ?! La receveuse regretta de voir le médecin vraiment sous le joug d'Hippocrate, il était inenvisageable qu'elle l'interroge un jour sur Mme X, dont il aurait probablement détruit la trace.

Magdeleine s'efforça de ne pas se ronger les sangs pour Françoise, la médecine faisait des progrès considérables et les antibiotiques avaient révolutionné l'existence, on ne mourait plus d'une infection. Elle passa une bonne soirée avec Georges, Gabrielle, Brigitte et Marianne, la première depuis l'affaire de la devanture, en s'efforçant de poser sur la vie un regard optimiste. Les choses, au fond, finissaient le plus souvent par rentrer dans l'ordre. Les travaux de l'épicerie étaient presque terminés. La peinture bleu marine flambant neuve n'attendait plus que son vernis bateau, un surcoût décidé par Brigitte garantissant un maintien en l'état pour les vingt années à venir. Yves bénissait bien sûr l'ensemble des initiatives, il avait hâte de voir. Magdeleine proposa que Gabrielle reste dormir, ce qui rendit Brigitte hésitante :

— Je ne voudrais pas vous fatiguer…

— Mais… Gabrielle ne me fatigue jamais, enfin ! s'exclama Magdeleine, un peu surprise.

Magdeleine passa une meilleure nuit que les précédentes, Gabrielle pelotonnée contre elle, inconsciente pour une fois des difficultés qui l'attendaient.

Quand le malheur veut s'installer quelque part, il doit parfois s'y reprendre à plusieurs fois. L'état de Françoise empira. Le médecin, à nouveau consulté, la dirigea sans délai vers l'hôpital de Dieppe. Un curetage s'imposait, l'embryon ne s'évacuant pas correctement. Françoise avait réussi jusque-là à tenir son mari dans l'ignorance du motif de son état, mis sur le dos d'un virus hivernal. Mais quitter Veules une journée entière pour se rendre en ville seule n'était pas envisageable, d'autant qu'elle n'était pas en mesure de prendre le car. Magdeleine élabora l'alibi, un stage de formation continue qui n'existait pas aux PTT, mais un boucher n'en savait rien. Et un sauveur inattendu se présenta pour le trajet : Bouquet ! Il était tellement fier de sa voiture « remise à neuf » que, sachant la factrice souffrante, il se proposa. À une condition et une seule :

— Qu'on ouvre grand les fenêtres, car je ne veux pas attraper votre mal !

La receveuse et la factrice se jetèrent un bref regard, et manquèrent pouffer de rire, malgré la gravité de la situation. C'était promis, il ne l'attraperait pas.

La suite, Magdeleine la tint de Françoise le soir. À l'hôpital, la patiente avait été maltraitée par un médecin et une sage-femme, d'abord menacée de ne pas être soignée, puisqu'elle « récoltait ce qu'elle avait semé ». Aussi sadiques l'un que l'autre, ils lui avaient ensuite « ravagé l'intérieur », avant de la jeter dans un lit sans même un repas. Magdeleine était hors d'elle.

Françoise refusa son hospitalité pour rentrer chez elle. Magdeleine en profita pour endosser son rôle préféré, celui de grand-mère. Elle préparait des tripes avec Gabrielle, qui lui changeait les idées par son babillage continu, quand elle entendit frapper en bas. C'était Françoise.

— Encore ! ronchonna Georges en descendant ouvrir.

Magdeleine fulminait : quel sauvage !

Françoise, exténuée, lui raconta, assise sur le bord du lit où son hôtesse l'avait entraînée à l'écart des oreilles de Gabrielle, que son mari l'avait jetée dehors. Comment avait-il appris la vérité, elle ne le saurait jamais. Dans ses deux boucheries de Dieppe, il avait brassé nombre de clients, et parmi eux peut-être, des membres du personnel médical. Ou des PTT. Il lui avait hurlé avoir « tout compris », à sa façon : si elle avait avorté, c'est qu'elle était enceinte de son amant, et cet amant n'était autre que… Bouquet bien sûr !

— Vous n'avez pas nié, j'espère, demanda Magdeleine en souriant pour la détendre.

— Si… tout de même, soupira Françoise.

Il fut convenu que Françoise resterait dormir là le temps de trouver une solution. Magdeleine lui apporta dans la chambre une soupe épaisse de cresson et de pommes de terre, une crème brûlée, et la borda comme une mère.

À table avec Gabrielle, Georges ronchonnait qu'on n'était plus chez soi. Il allait encore dormir sur le canapé à cause d'une « affaire de femmes », comme avait simplement dit Magdeleine. Il préférait ne rien savoir de tout ce qui se déroulait dans les ventres de l'autre sexe, mais c'était fort de café. Il se montrait tellement égoïste que Magdeleine finit par lui dévoiler, en langage codé, la vérité, qu'il salua d'un « Ouh là là ! » anxieux. Gabrielle proposa son concours :

— Moi, ça ne me dérange pas de dormir avec elle si Papi ne veut pas.

La petite fille avait le don de les faire rire en toutes circonstances !

Après le repas, Magdeleine ramena Gabrielle chez Brigitte en invoquant ne pas se sentir très bien :

— Je comprends, soupira Brigitte avec affliction.

Françoise combattant son infection, Magdeleine la convainquit de combattre par la même occasion le fléau qui la rongeait plus sournoisement : son mari ! Cette brute l'avait fichue dehors alors qu'elle était diminuée, l'avait battue, insultée, jusqu'où comptait-elle aller maintenant ? Au cimetière ? En passant par le bas de la falaise ? Françoise ne releva pas l'allusion, par pudeur et un peu par honte, sans doute. Mais l'idée de divorcer faisait son chemin. Elle était assurée de pouvoir compter sur les attestations en sa faveur de tout le village qui l'appréciait beaucoup, Magdeleine et Georges en première ligne. Son mari l'avait privée de son domicile conjugal, c'était curieusement plus mal vu de la justice que de battre sa femme. Françoise fit porter par Georges à son bourreau un courrier circonstancié l'informant qu'elle prenait acte de son éviction et ne souhaitait pas la reprise de la vie commune, il était allé trop loin. L'absence de réponse l'inquiéta d'abord un peu, mais le connaissant, loin de culpabiliser, il devait s'enorgueillir d'en avoir pris lui-même la décision virile. Peu importait à Françoise, du moment qu'elle avait la paix.

Durant une semaine, la factrice fut remplacée par une intérimaire. Il se disait à mots couverts que son mari avait été trop loin, on ignorait à quel point et pourquoi. La direction des PTT envoya à Veules une petite jeune qui se perdait dans les sentes et les cavées dont beaucoup ne portaient ni nom, ni numéro, rien à voir avec la ville. Magdeleine distrayait Françoise en lui racontant les mésaventures de la novice. On la retrouverait bientôt enlisée dans les cressonnières ! Le boucher ne s'avisait pas d'approcher du bureau de poste, blessé dans son orgueil de mâle puisqu'il se croyait cocu, et c'était heureux car Georges avait promis de « le recevoir ». Il ne chercha pas non plus le contact avec Bouquet, un notable qui l'impressionnait trop. « Dommage », soupiraient les deux femmes en riant. Que Bouquet se fasse refaire le portrait sans en comprendre le motif ne leur aurait pas déplu. On avait écarté Gabrielle de l'appartement transformé en maison de convalescence, ce qui attristait un peu Magdeleine. Brigitte amenait juste la petite pour le baiser du soir, répétant mesurer à quel point la situation était délicate…

Ce qui fâchait Georges restait d'avoir perdu sa place dans le lit. « Jusqu'à ce que Françoise trouve une solution », avait exigé Magdeleine, arguant qu'eux-mêmes, à la veille de fêter leurs trente ans de mariage, n'étaient pas à une semaine près. C'est sa détresse personnelle, et non une forme d'empathie, qui le poussa à chercher pour la factrice un petit logement disponible dans le village. Connaissant tout le monde, et fort de son statut d'élu, il régla le problème en deux jours. Il trouva un radiateur bain d'huile pour chauffer le petit rez-de-chaussée proposé à bon prix, un réchaud Butagaz, se donna le mal d'acheminer un matelas, un oreiller, une table et une chaise, et Françoise put s'y installer, pour un temps qu'elle imaginait provisoire. Quand elle dut se rendre chez elle pour prendre quelques effets personnels, ce fut sous la bonne garde de Georges, qui attendait dans la boucherie, les yeux rivés sur le commerçant, que Françoise redescende l'escalier menant à l'appartement. Elle en revint avec un petit baluchon, que son mari jaugea :

— Tu peux prendre toutes tes affaires ! C'est pas la peine de revenir.

Elle le regarda, incrédule, encouragée par Georges à ne pas chercher à comprendre :

— Montez donc, puisqu'il vous le dit ! Je vous attends.

Le boucher, sans gêne aucune, osa jouer la connivence avec Georges :

— Une femme, c'est une femme. Si c'est pour avoir une traînée sous son toit, c'est pas la peine !

— C'est sûr, acquiesça Georges en se retenant de lui aplatir la face, c'est sûr...

Après tout, l'essentiel était la libération de Françoise. En attendant, le boucher cognait sur une carcasse en séparant les côtelettes avec son hachoir, sous le regard de l'horticulteur qui se demandait s'il ne faisait pas un transfert. Enfin, la factrice arriva avec deux énormes valises qu'elle promit de lui ramener.

— Pas la peine, tu peux les garder ! lança-t-il, « grand seigneur ».

Il était de ceux dont le degré d'arrogance permet de se voir dépouiller sans sembler perdre la face, l'essentiel à leurs yeux. Il continuerait à servir les clients la tête haute, soupirant qu'il était « mal tombé », sans leurrer personne, on connaissait Françoise. Les Veulais essayèrent un temps de distinguer l'homme de son « œuvre ».

Françoise partit achever sa convalescence dans son petit logement, qui l'enchantait tant elle le jugeait calme. Pure vue de l'esprit, puisqu'on entendait dans son rez-de-chaussée les conversations des promeneurs autant que les rares voitures qui passaient tout près. Mais plus personne n'était là pour la tourmenter, et le soir, elle dormait comme jamais. Encore très faible, elle projetait toutes sortes d'embellissements, comme des rideaux fleuris qu'elle commanderait bien entendu chez les Galet. Son enthousiasme de jeune fille qui se lance dans la vie faisait plaisir à voir et témoignait d'une nature particulièrement résiliente.

Enfin seul en son royaume et promis à son lit, Georges attaqua le repas de gaieté de cœur. Magdeleine, elle, se sentait galvanisée par l'idée d'avoir contribué à la libération de la femme au sens strict. Voilà un vœu qui n'avait pas été émis dans un courrier de Noël, mais qu'elle avait réalisé au-delà de ses espérances. Dès lors, le reste lui sembla à portée de main. Elle allait continuer à réparer le monde. Se mêler de la vie des autres n'était pas une faute, mais un devoir moral. C'est ce bref épisode d'hypertrophie de l'ego, ou tout simplement la fierté du travail accompli, qui la poussa à lâcher le soir à Georges :

— Tu ne vas pas me croire, Georges, mais Armand, le petit des agriculteurs, je pense que c'est le fils du curé…

— J'en peux plus, souffla Georges en posant sa fourchette.

- 9 -

Magdeleine en était arrivée à cette certitude après avoir répertorié toutes les femmes du village qui auraient été susceptibles d'accoucher en 1952, passant devant chaque maison une à une en se remémorant qui avait pu y vivre. Le travail de mémoire ne fut pas épuisant, on déménageait peu, à Veules comme ailleurs. Une très large majorité de Français naissaient, se mariaient, travaillaient et mouraient au même endroit. Il n'y a qu'une « maison » devant laquelle elle avait marqué un temps d'arrêt, c'était le presbytère. Là vivait bien une femme, jeune, dont on ne savait pas grand-chose puisqu'elle se dévouait à sa mission sans sortir, jamais sans le prêtre en tout cas… Magdeleine avait repensé aux rumeurs, à la visite qu'elle avait rendue, à la vie recluse entre les quatre murs du jardin qui rendait la dissimulation d'une grossesse possible. Elle aurait bien partagé ses secrets et ses élucubrations avec Georges, mais il leur faisait décidément trop mauvais accueil. À quoi bon s'adonner à la magie face à un mauvais public ?

Puisque Georges trouvait l'idée d'un curé père de famille « complètement stupide » et – il osait le dire tout en se prévalant du fait que le curé était un homme comme un autre – « irrévérencieuse », elle tut toutes les bonnes raisons qu'elle avait de le croire. Eugénie était la seule femme du village qui n'avait officiellement pas d'enfant, elle vivait au presbytère depuis toujours, avec un comportement ambigu envers le curé qui n'avait échappé à personne, et c'était le genre de situation propre à faire accoucher sous X, évidemment. Magdeleine avait appris aux informations que, dans quelques décennies, la science pourrait savoir qui était le parent de qui rien qu'avec un cheveu ou un peu de salive, grâce à la nouvelle découverte d'un ruban dans le corps, une sorte de Télex décryptant chaque individu, l'ADN. C'était farfelu d'y croire, mais Magdeleine s'y projetait. Sauf que le curé était chauve, alors comment s'y prendrait-elle ?

Ce genre de pensées fantasmagoriques tournait maintenant dans son esprit du matin au soir pendant qu'elle travaillait. Sa vie avait complètement changé, moins axée sur ce pataud de Georges, et malheureusement moins sur son fils par la force des choses. Sa conception de la famille s'était élargie. Elle se sentait la mère des habitants de Veules, investie d'une mission protectrice, à la mesure de l'amour qu'elle avait à donner. Quand elle reçut une lettre de son vrai fils, elle ne la décacheta pas moins précipitamment.

Le contenu en était incompréhensible :

Ma chère Maman,

Je ne te cache pas que j'ai été un peu choqué d'apprendre par Brigitte le mauvais pas où tu t'es trouvée… Je voulais t'assurer de toute mon affection et de mon soutien dans ta convalescence. Une autre solution n'aurait pas été raisonnable. J'espère que Papa ne le prend pas trop mal, mais comme je le connais, il ne doit pas être facile ces temps-ci. Je vais vite venir te faire oublier ce mauvais souvenir car j'ai une grande nouvelle : je rentre pour Pâques, définitivement ! Tous les Français fichent le camp, c'est « la valise ou le cercueil », disent les Algériens pour l'indépendance. Sinon, j'ai bien reçu le papier à lettres et les crayons, je t'en remercie, mais du coup, je vais les laisser à mes amis sahariens si tu n'y vois pas d'inconvénient.

À très bientôt.

Ton fils qui pense bien à toi, embrasse fort Papa

Magdeleine était partagée entre la joie inconsidérée du retour et une profonde stupeur, elle n'avait pas été malade depuis des années ! Elle mit une heure, entre trois coups de tampons et deux pesées de colis, à élaborer un scénario cohérent avec la missive, et eurêka ! Aux cent coups, elle fonça à l'épicerie dès que le bureau se dégagea :

— Brigitte, ne me dites pas que vous avez cru que c'était pour moi, la faiseuse d'anges !?

Eh si !

Brigitte avait cru pendant dix jours que Magdeleine attendait un petit dernier, à presque cinquante ans ! C'était rare, mais cela se voyait, argumenta Brigitte. Informé, Georges se tint les côtes de rire, avant de se sentir fier comme si la grossesse imaginée de Magdeleine était une réalité. Que Brigitte ait pu y penser lui donna un vrai coup de jeune, à susciter en lui au milieu de la cuisine des velléités que Magdeleine repoussa gentiment. Elle l'aimait bien, son Georges, mais il y avait des limites. Magdeleine se remémora l'extrême sollicitude de Brigitte les derniers temps, qui lui avait bien semblé suspecte. Tout de même, elle aurait pu déduire que la « maladie » concomitante de Françoise, alitée à son domicile, était une curieuse coïncidence… Elle jugea définitivement que sa belle-fille n'avait pas le génie de son fils. D'ailleurs, qui l'avait ?

* * *

Magdeleine baignait dans le bonheur du retour imminent d'Yves quand elle reçut au guichet la visite d'un grand homme brun, la quarantaine, jamais vu. Elle s'en serait souvenue tant elle le trouvait séduisant !

— *Good morning, lady Morin, I'm Andrew Ward !* lança l'inconnu avec un accent charmant.

La receveuse avait fini par croire que le mystérieux correspondant anglais qui télégraphiait de Nice était un mythomane ou un rigolo. Il voulut lui serrer la main par la fenêtre du grillage où l'on s'échangeait lettres et colis, mais Magdeleine se leva, les yeux brillants, et s'exclama :

— Attendez que je vous embrasse !

Surexcitée, elle passa son petit portillon de bois pour aller l'étreindre chaleureusement côté clients, arrachant au monsieur des « Oh ! Oh ! » surpris, voire heurtés. Cette spontanéité tactile était très éloignée des manières anglaises. Magdeleine était incapable de comprendre un traître mot de ce que lui disait Andrew, et réciproquement, ce qu'ils réalisèrent rapidement. Elle lui désigna le banc qui longeait le mur, dans un français désarticulé qu'elle imaginait plus proche de l'anglais : « Attendre là ! Pas bouger. Factrice arrive. » Rien n'était plus faux, il était 10 heures, Françoise ne serait pas là avant deux heures. Mais Magdeleine redoutait qu'en le laissant partir, lui et ses informations s'évanouissent dans la nature. Même s'il les promettait maigres, tout était bon à prendre. Magdeleine savait qu'en tirant un fil, on finit par trouver la pelote, sagesse qu'elle tenait du tricot comme de son expérience de Mère Noël. Elle scrutait l'horloge, trouvant que le temps passait trop lentement, mais l'Écossais, lui, ne semblait pas s'impatienter, un éternel sourire aux lèvres. À peine se leva-t-il deux ou trois fois pour traverser la pièce et scruter les affiches du mur d'en face, histoire de se dégourdir les jambes, ce qui faisait trembler Magdeleine : « Pas bouger ! » répétait-elle, comme si elle parlait à Loulou. La gravure de mode n'en manifestait pas l'intention et retournait s'asseoir, lustrant son blazer de velours. La receveuse n'en revenait pas, elle-même serait partie cent fois. Enfin, Françoise arriva.

Andrew Ward, toujours aussi calme, la salua avec une grande politesse. Postée entre Andrew et Magdeleine, la factrice commença à traduire :

— …

— Il dit qu'il était le meilleur ami de John Lücke et qu'il n'a rien oublié de Veules-les-Roses, joli petit village, plus charmant en temps de paix…

— Oui, oui, après, s'impatienta Magdeleine.

— …

— Ils ont combattu ici et ont eu la chance, contrairement à leurs camarades, d'embarquer pour l'Écosse.

— Alors il est vivant ?! cria Magdeleine, les mains jointes en prière.

— …

— Il était vivant en 1950, mais ils se sont perdus de vue. Quand John Lücke s'est marié…

— Hein ? se révolta Magdeleine, mais qu'est-ce qui lui a pris de se marier ? Enfin, c'est pas Dieu possible !

— S'il était célibataire, ce n'est pas anormal. M'engueulez pas, Magdeleine, je n'y peux rien… réagit Françoise.

— …

— Ah ! Il parlait beaucoup de sa fiancée française pour qui il avait acheté une villa. Mais quand il est revenu à la Libération, la maison très abîmée était habitée par des gens – il évoquait sans doute les Guichard et les Galet – et la jeune femme… était morte !

— Morte ? Mais enfin il est pas malade ?! explosa Magdeleine.

Elle était au bord de secouer le pauvre homme qui ne faisait que restituer le récit d'un autre.

L'individu qui avait informé John Lücke du décès d'Éléonore en 1945 n'était pas l'un des habitants, mais le maire du village, croyait se souvenir l'Écossais. Il lui avait dit qu'elle avait été arrêtée pendant la guerre et condamnée à mort après avoir valeureusement résisté, une héroïne. Tout n'était pas faux, sauf qu'elle n'avait pas été exécutée, elle était même probablement à Veules quand l'ancien fiancé était passé !

Magdeleine fit traduire par Françoise que non seulement Éléonore était vivante, mais que John Lücke avait aussi une fille ! Si Andrew Ward voulait la voir, elle était vendeuse à la boulangerie. Il devait toutefois ne pas se démasquer, pour ne pas donner de faux espoirs. L'Écossais jura, serment d'un membre de la 51e Highland Division, qu'il se montrerait discret. Il se proposa de faire des recherches une fois achevé son périple français, qui l'avait amené à visiter tout le pays, il les tiendrait au courant. Magdeleine fit remercier chaleureusement l'ancien camarade de régiment qui, dans une courbette d'une grâce inouïe, repartit comme il était venu. Les deux femmes étaient sous le charme, et impatientes de la suite.

Françoise et Magdeleine s'interrogèrent sur l'identité de l'informateur véreux. L'ancien maire était mort, on ne pourrait plus le questionner. Elles pensèrent bien à Bouquet, qui aurait pu se présenter comme maire par anticipation mythomane, mais qu'il ait chanté les louanges de la Résistance rendait l'hypothèse caduque. Elles en étaient là quand, quelques minutes plus tard, Andrew Ward fut de retour au pas de course, le costume chiffonné, les yeux exorbités et le débit anormalement agité :

— … s'écria-t-il.

— Il dit qu'elle et son père se ressemblent comme… deux petits pois ! traduisit Françoise, avec un grand scepticisme.

Magdeleine resta interdite. N'importe quoi… Avant de s'exclamer dans une illumination :

— Aaaah ! Comme deux gouttes d'eau ! Ils doivent dire « comme deux petits pois » chez les Anglais. J'apprendrai ça à Gabrielle, ça lui plaira. Si John Lücke ressemble à sa fille, je comprends qu'Éléonore en soit restée hantée !

Andrew Ward partit cette fois pour de bon.

Les deux amies se creusèrent la tête encore un temps pour savoir qui avait pu « enterrer » Éléonore, faisant basculer l'histoire d'amour dans le drame, une erreur qui durait depuis quinze ans.

Quand Magdeleine revit Éléonore, elle était bien décidée à ne rien lui révéler de la visite de l'Écossais, mais la pauvre jeune femme était malheureusement au courant, et très ébranlée. Pour commencer, Anaïs était arrivée dans tous ses états après qu'un Anglais lui avait acheté un croissant – tout ce qui était anglais, de près ou de loin, lui faisait cet effet. Elle assurait que cela lui parlait « à l'âme », comme tous ceux qui fantasment sur leurs origines méconnues. Anaïs avait été une élève appliquée en cours d'anglais, se montrait capable d'entonner tous les tubes des Platters, surtout *Only You*, n'aimait rien tant que les films anglais. Mais quand la jeune fille avait voulu engager une conversation avec son client, il était parti en quatrième vitesse, visiblement terrorisé. Anaïs était rentrée à la villa en ayant à peu près perdu la tête : et si c'était son père, venu en repérage, qu'elle aurait déçu ou angoissé au point de le faire fuir ? À son récit, Éléonore avoua avoir elle-même été effleurée l'espace de quelques secondes par le doute, mêlé de l'espoir fou, même si c'était complètement idiot. L'été, on voyait de temps en temps des touristes anglais, mais en plein hiver, cette irruption avait de quoi troubler. Hélas, elle s'était fait décrire l'homme, un brun aux lèvres fines, et avait détrompé Anaïs. Éléonore avait reçu dans la foulée la visite de Bouquet, qui avait appris qu'un Anglais était passé au casino. Lui aussi s'en était ému. Il lui avait demandé si l'homme était venu la voir, s'il lui avait parlé, ce qu'il était venu faire, en plein hiver. Magdeleine tiqua. Cette préoccupation de Bouquet était suspecte. S'il s'était alarmé d'un compatriote de John Lücke en visite, serait-ce le signe qu'il le savait vivant ? Éléonore y avait pensé aussi… Mais elle soupira que de toute façon, malheureusement, si c'était le cas, il n'avait probablement plus aucun sentiment pour elle. Le temps passant, c'eût été ridicule. Désormais, il devait être marié, avoir des enfants, c'était la vie, celle qu'elle-même n'avait pas eu la force de reprendre, avec une fille à élever qui était l'image vivante de son père. Magdeleine préféra se taire, d'autant qu'Éléonore ne se trompait pas tout à fait. Elle aussi avait essuyé une déconvenue en apprenant le soldat marié, mais elle continuait de penser qu'avec un peu de chance, il avait fait fortune et pouvait sauver la Villa, au nom de sa fille.

Éléonore conclut tristement :

— Enfin, je me serais passée de cet épisode traumatisant, et Anaïs n'avait pas besoin de ça non plus…

Magdeleine culpabilisait d'avoir indirectement plongé mère et fille dans le tourment. C'était sa faute si cet Écossais était venu à Veules, sa faute encore s'il était allé voir Anaïs à la boulangerie, tout cela pour n'aboutir peut-être nulle part. Mais Andrew Ward lui avait inspiré confiance, en plus de lui insuffler un léger frisson, et elle voulait croire que l'issue était proche.

* * *

Gabrielle fêta ses sept ans en se faisant remarquer, et la journée qui aurait dû être une fête se termina avec les pompiers, au grand dam de son grand-père qui craignit perdre aux yeux du maire le point qu'il avait marqué avec l'épicerie. Les bougies de la charlotte aux pommes sitôt soufflées, elle était partie jouer dans les rues du village avec une ribambelle d'enfants, dont le doux fils des couturiers qui avait apporté des pétards. Les autres avaient chipé du pain et des confitures, et ils décidèrent de se réfugier comme d'habitude dans la grange emplie de foin qui jouxtait le cinéma. C'était leur antre préféré, un abri idéal quand il commençait à pleuvoir, mais aussi un terrain de jeux inégalable puisque l'on pouvait grimper à l'échelle pour gagner les ballots, les dépenailler, se rouler dedans, s'y battre, y tomber sans douleur, s'y cacher, et même s'y endormir, ce qui arrivait parfois. Le propriétaire avait beau râler contre les nuisibles, répéter qu'on détruisait son travail et qu'un jour, il arriverait malheur – il redoutait une chute –, il ne pouvait pas lutter contre un fléau vieux de plusieurs siècles. Après qu'ils avaient goûté tous ensemble, Jean avait sorti triomphalement les pétards, une façon de fêter dignement l'anniversaire. Les garçons, pour épater les filles qui en vérité hurlaient de peur, s'étaient mis à les tirer dans le foin bien sec qui, naturellement, s'était embrasé comme une torche. Pris de panique, tout ce petit monde qui n'avait pas dix ans s'était alors enfui, pour sauver sa peau autant que quitter les lieux du délit, aggravant ainsi la situation. C'est le crépitement léchant les murs contigus au cinéma qui avait alerté les spectateurs. Une chance qu'en ce dimanche, on ne donnât pas un film bruyant, en sorte qu'ils avaient pu alerter les secours. L'origine du sinistre fut vite identifiée, on avait entendu les gamins piailler une bonne partie de l'après-midi. Gabrielle récolta pour son anniversaire une fessée de Brigitte, en plus de la confiscation pour dix jours de la caisse enregistreuse Fisher-Price en bois qu'elle avait réclamée. Quant au « mignon » petit Jean, il fut ramené par Georges, furieux du sinistre qui avait mis en danger un bien culturel public, à ses parents. Ils l'envoyèrent se coucher sans dîner, ça lui apprendrait, en lui criant :

— Tu vas attirer le malheur sur nous !

La parole, rapportée à Magdeleine, la fit trembler. Manquerait plus que ce feu de paille fasse capoter ses tractations.

Et de fait, peu après, elle reçut une lettre d'huissier relative à ses manœuvres. Si elle était adressée à la « Famille Galet-Steiner, Poste restante », on y soupçonnait très clairement « l'auteur du courrier » de tentative de malversations, ayant « toutes les raisons de croire que la signature a été falsifiée ». Les fonctionnaires du ministère avaient-ils retrouvé des documents signés de la main des Steiner ? Ce n'était pas invraisemblable. Le zèle de l'administration de Vichy avait permis de conserver toutes sortes de fiches, y compris celles où les malheureux déportés, promis à la mort, attestaient du dépôt aux autorités qui les arrêtaient du contenu de leurs poches, une baguette de pain ou cinquante centimes. À moins que la main hésitante de Magdeleine ne l'ait trahie ? Elle était encore dans tous ses états quand Georges arriva, concluant avec pragmatisme :

— Je crois que tu n'as plus le choix, tu dois leur en parler…

— ON doit leur en parler.

— Ah, moi, je n'ai rien à voir, c'est toi qui as ouvert la lettre au Père Noël ! observa-t-il.

Elle l'accusa de lâcheté, il l'accusa de se fourrer dans des histoires qui finiraient par la mener en prison, elle et peut-être sa famille, surtout depuis qu'il l'envoyait fouiller dans les registres des habitants du village. Pouvait-on savoir pourquoi, maintenant ?

— Va pas tout mélanger ! vociféra Magdeleine.

Dès lors, Georges considéra qu'il n'y avait pas une affaire unique, mais plusieurs. Un faux en écriture maintenant ! Tout cela finirait mal… Il se désolidarisait « à cent pour cent ».

Plus courageuse, Françoise se proposa aussitôt pour l'accompagner chez les Galet, mais Magdeleine jugea que c'était indigne. Elle devait assumer.

Après une nuit d'insomnie, la receveuse se rendit donc à la villa Esmeralda, adressant par la fenêtre un petit signe à Éléonore pour lui indiquer qu'elle se rendait à l'étage supérieur. Magdeleine préférait rester concentrée sur son objectif. Elle lança un rapide bonjour aux deux petits garçons qui jouaient sagement dehors et gravit l'escalier comme on monte à l'échafaud.

On était en avril, juste avant Pâques. Arrivée au second, la receveuse eut la surprise de trouver l'ensemble du mobilier du couple empilé sur le palier, ce qui court-circuita l'entrée en matière qu'elle avait préparée :

— Mais qu'est-ce qui vous arrive ? Vous partez ?! lança-t-elle, stupéfaite.

— Non, c'est le grand ménage de printemps, répondirent les Galet.

Pour du ménage, c'était du ménage ! Mme Galet briquait le parquet avec une brosse à dents ! Ils la firent entrer dans une pièce entièrement vide, qui ne prêtait pas à la confidence, les paroles y résonnaient.

— Vous voulez le tailleur à la Jackie Kennedy ? interrogea M. Galet.

Le couple présidentiel le plus glamour du monde était en effet annoncé en visite à Paris, défrayant la chronique à la fois politique, internationale, et mode. Toutes les Veulaises de goût étaient venues commander un tailleur jupe et veste courte à gros boutons, comme ceux de la First Lady, ce qui arrangeait bien leurs affaires, ils avaient du travail. Magdeleine en profita pour enchaîner :

— À propos d'affaires… J'ai de bonnes raisons de penser que vous avez vécu à Paris !

Les Galet restèrent sous le choc. Mutiques. La receveuse ne savait comment rompre le silence. En voulant les faire parler, elle les avait fait taire. Elle cherchait une issue de secours, une façon de délier les langues, mais le visage fermé du couple ne lui laissait aucun espoir.

— Je sais que vous êtes juifs, asséna enfin frontalement Magdeleine, qui s'était pourtant promis de ne prononcer le mot « juif » sous aucun prétexte, et que vous aviez un magasin, c'est de lui dont je veux vous parler…

Mme Galet se rangea sous l'aile de son mari en soufflant :

— Je te l'avais dit, qu'on nous dénoncerait !

— Qui nous a dénoncés ? demanda M. Galet en élevant la voix avec autorité.

« Dénoncer » était un drôle de mot, qui sonnait douloureusement aux oreilles de Magdeleine maintenant qu'elle savait la traque des Juifs, mais elle n'avait pas la force de corriger.

— Votre fils.

— Jean ! hurla M. Galet par la fenêtre. Comment est-ce possible ? Jean, remonte tout de suite !

— Mais il n'a pas voulu mal faire, argumenta Magdeleine.

Elle refusait de révéler qu'il avait écrit au Père Noël, c'eût été « se dénoncer » elle-même. Jean sitôt remonté du jardin se fit tirer l'oreille par son père, qui le tenait comme suspendu en l'air par le haut du pavillon. Il l'interrogea sévèrement :

— Jean, comment tu as pu ? On t'a toujours dit que c'était un secret ! À ne répéter à personne. Tu as décidément le diable dans la peau ?!

Jean roulait des yeux ronds, semblant creuser sa mémoire pour comprendre ce qu'on lui reprochait.

— Dire qu'on était juifs ! précisa le père exaspéré.

Jean regarda Magdeleine, effaré, comme si son père venait de tout révéler à Magdeleine, et que la foudre allait s'abattre sur la famille.

— Mais ça va pas ! J'ai pas parlé de Pessah ! protesta Jean en criant.

— C'est qui, Pessah, maintenant ? s'impatienta Magdeleine.

Elle apprendrait par la suite que Pessah était le nom de la Pâque juive, qui imposait de faire un ménage méticuleux, à ne laisser aucune once de miette, pour des raisons complexes qu'elle oublierait aussitôt.

Les parents interrogèrent l'enfant tant et si bien qu'il finit par exhumer de sa mémoire cette petite faiblesse datant de plusieurs mois plus tôt :

— J'ai bien parlé de choses au Père Noël… Parce que je lui ai écrit, je suis désolé…

Les parents finirent par reconstituer le puzzle, les indices semés par leur fils avaient suffi… Mais soudain, ils regardèrent Magdeleine, sans mot dire, stupéfaits : c'était donc bien elle, la Mère Noël !

Magdeleine se borna à les rassurer :

— On s'en fiche pas mal, que vous soyez juifs…

« On », oui, car plusieurs personnes étaient au courant, qui s'en fichaient tout à fait aussi. Chacun trouvait bien triste ce qui s'était passé pour eux, et qui se savait si peu. Mme Galet éclata en sanglots, comme si le poids de la tragédie, ici rendue publique, l'écrasait soudain d'un coup. Magdeleine expliqua à M. Galet, qui luttait fort pour retenir les larmes qui laquaient ses yeux, qu'en remplissant un dossier, ils pourraient retrouver leur rue de Saintonge et leur stock de tissus. Loin de les avoir perdus, leur fils allait les sauver !

Ils peinaient à le croire. Elle le leur répéta sur tous les

tons, avec toutes sortes de mots. Elle réalisa qu'il y avait plus complexe que parler avec un Anglais : parler avec des êtres traumatisés. Elle leur révéla comment elle en était venue à vouloir leur faire la surprise, la rencontre avec l'archiviste, les journaux chez le brocanteur, les questions au curé, le tout dans un désordre et une précipitation verbale qui ne leur firent bien comprendre qu'une chose : elle était « le Messie » ! Ils finirent en larmes tous les deux, la remerciant dans un sabir incompréhensible dont ils lui dirent que c'était du yiddish, la priant d'accepter de partager un morceau de gâteau, avant de se souvenir que les placards étaient vides et récurés.

Magdeleine les laissa à leur émotion, regrettant toutefois de ne pas connaître toute leur histoire, mais ce n'était pas le moment.

Pas rancunière, elle fêta avec « Georges-le-lâche » cette affaire en passe d'être réglée.

* * *

Magdeleine avait fabriqué pour Gabrielle un « Calendrier du retour de Papa » avec plein de petits carrés de tissu numérotés des jours de février, mars, avril, jusqu'au jour J, le 20. La fillette maniait au passage les chiffres. Elle gardait son avance sur les autres élèves, ce qui faisait qu'elle suivait la classe d'un œil distrait. L'instituteur le lui reprochait souvent, il est beaucoup plus gratifiant d'éveiller des cancres que de laisser blasés des petits futés. Depuis deux mois, Magdeleine employait Gabrielle à se rapprocher de son camarade Armand, en l'aidant dans ses devoirs, les plus forts devaient aider les plus faibles, et il avait l'air si gentil… Gabrielle la détrompait, il lançait des pierres à la récréation et faisait manger aux autres des crottes du lapin en les faisant passer pour des réglisses. Sa grand-mère, de plus en plus piquée de psychologie, en fut confortée dans l'idée que cet enfant bourreau était une victime.

Alors qu'il restait deux carrés de tissu et que Pâques approchait, Magdeleine avança son dernier pion :

— Et si tu l'invitais pour déjeuner, le dimanche de Pâques ?

— Ben pas trop, rétorqua la petite fille en boudant, je préférerais qu'on invite Jean.

— Oui… mais il est déjà pris, répondit finement Magdeleine, j'ai demandé à ses parents.

Gabrielle accepta à contrecœur, pour faire plaisir à sa mamie, parfois « bizarre », même son grand-père le disait.

* * *

Le jour J, Yves était de retour comme Jésus ressuscité. Il s'extasia devant son pimpant magasin, fou de joie de retrouver définitivement sa famille. Magdeleine était tout excitée par le déjeuner, leur premier au grand complet depuis quatre mois, mais aussi parce que s'y trouverait Armand, son drôle de petit invité, elle allait mettre son plan à exécution. Georges la regardait piquer le gigot d'ail avec un œil soupçonneux :

— C'est un hasard, que tu invites à déjeuner ce garçon dont tu m'as dit un jour n'importe quoi ? Et que Gabrielle connaît à peine ?

— Il a besoin d'un vrai bon déjeuner, il est malheureux à la ferme, je l'ai vu.

Georges haussa les épaules. Sa femme et ses lubies…

Il fut encore plus surpris qu'Armand soit convié dès 10h45 pour le repas. Magdeleine comptait l'emmener à la messe, et qui disait messe disait curé…

— Tu ne prépares pas un mauvais coup ? insista Georges, qui redoutait un nouveau scandale.

Magdeleine l'envoya paître, calma Gabrielle, furieuse de se montrer en public avec Armand. Elle craignait la présence exceptionnelle de Jean à la messe, il pourrait y voir une trahison. Elle avait déjà dû lui cacher le déjeuner. Sa grand-mère lui jura qu'il n'y avait aucun risque, au nom d'antennes magiques qui prédisaient l'avenir.

Le petit Armand, endimanché à sa façon, c'est-à-dire propre dans ses guenilles, se laissa conduire gentiment à l'église. Magdeleine le scrutait, guettant tout ce qui pourrait confirmer sa présomption. Au premier regard dont il balaya la majesté des lieux, elle n'en douta plus : ce garçon avait la religion dans le sang ! Il imitait les gestes de la liturgie à la perfection, priait avec une dévotion rare, comme instinctivement, Magdeleine lisait partout des confirmations de son audacieux scénario. À la fin de la messe, elle entraîna les deux enfants vers Eugénie, se postant franchement devant elle.

Eugénie, qui souriait gentiment à Magdeleine, aperçut le jeune inconnu :

— C'est un nouveau petit au village ? Bonjour… Comment t'appelles-tu ?

— Armand, répondit Magdeleine à la place de l'enfant. Un jour de résurrection, j'ai pensé que c'était de circonstance de vous le présenter…

Eugénie, selon Magdeleine, tressaillit légèrement, mais ce pouvait être de stupeur face à cette drôle de phrase, puis elle mit fin à la conversation un peu hâtivement au goût de la receveuse :

— Eh bien Armand, tu es le bienvenu. Maintenant, pardonnez-moi, j'ai à faire.

Tandis qu'elle s'éloignait vers la sacristie, Magdeleine cria :

— Reparlons-en, si vous voulez !

Sa voix résonna dans l'église qui s'était presque vidée. Quelques regards se tournèrent vers elle. Magdeleine rajusta son foulard, assez mécontente d'elle. Le test n'était pas totalement probant, elle avait espéré voir un cœur de mère se fracturer sous ses yeux.

Gabrielle n'avait rien compris à la scène, cette journée ne lui plaisait pas du tout, elle aurait voulu n'avoir que son père pour invité vedette.

À table, Yves-le-héros n'était pas content non plus :

— C'est le jour d'accueillir les petits malheureux ? souffla-t-il à sa mère.

— Parfaitement, c'est chrétien ! trancha Magdeleine.

— Crétin, corrigea Georges. Ta mère… Ta mère… soupira-t-il.

Armand se tint bien, à part quelques coups de pied à Gabrielle qui la firent hurler à la mort. On le reprit à chaque fois. Il souriait, le geste était visiblement pour lui une marque ordinaire de convivialité. Magdeleine souffrait à sa place de son manque d'éducation. Si seulement Eugénie récupérait ce petit, parce que forcément, c'était son fils... Elle pourrait alors quitter le village pour éviter le scandale, l'éduquerait dans de bonnes conditions, referait sa vie, épouserait un brave homme qui le reconnaîtrait et lui ferait peut-être un deuxième enfant...

— Houhou ? À quoi tu penses, Magdeleine ? Ça fait deux heures qu'on attend le dessert, gronda Georges affectueusement.

Magdeleine se ressaisit. Georges avait peut-être raison, il fallait qu'elle arrête de lire des histoires parce qu'elle devenait de plus en plus douée pour en inventer, avec une belle fin.

* * *

Magdeleine, habituée aux enquêtes de longue haleine, ne s'attendait pas à voir arriver Eugénie dès le lendemain au bureau de poste, à n'en pas douter pour passer aux aveux. Son cœur battait à tout rompre, la vérité allait éclater. Il lui sembla que la bonne s'agrippait au guichet, jetant un œil derrière elle pour vérifier qu'il n'y avait personne, comme si elle craignait qu'on l'écoute. Magdeleine la mit en confiance :

— Je suis heureuse de vous voir...

— Moi aussi, répondit Eugénie d'une voix mal assurée, mais dites-moi... Je viens vous voir parce que hier, vous m'avez amené un petit garçon au lieu de le présenter à Monsieur le curé, plus habilité que moi à lui parler catéchisme ou devoirs religieux, alors je me demandais… Il y a une raison ? Je n'ai pas bien compris, pour tout vous dire.

Magdeleine se sentit rougir, sous l'effet de la pression, c'était maintenant ou jamais :

— Vous ne le connaissez pas, ce petit garçon ?

— Et comment le connaîtrais-je ?

— Vous ne l'avez jamais vu ?

— Eh non ! Je devrais ? Il habite Veules depuis longtemps ?

— Depuis toujours. C'est le fils des agriculteurs…

Eugénie semblait prendre bonne note des informations sans manifester aucune émotion.

— Certains le disent né sous X…

Eugénie resta perplexe. Magdeleine dut lui expliquer qu'il s'agissait de l'accouchement anonyme, suivi d'abandon de l'enfant.

— Pauvre petit ! s'exclama Eugénie.

La conversation continua à l'avenant, laissant Magdeleine partagée entre l'idée qu'Eugénie était une excellente comédienne et celle qu'elle était sincère. Elle décida alors de désarçonner la jeune femme :

— Je ne me suis jamais avisée de porter un jugement sur des bruits qui peuvent courir dans le village, par exemple sur les liens qui vous unissent à Monsieur le curé. On est prêtre, on n'en est pas moins homme, du moins je l'imagine…

Eugénie rougit jusqu'à la racine des cheveux, Magdeleine avait atteint sa cible en plein cœur. La bonne balbutia, des larmes lui montèrent aux yeux, sans qu'elle pût prononcer un mot. Magdeleine, embarrassée de ce qu'elle avait tant voulu provoquer, alla fermer la porte du bureau de poste et entraîna la jeune femme sur un banc. Assise à ses côtés, elle la laissa venir, certaine qu'Eugénie finirait par parler toute seule.

Magdeleine inspirait confiance, par son regard bleu transparent, par ses gestes doux, maternels, qui lui firent poser sa main sur l'épaule d'Eugénie, opérant comme un déclic. La jeune femme se livra alors sans que rien ne l'y obligeât, sinon la conjugaison du secret et du huis clos qui, à trente-deux ans, commençait à lui peser. On ne peut pas se taire une vie entière. Elle raconta son enfance insouciante chez des parents liniculteurs, le lin très réputé de Seine-Maritime s'exportant au-delà des frontières du pays. Mais une sécheresse épouvantable avait ruiné l'exploitation familiale, ses parents ne s'en étaient jamais relevés. Désorientée et esseulée, Eugénie avait emménagé à Dieppe à dix-huit ans pour y gagner sa vie, difficilement, avant de trouver cette place de bonne du curé, qui lui avait semblé plus enviable que celle de bonne tout court, on ne savait jamais dans quelle famille on tombait en ville. Elle aimait la campagne, rappel de son enfance passée à courir dans les champs fleuris de mauves. Le prêtre l'avait nourrie, logée, protégée, il lui avait rendu espoir, et puis…

— Des sentiments sont nés… souffla-t-elle.

— Pas que des sentiments… suggéra Magdeleine avec bienveillance.

— Non… reconnut piteusement Eugénie.

La bonne assura que l'un comme l'autre s'étaient longtemps caché leur amour, puis se l'étant avoué, s'étaient durant des mois tenus sagement dans leurs lits respectifs, insomniaques de désir, et puis, et puis, le «mal» était arrivé. Le moins souvent possible d'abord, et puis le diable les tenant par le ventre, ils l'avaient laissé triompher.

— Nous sommes humains, soupira-t-elle.

— Oui, bien sûr… l'encouragea Magdeleine, et parfois, il en naît des enfants…

— Dieu nous en préserve ! réagit vivement Eugénie, joignant les mains en regardant le ciel.

Se pouvait-il qu'elle mente ?

— Et si cela arrivait ?

— Écoutez, madame Morin, notre situation est déjà assez difficile, je préfère qu'on ne parle pas d'un malheur pareil… Cela n'arrivera pas.

Visiblement, la conversation était close sur ce point. Magdeleine comprit qu'elle avait épuisé tous les recours. Soit Eugénie continuerait de mentir éternellement, soit le choc psychique avait été tel qu'elle avait effacé le drame de sa mémoire, soit… Magdeleine envisagea s'être égarée elle-même, mais ce n'était pas son hypothèse préférée. Sauver un enfant l'aurait tellement comblée ! Elle n'y renonça pas, remettant Armand sur le tapis : il fallait aider cet enfant, «quoi qu'il en soit». La précision ne sembla pas frapper Eugénie.

— Et si vous le preniez comme enfant de chœur ? suggéra Magdeleine. Vous pourriez corriger son éducation, le gâter un peu les dimanches, lui faire lire des livres et le rendre capable d'obtenir le certificat d'études…

— Encore une fois, ce n'est pas tellement moi, madame Morin… Mais avec plaisir, si l'on peut soulager des peines…

Eugénie promit d'en parler à «son père», il serait évidemment satisfait de compter un petit de plus à l'église.

Encore fallait-il que les parents n'y soient pas hostiles. Avant de partir, elle remercia Magdeleine :

— Vous devez être très choquée… Merci de m'avoir écoutée sans me juger, ça fait du bien… Je vous demande évidemment de garder le secret.

Magdeleine l'assura de son absolution, et bien évidemment de son silence. Et si jamais Eugénie avait autre chose à lui dire, la porte restait ouverte.

Georges ne sut jamais pourquoi, quelque temps plus tard près des rosiers du jardin du curé, le prêtre vint lui poser la main sur l'épaule en lui soufflant :

— Elle est bonne, votre épouse, infiniment bonne…

Il va de soi que ce ne pouvait être parce que Magdeleine lui avait sorti un fils du chapeau, il en déduisit avec satisfaction que cette supposition stupide l'avait abandonnée. Elle avait dû lui glisser un billet pour le denier du culte.

Magdeleine ne reparla jamais directement d'Armand à Eugénie, encore moins au curé, mais elle commença à voir l'enfant apparaître épisodiquement à l'église, puis aider à célébrer la messe. Quelques Veulais s'étonnèrent du recrutement soudain d'un nouvel enfant de chœur alors que cette main-d'œuvre décroissait d'année en année dans les paroisses, mais tant mieux. Éléonore souffla un jour à Magdeleine que, sans jouer les mauvaises langues, elle trouvait au petit Armand un air de famille avec le prêtre et, pourquoi pas, avec Eugénie.

Magdeleine haussa les épaules :

— Les qu'en-dira-t-on, vous savez…

* * *

L'anniversaire de Françoise approchant, Magdeleine réfléchissait à une idée de cadeau quand Georges lui apprit que le casino allait rouvrir, comme chaque mois d'avril, avec des tableaux de la main du directeur du casino lui-même, le bien nommé Jean Lux, décorateur et peintre de talent à ses heures. Magdeleine décida d'y inviter sa factrice à déjeuner, c'était beaucoup mieux qu'un cadeau. Georges se réjouit :

— Chic idée !

— Je ne t'invite pas toi, j'invite Françoise, gronda Magdeleine. On a beaucoup de choses à se dire… entre femmes.

Georges bougonna :

— Et comment je vais manger ?

— Tu vas prendre une casserole et faire réchauffer le fricot, enfin, Georges ! Tu n'es pas un enfant ! Bientôt, ta petite-fille sera plus autonome que toi.

— Je suis comme le boucher, je suis mal tombé, soupira Georges en gratifiant Magdeleine d'un clin d'œil.

Magdeleine était vraiment heureuse de partager un moment d'intimité avec sa factrice. Depuis qu'elle s'était rétablie, la routine du travail avait repris ses droits et elle n'avait plus le temps de s'attarder qu'auparavant. Curieusement, Françoise invoquait toujours mille choses à faire, des bas à remailler, des courses ou de la cuisine, après avoir passé beaucoup de temps à embellir son logement, un vrai cocon fleuri où la receveuse avait pu faire une visite éclair. Jamais on ne verrait un homme là-dedans, c'est la première chose que Magdeleine s'était dite face aux abat-jour à pompons en macramé et aux coussins fabriqués maison, assortis aux rideaux confectionnés par les Galet, le tout dans des imprimés de couleurs vives et disparates. Sans doute était-ce l'objectif de Françoise, bien qu'elle manifestât une joie de vivre insoupçonnée, faire fuir « l'ennemi », se comporter en éternelle adolescente jusqu'à ce que la vie la rabougrisse. Magdeleine comprenait, chacun échappe à l'enfer comme il peut.

Le dimanche dit, Françoise, en tailleur de maille rose bonbon, annonça d'emblée qu'elle tenait à offrir elle-même le champagne pour annoncer une grande nouvelle, et même deux !

— Il s'en va ! s'exclama-t-elle, sitôt les verres entrechoqués.

— Qui donc ? demanda Magdeleine.

— Mais la brute !

Elle n'appelait plus son futur ex-mari que « la brute ». Ses méfaits s'étant sus ou devinés, son comportement de cuistre, toujours à médire pour faire mal voir sa femme, l'avait enfoncé, et les clients s'étaient raréfiés. Un homme dont on avait dit la viande avariée à Noël, et qui de plus ne se comportait pas comme un homme, c'était trop pour les Veulais. Il pliait donc bagage et repartait d'où il était venu, en ville.

— Et la seconde nouvelle ?

Françoise, rougissante, murmura les yeux brillants :

— J'ai un amant !

Voilà donc ce qui faisait siffloter Françoise du matin au soir, on avait même rapporté à Magdeleine qu'elle chantait sur son vélo. Elle la félicita, et s'enquit du point croustillant :

— Et qui est l'heureux élu ?

— Ah non, ça, je ne le dis pas.

Même à la fin de la bouteille, Françoise garda son secret. Magdeleine allait maintenant soupçonner tous les hommes un par un…

Au milieu du repas, vers 13 heures, les deux femmes crurent à une hallucination quand elles virent M. Bouquet faire irruption dans le restaurant avec deux notables inconnus d'elles. Alors qu'elles se regardaient, stupéfaites et plutôt contrariées, Bouquet leur fonça droit dessus, tout sourire :

— Je suis venu voir les nouvelles peinturlures de Jean Lux, c'est très mauvais.

Les gouaches étaient au contraire ravissantes, avec des fleurs des champs multicolores, des arbres d'un vert vif, des maisons typiques et des clochers, la carte postale de la Normandie.

— Vous vous y connaissez en peinture ? ironisa Magdeleine.

— Plus que vous ne croyez ! C'est mon ravissement ! Du moins quand c'est de l'art, rétorqua Bouquet avec déférence, et son regard se perdit par la fenêtre en direction de la mer.

Sur ce, il tourna les talons pour rejoindre ses acolytes, laissant les deux femmes perplexes. Se pouvait-il que Bouquet soit poète ? Enfin elles passèrent vite à autre chose, se tassant derrière le gros pilier que jouxtait opportunément leur table, effaçant leur supérieur de leur vue.

Arrivées au café, les deux femmes décidèrent de se tutoyer, au diable les convenances hiérarchiques ! Elles évoquèrent rapidement le mystère John Lücke, et le passage de cet Anglais aussi séduisant que baratineur qui leur avait promis de localiser le disparu. Elles n'en avaient aucune nouvelle. Il les avait bien eues, celui-là !

* * *

Les beaux jours de retour, la famille réunie retrouva les bonheurs de la plage, et ce malgré la fraîcheur de l'eau qui n'arrêtait pas Gabrielle, un vrai poisson. Elle assurait vouloir devenir maître-nageuse, sauf que cela n'existait pas. Magdeleine l'encourageait : elle-même était devenue receveuse du temps où cela n'existait quasiment pas non plus ! Brigitte savait maintenant se ranger aux côtés de sa belle-mère, encourageant sa fille à avoir un métier, un vrai, et pas seulement une activité bénévole à l'ombre d'un mâle tutélaire. Il faut dire qu'elle se sentait pousser des ailes depuis qu'elle percevait un salaire, octroyé par son mari, certes, mais qui lui offrirait des droits à la sacro-sainte retraite et d'ici là, des escarpins à boucle carrée ou autre fantaisie payée sur ses propres deniers. Yves craignait parfois qu'une telle indépendance, qui certains jours conduisait sa femme à Dieppe pour y faire des courses seule, ne la pousse à le quitter, mais Magdeleine soulignait :

— Quel bonheur y a-t-il à avoir à ses côtés une femme pieds et poings liés ? Regarde, « le gros », il sait que je l'aime au moins, hein mon Georges ? Si je voulais, je partirais. J'y songe, d'ailleurs… soupirait-elle en pensant à Andrew, qui dans ses fantasmes avait remplacé Yves Montand, autre genre de beau parleur qui venait de défrayer la chronique en trompant Simone Signoret avec Marilyn Monroe.

Georges bougonnait invariablement sur la plage. Il n'aimait pas l'été, morte-saison pour le jardinage, et encore moins le sable, matière où rien ne pousse et sur laquelle il s'ennuyait ferme en dehors de ses lectures. Le passe-temps l'avait pris à son tour. Il dévorait *Le Journal d'Anne Frank,* qui venait de paraître au Livre de poche, empruntait au bibliobus tout ce qui se trouvait d'historique, avec une prédilection pour l'effroyable tragédie de la Seconde Guerre mondiale dont il n'avait rien su. Mais il avait aussi lu sur Napoléon ou les Mérovingiens. Sa critique du loisir en soi s'était muée en sectarisme sur le genre littéraire :

— Toi, tu ne lis que des romans, lançait-il à Magdeleine, vaguement condescendant.

Magdeleine le laissait dire, parce que ce n'était pas vrai, mais il ne comprendrait rien à ses propres penchants. Elle lisait des livres de psychologie, et notamment *Psychanalyse et pédiatrie*, commandé spécialement à Paris, de la pédiatre et psychanalyste Françoise Dolto. On invitait cette femme de plus en plus régulièrement dans des émissions sur les enfants. Son propos était complexe, mais la receveuse en retenait l'essentiel : Gabrielle était une graine de génie ! Si on l'arrosait beaucoup, elle deviendrait une magnifique plante. Ce jardinage-là, Georges n'y entendait rien.

Les vacances de juillet venaient de commencer quand Magdeleine, flanquée de Gabrielle au bureau de poste, se vit apporter un petit paquet-cadeau par Mme Galet, rougissante et mystérieuse :

— C'est pour vous… Mais vous l'ouvrirez plus tard et nous ferez savoir la réponse.

C'était un paquet rectangulaire fin et mou, que Magdeleine décacheta fébrilement. Il s'agissait d'un coussin plat de velours rouge, sur lequel était brodée en lettres d'or une invitation à dîner pour le vendredi 9 juin 1961. Gabrielle battit des mains et décréta qu'elle aussi broderait ses courriers quand elle serait grande.

Le jour J, Magdeleine et Georges se présentèrent sur leur trente-et-un, habillés en « confection Galet » – ils y avaient mis un point d'honneur. Magdeleine portait une robe chasuble vert pomme sur un chemisier blanc, et Georges un costume de velours côtelé alors qu'il faisait 25 °C, d'une coupe discutable. Les deux manches et les deux pattes n'avaient pas la même longueur, l'avantage est que la tenue resterait neuve. De toute façon, au grand dam de Magdeleine, Georges passait le plus clair de son temps en cotte de travail verte à bretelles enfilée sur un gros chandail informe. Il aurait dormi avec si Magdeleine n'avait été là pour l'obliger à mettre son pyjama. Pour une fois, il avait fait un effort, ce qui lui valut un « tu es beau comme un prince ».

Quand les Morin entrèrent dans l'appartement, ils crurent avoir été conviés à un mariage, peut-être avaient-ils mal compris. La table débordait de victuailles, c'est à peine s'il restait de la place pour les assiettes et les verres, et il y en avait encore sur le buffet dans des tas de petits bols aux contenus plus appétissants les uns que les autres. Trois bouteilles étaient déjà débouchées, pour quatre, et le couple n'attendait personne d'autre. De drôles de pains faits maison à l'odeur de brioche étaient roulés dans une serviette. C'était quoi, cet accueil ?

Les Galet expliquèrent que le vendredi soir était l'équivalent du dimanche midi catholique, alors que la sœur de Magdeleine lui avait écrit « leur dimanche est le samedi », c'était à n'y rien comprendre. M. Galet crut éclairer la situation en précisant que leur samedi commençait le vendredi, ce qui compliquait encore l'affaire. Heureusement, pour manger, c'était plus simple, d'autant que leurs hôtes précisèrent avoir déjà fait la prière afin de ne pas les embarrasser. Incompréhensible. La bénédiction catholique avant les repas n'avait plus cours, sinon dans les familles vraiment traditionalistes.

Mme Galet eut l'honneur de dévoiler la nouvelle qui leur valait cette invitation :

— On va récupérer le stock et le magasin, annonça-t-elle, très émue.

— C'est pas possible ! s'exclama le couple Morin en chœur.

Suivirent les effusions, mais bien vite, les Galet émirent quelques bémols. Leur stock avait été dûment inventorié, ils allaient en récupérer la compensation financière, mais cela n'irait guère chercher loin. Le monde du textile avait beaucoup changé depuis les années 1940, la mode était au Nylon, matière fantastique séchant en un clin d'œil sans exiger de repassage, à l'acrylique et au Tergal, toutes étoffes merveilleuses à base de pétrole dont on ne manquerait jamais, expliquaient-ils avec un enthousiasme et des subtilités que Magdeleine et Georges ne saisissaient pas, sinon que leurs rudes étoffes de la période de guerre s'étaient dépréciées. Quant au magasin, il avait un occupant, et ce serait un peu long de démêler s'il avait été acheté légalement, et à qui. Sans doute faudrait-il en passer par le tribunal, cela pouvait prendre des années.

— C'est ennuyeux… commença Magdeleine.

— Oh, ce n'est pas ça, fit M. Galet, l'air contrit, c'est plutôt qu'on a réfléchi, et qu'on n'a pas du tout envie de retourner à Paris ! On est bien trop attachés à Veules ! Ce serait un tel déchirement…

Magdeleine, qui rêvait de Paris, peinait à comprendre, mais Georges approuvait :

— Comment veux-tu !? Loin de la végétation, dans les voitures…

Paris, dans l'esprit de Georges, c'était la plage en pire.

Ce soir-là, les Galet racontèrent leur histoire, du temps où ils étaient Steiner, Sarah et Eyal, et non Marie et Joseph, tout jeunes mariés de vingt-deux ans. Quand le décret interdisant aux Juifs d'exercer avait été publié, la famille avait cru pouvoir attendre en vivotant sur ses réserves, dans une situation aberrante qui ne pouvait durer. Ils avaient fermé le magasin, qui appartenait aux parents de Joseph et aux trois frères, les deux autres avaient dix-neuf et vingt-quatre ans. La famille de Marie, elle, était restée en Pologne, d'où elle était venue seule, et là-bas, hélas… En Pologne, sur trois millions trois cent mille Juifs, deux millions neuf cent mille avaient été assassinés. Georges hocha la tête, il l'avait lu, il en avait même informé Magdeleine tant cela l'avait choqué. Joseph, ses parents et ses frères, allemands d'origine, tous en France depuis dix ans et de nationalité française, se croyaient en sécurité quand les persécutions avaient commencé. C'est une voisine, dont l'amant était un policier anti-vichyste, qui les avait informés au début de l'été 1942 d'une rafle programmée en juillet : ils devaient s'enfuir au plus vite. Joseph et sa femme y avaient cru, ses frères et ses parents, non. Avec la suite que l'on sait… Depuis, chaque vendredi soir, ils priaient pour celle qui leur avait sauvé la vie, Mlle Bouquet.

— Bouquet ? Comme Bouquet ? s'exclama Magdeleine.

— Bah oui, c'est sa sœur. C'est comme ça, qu'on est arrivés à Veules !

Magdeleine toussa salement un pois chiche, Georges avala une lampée de rouge.

- 10 -

Les deux couples n'eurent pas trop de la soirée pour démêler le sac de nœuds. Sans y parvenir tout à fait. Mlle Bouquet, la collectionneuse de timbres capable de dénoncer l'absence soudaine et temporaire d'une fonctionnaire des PTT, avait donc sauvé un couple de Juifs, qu'elle avait cru bon d'envoyer « au vert » dans le village de son frère « collabo »... Sachant que l'on ne pouvait la soupçonner de cynisme – elle en avait informé et sauvé beaucoup d'autres –, pouvait-on imaginer qu'elle ignorait le camp choisi par son propre frère ? Elle avait bien recommandé aux Galet de ne se faire connaître à personne sous leur ancienne identité, même pas à son frère, mais elle ne leur avait rien dit de plus sur son compte. Les Galet sortant très peu, ils doutaient eux-mêmes que Bouquet eût été milicien, ils ne l'avaient jamais entendu dire dans le village. Ils savaient en revanche que le frère et la sœur ne s'entendaient pas du tout. En dix-huit ans, elle était venue une fois à Veules, avant la naissance de Jean. C'est pourquoi ils avaient été si heureux de la surprise de sa récente visite. Ils avaient enfin pu lui présenter leur fils, dont ils lui donnaient régulièrement des nouvelles. Tout le temps de cette conversation, le petit garçon écoutait attentivement. Il n'avait jamais entendu ses parents parler de façon si détaillée des disparus, jusque-là ensevelis sous un linceul pudique, au point que Jean ne les avait jamais conçus comme des êtres autrefois vivants. Il finit par prendre la parole pour tenter d'y voir clair :

— Du coup, tout le monde est mort quand même ou pas ?

— Malheureusement oui, lui assura sa mère. Mais il faut savoir regarder devant soi… Et devant moi, j'ai un petit garçon… Qui voudrait qu'on passe au dessert ?

Elle sut ramener la joie dans le dîner qui se termina en même temps que les bougies, sabliers qui, ce soir-là, avaient remonté le temps. On félicita Jean pour sa lettre au Père Noël, sans trahir qu'il n'était autre que leur invitée du jour. Georges et Magdeleine, très éméchés, allèrent ensuite marcher le long de la mer pour recouvrer leurs esprits. C'était surtout le rôle de Bouquet qui les turlupinait maintenant. Ils ne comprenaient pas comment, dans une même fratrie, pouvaient se rencontrer le meilleur et le pire.

* * *

L'été venu, les Galet s'étaient mis à fréquenter la famille de l'instituteur, puisque leurs enfants étaient devenus si bons camarades, toujours fourrés l'un chez l'autre, même pour les repas. Les deux couples de parents bavardaient désormais gaiement ensemble dans le jardin de la villa Esmeralda, non loin d'Éléonore qui prenait le frais sous le pin parasol, touche méditerranéenne qui donnait aux lieux un parfum de Côte d'Azur. L'instituteur semblait s'être détendu depuis qu'il voyait son fils devenir « normal », disait-il, sans réaliser que c'était lui qui l'avait empêché de l'être jusque-là. À sa grande surprise, le petit Emmanuel se montrait parfaitement capable de s'amuser comme un fou avant de s'atteler sagement à ses devoirs de vacances. Josette, sur le conseil de Magdeleine, écoutait aussi Françoise Dolto et ses pairs, ce qui l'avait fait passer experte en manipulation mentale. Elle tentait, par une lente instillation, de faire évoluer son mari dans le bon sens, les résultats profitaient même à son couple. Moins sur le dos de son fils, Hugues Guichard découvrait qu'il avait une femme. Ils décidèrent cet été-là de partir pour la première fois en vacances loin de Veules, station balnéaire des nantis que l'instituteur voyait avec désespoir s'enfoncer dans la société de consommation, avec les voitures qui se multipliaient, les sacs de marque, symptômes de modes dont le principe était de passer pour faire vendre. Tout Veules attendait les touristes, pas lui ! Il loua une caravane et un emplacement dans un genre de « kolkhoze », ironisait Georges, un camping communiste du Nord de la France, au grand dam de leur fils qui se sépara en larmes de son ami Jean et de « son » chien Loulou. Le drame ne dura heureusement qu'une semaine.

* * *

Le 15 août, jour de l'Assomption, la fête de la Mer fut plus belle que jamais pour Magdeleine parce qu'elle lui offrit un tableau de ses succès de l'année. À l'église, comme chaque dimanche, elle croisa Armand, « le plus fidèle enfant de chœur de tout le diocèse », assurait fièrement « mon père ». Le petit garçon portait des vêtements neufs, avait épaissi, perdu son teint crasseux, et s'il était encore capable de vacheries envers ses petits camarades, au moins apprenait-il que c'était mal et que la sanction « là-haut » pourrait dépasser celle d'ici-bas. Si le prêtre ne fit jamais la moindre allusion à sa descendance putative auprès de Magdeleine, qui refusait d'en démordre, Eugénie lui lançait parfois des sourires qui embaumaient son cœur d'un parfum de fierté.

Le déjeuner en famille se passa le mieux du monde, c'est-à-dire sans aborder aucun sujet qui fâche, Magdeleine dans son rôle exclusif de pilier de la famille puisqu'elle avait soldé ses trois semaines légales de congés payés en une seule fois.

La fête de l'après-midi vit débarquer tout Veules, y compris les Galet, absents d'ordinaire des manifestations publiques, surtout de la fête de la Vierge. Ils ne racontaient pas leur vie à tout le monde, mais ils n'avaient plus le sentiment de devoir la dissimuler, nuance de taille. Les enfants du village étaient comme il se doit déguisés en marins, avec tenue rayée et béret à pompon. Les adultes avaient sorti leur habit de fête. Mais les plus admirables restaient les bateaux à bord desquels on monta, décorés de fleurs, fanions et branchages. Celui de tête, transportant l'énorme couronne de fleurs que l'on jetterait à la mer, avait embarqué le conseil municipal. Georges s'y tenait debout, gonflé d'orgueil, d'autant qu'on lui devait la confection de la couronne, aux côtés de Bouquet avec qui il jouait des coudes. À travers le vacarme des cornes de brume et avertisseurs sonores des bateaux de marins, la petite Gabrielle, hypnotisée par son papi, cria à sa grand-mère :

— Je pourrai être au conseil municipal, moi, si je veux ?

— Bien sûr ! répondit Magdeleine, qui ne doutait pas que, votant depuis vingt ans, les femmes seraient dans vingt ans nombreuses en politique.

Le soir, le casino donna un petit bal où l'on entendit Johnny Hallyday et autres « yé-yé », au grand dam de la receveuse. Quand on pensait que quelques années plus tôt, on avait vu en personne à Veules Charles Trenet, Guy Bedos et Sophie Daumier, c'était déprimant. Elle, qui chantait et dansait habituellement, alla se rasseoir dès que s'éleva cette rythmique de sauvages, en profitant pour observer les autres. Bouquet se ridiculisait en secouant son ventre dans des déhanchements endiablés face à Éléonore, discrètement accablée. Françoise se défoulait face à divers partenaires. Magdeleine ne réussissait toujours pas à identifier qui pouvait être son mystérieux amant. Quant à Anaïs, elle n'était pas là. On donna ensuite le feu d'artifice sur la mer. Magdeleine observa discrètement qu'Anaïs, réapparue, ne se tenait pas auprès de sa mère mais du fils du boulanger, dont elle semblait d'autant plus proche que les feux tirés n'éclairaient pas trop le ciel. Ma foi, c'était de son âge, et la passion du fournil, qui avait remplacé celle du secrétariat, en ferait peut-être un jour la femme du patron.

Quand Magdeleine les regardait tous, y compris

Françoise qui irradiait de bonheur grâce à « M. X », comme elle l'appelait, elle mesurait comme tous avaient changé. De temps en temps, Magdeleine repensait avec un peu de chagrin à John Lücke, et avec rancœur à son « meilleur ami », Andrew Ward, pour qui, neuf mois après sa venue, elle n'avait plus le moindre penchant : un traître ! À moins que le fiancé d'Éléonore n'ait décliné la proposition de renouer avec un passé révolu pour ne pas ternir son mariage.

* * *

À la rentrée, Gabrielle entra en dixième, « niveau neuvième », assurait-elle. Elle n'avait plus Hugues Guichard comme maître et le regrettait, car l'instituteur, désormais apaisé, ne donnait plus de coups de règle sur les doigts, tandis que son nouveau, si ! La receveuse et sa factrice s'enfonçaient dans la mélancolie professionnelle, comme toujours après l'été, qui cette année n'avait pas eu le charme d'antan. Magdeleine s'était reposée longtemps, remplacée par une intérimaire, et puis elles estimaient désormais la pleine saison routinière, des cartes postales de touristes à n'en plus finir, beaucoup de travail pour peu d'ivresse personnelle, une activité bien mécanique qui leur donnait hâte de goûter à nouveau à la magie de Noël !

Quand approcha la fin du mois de novembre 1961, Magdeleine reçut son premier courrier pour le Grand Nord et en informa joyeusement Georges dont la réaction fusa :

— Tu ne vas pas recommencer, j'espère ?!

— Tu penses bien que non, affirma Magdeleine, la mine virginale.

Son fils y alla de ses recommandations, avec le ton sévère d'un chef de garnison :

— La chance t'a souri une fois, ne va pas te faire prendre la main dans la hotte !

Magdeleine et Françoise pouffaient de rire en les imitant. Ensuite, Magdeleine se mettait au travail, sans une once de culpabilité.

Les courriers continuèrent à arriver, tous dûment décorés, à destination du Ciel ou autres appellations, et même, nouveauté, pour « Rovaniemi », avait stipulé le fils d'Hugues Guichard. Magdeleine, intriguée, s'avisa de contacter l'archiviste M. Prévert, qui saurait lui dire la signification de ce mot puisqu'il semblait polyglotte. L'appel permettrait aussi à Magdeleine de lui montrer qu'elle s'intéressait avec bienveillance à toutes sortes de sujets, après leur dernier entretien téléphonique qui s'était achevé fraîchement sur leurs affaires juives. Cette fois, elle l'appelait au sujet de Noël, l'antidote. M. Prévert se montra si soulagé de ne pas être interpellé en sa qualité de Juif, une affaire privée à ses yeux, qu'il lui promit de chercher sans délai et de la rappeler dans la foulée. Il trouva vite dans une encyclopédie de géographie mondiale que « Rovaniemi » était une petite ville de Finlande, en Laponie précisément, présumée être le village de résidence authentique du Père Noël. La légende avait été validée en 1950 par la visite officielle d'Eleanor Roosevelt, femme du président des États-Unis, pour qui une cabane avait été érigée en souvenir juste à côté du bureau de poste. Magdeleine raccrocha, enchantée de l'anecdote, qui rendait hommage à des services postaux du bout du monde. La légitimité du courrier du Père Noël ne faisait donc de doute pour personne, la mission qu'elle avait inventée était reconnue internationalement, comment ne l'avait-elle su plus tôt ? Le petit Emmanuel était décidément bien savant… Pourquoi le *Bulletin des PTT* ne communiquait-il pas ce genre d'information capitale ?

Hélas, certains salariés du ministère, M. Bouquet par exemple, étaient loin d'en être là. Après avoir appris l'arrivée des premières réponses à Veules, il en avait immédiatement informé sa hiérarchie, puis le prêtre et l'instituteur, car ensemble, on est plus forts. Le gang devait se constituer au plus vite pour l'aider à coincer la receveuse.

Le curé, mobilisé le premier, y alla donc de son sermon contre le Père Noël, laissant son enfant de chœur très partagé. Le jeune Armand, qui avait poussé d'un coup grâce à une alimentation riche et équilibrée, n'estimait pas que ses vœux avaient été exaucés, loin de là. Mais il se chargea de faire savoir à ses petits camarades d'école le mode de fonctionnement du Père Noël :

— Il ne te donne pas exactement ce que tu veux, il n'est pas magicien non plus. Mais il te donne de quoi supporter ce que tu as en t'apportant autre chose, que tu n'aurais jamais demandé.

Chacun déduisait ce qu'il voulait de ce résumé laconique. Emmanuel et Jean confirmaient que le Père Noël était fort malin. Toujours roux, mais tirant sur un orange foncé laissant place à l'espoir, le petit Emmanuel avait bel et bien un ami, et il avait perdu du poids grâce au cresson qu'il engloutissait par kilos. Plus personne ne se moquait de lui depuis que Jean avait cassé la gueule à un gars de septième à qui était venue la fâcheuse idée de l'appeler Poil de Carotte. Quant à Jean, qui n'avait pas tout compris à l'affaire des restitutions, il assurait de son côté que le Père Noël avait, selon lui, des alliés haut placés dans les administrations à Paris. Les jumeaux Follain y allèrent de leur lettre unique de bonne heure, avec des salamalecs pour compenser les moqueries de l'année précédente. Gabrielle décida de confectionner une enveloppe en tissu brodée de l'adresse du Père Noël, comme l'invitation des Steiner qui l'avait fortement impressionnée. Dans sa lettre, elle réclama sa poupée Brigitte, parce qu'à force d'attendre, elle finirait par l'obtenir à l'âge adulte.

L'instituteur Hugues Guichard, aux premières loges de l'évolution des mentalités enfantines, se montrait moins catégorique qu'autrefois au sujet du Père Noël, il réserva donc un accueil timide à Bouquet. Bien sûr, l'école laïque et républicaine restait au-dessus de tout, et le mercantilisme demeurait redoutable, l'avenir le dirait, on verrait ce que l'on verrait. Mais il avait mis de l'eau dans son vin, encouragé par sa femme. Gabrielle put ainsi rapporter qu'Hugues Guichard avait recommandé à ses élèves, si l'on ne pouvait s'abstenir d'écrire, de considérer cette lettre comme un exercice scolaire. On pouvait la calligraphier, et la rédiger en alexandrins, pour plus de réussite, car le Père Noël avait l'oreille poétique. Si l'orthographe et la tenue de la copie n'étaient pas irréprochables, aucun vœu ne serait exaucé ! Enfin, il le déclara de lui-même au guichet de la poste à Magdeleine :

— Je trouve toujours le rituel stupide… mais il n'est pas bien méchant…

La receveuse évita d'arborer une mine trop satisfaite.

— Le rassemblement des citoyens contre le Père Noël risque d'être difficile à mobiliser, lâcha Hugues Guichard dans un élan de bonté, autant que vous le sachiez…

Tout comme les autres enseignants, qui affichaient une indifférence totale au phénomène, il avait refusé de prêter l'oreille aux rares parents que ces enfantillages de saison choquaient. Le curé, quant à lui, avait fini par estimer peu chrétien de traquer les gens pour des peccadilles qui se prolongeaient rarement jusqu'à l'âge de la communion. En fin de compte, la raison triomphait, c'est-à-dire la religion, telle était sa conclusion, aux antipodes des rationalistes, mais peu importait.

Beaucoup de parents vinrent cette année-là en personne donner la lettre à Magdeleine, de la main à la main, pour voir la tête qu'elle faisait… Elle souriait, sans se trahir. Elle reçut même un colis de chocolats à destination du Père Noël de la part de la fille du brocanteur, sans doute une marque de reconnaissance des parents à la fidélité du couple Morin, qui achetait aussi bien de vieux journaux et livres que des bricoles à offrir aux enfants. Magdeleine mangea ses pralinés en catimini, comme une égoïste. Elle tacha sa réponse de chocolat fondu, précisant : « Pardon mon petit, je suis gourmand ! » Comme c'était amusant !

Restait Bouquet, dont l'allégeance au règlement des PTT et la mentalité ne pouvaient évoluer. Faute d'alliés dans sa lutte, il se ridiculisait, suivant Françoise avec sa DS au pas, comme un mauvais détective, mettant pied à terre pour la pister dans les cavées, surgissant par surprise au bureau de poste pour mettre la main sur l'objet du délit. Il faisait même croire qu'il partait à Dieppe en voiture avant de passer par l'arrière à pied et de surgir comme le loup blanc, une caricature de méchant dans Walt Disney. Magdeleine l'accueillait toujours avec un immuable sourire. Il ne réussissait à intercepter aucun courrier à l'arrivée, aucun courrier au départ. Tous les enfants de Veules avaient écrit, bien davantage que l'année précédente. Magdeleine relevait les lettres à 6 heures du matin pour ne pas courir le risque de croiser l'inspecteur départemental.

Même Anaïs y alla de son courrier, amusée, remerciant le Père Noël pour Loulou, qui était « presque » l'amour de sa vie. Elle n'avait pas retrouvé son père, mais comptait bel et bien un nouveau membre dans sa famille, un genre de grand-mère qui ensoleillait la maisonnée… Sa lettre adorable laissa Magdeleine un peu triste. L'épée de Damoclès restait suspendue au-dessus de la Villa, avec un nouveau vote prévu en janvier.

Magdeleine avait acheté tout un attirail pour répondre, s'équipant de gommettes, plumes et feutres de toutes les couleurs, dissimulés dans le plafond au-dessus de la chasse d'eau des toilettes, en sorte qu'à la maison, elle ne risquait rien. Sitôt les lettres rédigées et décorées, elle les confiait à

Françoise qui se chargeait chez elle de la mise sous pli et de l'embellissement des enveloppes, siglées d'un « par avion » jugé moderne. Elles qualifiaient leur travail à la chaîne de « travail à la guirlande », de la haute délinquance qualifiée qui les faisait toujours autant rire. La factrice elle-même ne stockait pas les réponses dans sa sacoche avec sa distribution du jour, par prudence. Elle s'était confectionné un petit sac de toile à bandoulière qu'elle plaçait sous son pull. Bouquet pouvait l'arrêter pour fouiller, il ne trouverait rien !

Le danger monta d'un cran quand Magdeleine commença à s'étonner de la provenance des courriers… Quand elle reçut une première lettre de Dieppe, elle imagina que l'enfant avait déménagé chez un proche pour y suivre le collège. En recevant une autre de Rouen, elle pensa à un pensionnaire. La première lettre de Paris la rendit bien plus perplexe. Un enfant de touriste, sans doute, qui ayant su cette poste performante y avait tenté sa chance. Mais bientôt, ce fut une avalanche qui ne permettait plus de s'y tromper : comme les enfants savaient qu'en écrivant à Veules, on obtenait une réponse, ils s'étaient passé le mot, et entre enfants, les nouvelles circulent vite.

Les lettres arrivaient de partout, par dizaines, du département mais aussi de coins reculés de France. Le sac de dépôt, habituellement maigre en cette saison, était plein à ras bord dès la première semaine de décembre. C'était une catastrophe. Bouquet ne tarderait pas à être mis au parfum par des observateurs du centre de tri, voire à fouiner dans le sac d'arrivage à la source. Il s'agissait de le soustraire à une fouille éventuelle… Magdeleine n'eut aucun mal à convaincre Robert, le préposé des PTT qui livrait le courrier chaque matin, de venir plus tôt, dès 5 h 30. Il n'en réclama pas le motif, habitué à s'adapter aux préférences de chaque receveur. Mais pour le sac de retour, c'était une autre paire de manches.

Françoise suggéra, puisqu'elle se chargeait de la finalisation des envois, que Robert passe directement chez elle prendre le sac de retour surnuméraire. Elle assura que c'était quelqu'un d'arrangeant, qui ne poserait aucune question. En effet, le préposé affichait un visage impassible à l'aller comme au retour, le système était bien rodé. Magdeleine dut investir dans des centaines de timbres, on n'en était plus au stade artisanal où Françoise déposait les réponses dans les boîtes du village avec son petit vélo. La receveuse, qui donnait depuis la Résistance au Secours populaire pour les enfants nécessiteux, résolut de convertir son don annuel en affranchissements pour semer du bonheur. Rêver n'était-il pas précieux ? Des problèmes, elle n'en voyait plus. Jusqu'à ce que sorte un article dans le journal national *Paris Jour*. Il titrait : « En Normandie, les lettres du Père Noël arrivent par avion ».

Le contenu avait beau déborder d'humour complice, c'était le signe que même une rédaction éloignée avait eu vent de l'opération ! Magdeleine rentra sa tête dans les épaules quand Bouquet passa la sienne, cinq secondes, en secouant le journal :

— L'opprobre officiel sur mon secteur ! Vous me le paierez !

Magdeleine balaya la menace. Elle avait trop à faire.

* * *

Rien ne se confond davantage avec une lettre au Père Noël qu'une enveloppe rouge arrivant par avion de Grande-Bretagne, avec des marges multicolores et son timbre spécial *Christmas* rouge et vert à l'effigie de la reine d'Angleterre. Magdeleine ne se donna même pas la peine de lire l'adresse de destination, et la cacha parmi les autres précipitamment sous son pull. Après en avoir terminé avec la propriétaire du Bazar, qui faisait ses réassorts de saison et retournait ses invendus de l'automne, elle monta chez elle couper le feu sous les patates et sortit les courriers du jour pour les cacher dans le tiroir du poêle. Elle les contempla avec tendresse un par un, comme toujours, avant que son cœur ne s'emballe en identifiant l'intrus : « Madame Morin, bureau de poste de Veules-les-Roses ». Elle le décacheta précipitamment et lut ceci, écrit en français :

Chère madame Morin,

J'ai longtemps spiritualisé avant de répondre après toutes les nouvelles de mon ami Andrew Ward. J'étais très bouleversé. Ma vie n'a pas été facile, mais j'imagine celle de ma chère Éléonore horrifique, à élever toute seule notre enfant. Incredible ! Je ne savais quoi agir, c'est trop tard. Mais les sentiments de Christmas m'ont parlé que je devais pas fuir. Si je dois venir, quand pensez-vous ?

Meilleurs regards,

John Lücke

Magdeleine était dans tous ses états. Elle attrapa immédiatement une feuille de papier ordinaire et lui répondit :

Cher monsieur Lücke,

Vous êtes le bienvenu à Veules-les-Roses et croyez bien que vous y serez accueilli les bras ouverts. Vous serez un véritable don du ciel pour Éléonore et votre fille Anaïs. Je ne les préviens pas de peur que vous ne changiez d'avis, mais je vous en supplie, faites-le ! Il n'est jamais trop tard pour bien faire. Le plus tôt sera le mieux.

Avec mes meilleures pensées,

Magdeleine Morin

Que John Lücke soit marié était à ce stade accessoire, Éléonore vivrait forcément mieux en affrontant la réalité qu'en restant figée dans le passé, Anaïs ne se sentirait plus orpheline, et la maison ne serait plus qualifiée de « bien sans maître». Magdeleine cacheta son courrier dans une enveloppe par avion et descendit les escaliers quatre à quatre. En bas l'attendait Bouquet :

— De mieux en mieux ! On laisse maintenant le bureau ouvert à tout-va ? Avec la caisse et le matériel de l'administration des PTT ?!

Magdeleine ne sut d'où lui vint sa force, sinon de l'euphorie qui l'habitait :

— Parfaitement. J'attends que tout soit volé, le village est peuplé de pilleurs, et je m'en fiche !

Bouquet s'empourpra :

— Pardon, madame Morin ? Pardon ? Et c'est quoi, cette lettre par avion ? ajouta-t-il en avisant l'enveloppe.

— J'écris à mon oncle d'Amérique ! Et maintenant, laissez-moi travailler, répliqua Magdeleine en le poussant dehors physiquement.

Bouquet, humilié comme il ne l'avait jamais été, s'engouffra dans son véhicule en tempêtant :

— Vous entendrez parler de moi !

* * *

Dès lors, Bouquet mena une guerre totale contre Magdeleine et Françoise. Il avait dû demander une disponibilité spéciale à sa hiérarchie pour traquer l'une et l'autre dans tout Veules et tenter de circonscrire cette irrégularité. Même quand elle ne travaillait pas, Magdeleine le trouvait derrière elle à la boulangerie, quand elle promenait Gabrielle sur les Champs-Élysées ou sur le front de mer. Chaque fois, elle lui demandait ce qu'il faisait là. Il répondait :

— Je suis veulais, comme vous, et j'ai droit à des congés, comme vous !

C'était vrai. Il s'était mis en vacances pour la poursuivre à plein temps ! Magdeleine ne pouvait que hausser les épaules et lever les yeux au ciel, elle ne cherchait plus à dissimuler son hostilité. Un soir qu'elle allait regarder la télévision chez Éléonore, elle le trouva même devant la Villa, prompt à lui lancer avec un brin de sadisme :

— Bientôt, vous rendrez visite à votre amie ailleurs ! Car le conseil municipal s'est résolu à voter pour l'expulsion, je m'en suis assuré !

Magdeleine s'éloigna, un peu heurtée, et passa la soirée contrariée, la tête ailleurs.

Au bord du lit, elle interrogea Georges. Malheureusement, Bouquet disait vrai. Deux conseillers avaient changé de camp au nom de la protection des habitants depuis que l'une des tempêtes de novembre avait arraché des tuiles et une partie du clocheton. Le tout avait atterri dans le jardin. Personne n'avait été touché grâce à la météo qui bouclait chacun chez soi, mais on redoutait qu'il n'arrive malheur. Si un enfant était blessé, ou pire, s'il mourait, les habitants regretteraient bien que les élus ne les aient pas protégés contre leur gré ! Les victimes seraient même en droit d'intenter un procès à la mairie.

À cette seule idée d'un enfant victime, Magdeleine fut parcourue d'un frisson. Qui pourrait survivre à une telle culpabilité ? Surtout pas elle.

— Pourquoi tu ne me l'as pas dit ? interrogea Magdeleine.

— Pour ne pas te faire de peine… avoua Georges, penaud. Et puis on ne sait jamais, c'est pas voté…

— Oui, ils peuvent oublier ! Tu mens comme un arracheur de dents ! asséna Magdeleine.

Avant de fermer sa bouche car, en la matière, elle ne pouvait guère donner de leçons.

Elle n'eut plus qu'à prier de toutes ses forces pour le retour de John Lücke, avant de considérer de plus près un autre aspect du problème, pas si accessoire que cela maintenant qu'on le savait vivant : quel était son état de fortune ? Avec un peu de chance, il aurait prospéré dans la finance ou les courses hippiques, deux secteurs qui semblaient à Magdeleine proprement anglais, à cause de la Bourse de Londres, dont on parlait beaucoup, et des chevaux de la reine d'Angleterre, qui triomphaient jusqu'à Deauville. Mais ce pays devait aussi compter des pauvres… Le retour de John Lücke pouvait sauver les cœurs, celui d'Anaïs en tout cas, mais le toit, c'était moins sûr. La receveuse n'en dormit pas deux nuits de suite, avant de se faire violence et de décider d'affronter les angoisses une à une, en procédant par ordre. Elle avait remplacé l'adage « on ne sait jamais de quoi demain sera fait » par « le pire n'est jamais certain », signe qu'elle avait progressé grâce à ses heureuses expériences. Mais elle ne serait jamais entièrement guérie, il y a des choses qui ne s'effacent pas.

Les courriers se raréfiaient à l'approche du 24 décembre, les enfants estimant qu'il était un peu tard pour écrire. Magdeleine et Françoise le regrettaient déjà. Leur stock de petits cadeaux à distribuer était constitué, dernière étape des festivités, après quoi il faudrait patienter encore un an avant de s'amuser autant. Magdeleine se détendait sensiblement, la peur d'être prise en flagrant délit se dissipait, quand Bouquet arriva triomphant à la poste :

— Je sais que c'est vous, maintenant ! J'ai des preuves !

Il agitait un courrier pailleté. Magdeleine croyait se souvenir qu'elle en était bien l'auteur.

— Ah oui, et de quel genre ? ironisa la receveuse dont l'écriture méconnaissable pouvait être confiée sans risque à un expert graphologue.

— Par le brocanteur !

Magdeleine riait déjà à l'idée de raconter la scène à Françoise.

— Tiens donc…

— Oui, parfaitement ! Par le brocanteur ! Oh, il n'avait rien contre le Père Noël, mais il est d'un naturel curieux, c'est son métier, voyez-vous ! Il fouille, il furète, il déniche, c'est même comme ça qu'il gagne sa vie. Et il était bien curieux de savoir qui était le Père Noël. Alors il vous a fait envoyer des chocolats avec la lettre de sa fille, des fois que vous lui en parliez au moins pour lui dire merci, vous ou votre mari qui doit être dans la combine. Finalement, non. Mais vous avez commis une erreur, le péché de gourmandise ! En mangeant des chocolats au-dessus du courrier de réponse que vous avez renvoyé, vous avez signé votre crime.

— Le Père Noël doit aimer le chocolat, je ne vois pas le rapport avec moi ! se moqua Magdeleine.

— Oui, c'est pour cette raison que l'on en trouve les restes dans votre poubelle !

Et Bouquet dégaina un sac plein d'emballages de chocolats, qu'il secoua sous le nez de Magdeleine. Pouah, ça sentait le poisson pourri là-dedans ! Les papiers étaient maculés de déchets organiques dans lesquels ce grand malade avait fouillé, sans doute nuit après nuit, pour trouver une « preuve ». Il avait appliqué des méthodes policières à une facétie qui ne nuisait à personne, bien au contraire.

Magdeleine s'était vidée de son sang. Elle en avait perdu la parole.

— J'ai achevé l'enquête en ordonnant au tri de Dieppe une fouille complète des sacs en provenance et à destination de Veules, je vous félicite ! Quel succès ! Tout cela va donc remonter à la direction. Je vous souhaite une bonne journée, madame Morin.

Elle tremblait de tous ses membres. C'était fini…

* * *

La matinée entière, la receveuse de Veules-les-Roses pleura toutes les larmes de son corps derrière son guichet, en sorte que tout le village sut bientôt qu'elle était dévastée par un mystérieux chagrin. Yves et Brigitte rappliquèrent, puis Georges, puis Françoise, qu'on était allé quérir en pleine distribution.

Magdeleine avoua aux siens l'ampleur de son forfait en récidive, comment elle s'était trahie, prenant tout sur elle en écartant Françoise :

— Tu n'as rien à voir là-dedans, ma petite Françoise, termine ta tournée et rentre chez toi.

Loin de consoler sa femme, Georges ficha le camp,

Brigitte longea les murs pour regagner l'épicerie, et Yves resta seul avec sa mère. Figé dans une froideur extrême que n'entamaient pas les pleurs maternels, il lui asséna :

— Voilà, tu récoltes ce que tu as semé ! Il n'y aurait pas Papa, son travail, votre logement, je dirais que c'est ce que tu as mérité !

Magdeleine poussa un cri de révolte :

— Mais tu n'as rien compris, mon pauvre enfant ! Yves, je crois qu'il faut que je te parle…

- 11 -

Madeleine convint de retrouver Yves à midi pour aller marcher avec lui du côté de la falaise, loin de toute animation, elle disait avoir besoin d'intimité. Le matin, défilèrent au bureau de poste ceux qui avaient « entendu dire que ». Il avait suffi que Brigitte fasse savoir le motif du drame à une cliente pour que tout Veules soit mis au parfum. « Mis au parfum »... officiellement, car en vérité, personne ne tomba des nues. Éléonore, Josette Guichard, les Galet, entre autres, tous vinrent rendre visite à Magdeleine silencieusement, penchant légèrement la tête ou baissant les paupières en signe de compassion, sans trop de mots, comme on le fait auprès des endeuillés. Magdeleine avait le sentiment d'assister à son propre enterrement. Du reste, c'était un peu le cas, l'enterrement de sa vie de postière.

Quand elle ferma son bureau aux côtés d'Yves, un tour de serrure en haut, un tour de serrure en bas, elle éclata en sanglots une fois de plus, songeant qu'elle accomplissait ce geste pour l'une des dernières fois. Alors qu'ils passaient devant l'école, l'instituteur lui adressa comme un signe de condoléances. Magdeleine réprima ses larmes. Tout la faisait pleurer, la gentillesse des gens au premier chef. Être solide contre l'adversité, ça, elle savait le faire. C'est facile, quand on a souffert. Mais se sentir aimée… Heureusement, son fils faisait contrepoids, le visage fermé et le pas raide. *J'ai engendré un monstre*, pensait-elle en le sentant si hostile, et pour mieux s'en convaincre, elle se remémorait les fois où il avait pu se montrer indifférent depuis la petite enfance, elle qui le portait habituellement aux nues au nom des autres fois, autrement plus nombreuses.

Dès qu'ils se furent éloignés des rues du village par les cavées le long de la Veules, elle commença à parler, d'un ton monocorde, sans qu'il l'interrompe.

— Tu ne sais pas ma vie, Yves, parce que j'ai préféré te l'épargner…

Pendant une demi-heure, elle déballa ce qu'elle avait tu. La vérité sur son enfance, l'abandon de son père, le chagrin et la détresse de sa mère avec trois petites filles à charge, la maladie maternelle, sa folie liée à la syphilis, sa fin où elle ne reconnaissait plus ses petites, la main tendue de l'oncle, sa rudesse parfois… Yves ne pipait mot, sidéré, comme s'il entendait le récit de la vie de quelqu'un d'autre. Alors qu'il croyait qu'elle en avait terminé, elle ajouta :

— Et ce n'est pas tout…

Le plus difficile restait à dire. Le passé était le passé, mais un enfant est toujours devant soi, même quand il est mort. Elle acheva :

— Tu as eu une sœur, Yves…

Yves découvrit ainsi l'existence de la petite Geneviève,

morte à dix mois. Jamais il n'aurait soupçonné un drame pareil. Il était désolé, tellement désolé… Il ne répétait que cette phrase d'impuissance, et dans le silence qui suivit la révélation, il garda pour lui les ruminations qui le laminaient. Il se reprochait de ne pas l'avoir su, deviné, de n'avoir pas consolé père et mère d'une peine qu'il ignorait. Il se demandait s'il avait pu, enfant, prononcer des paroles malheureuses, comme se plaindre de n'avoir ni frère ni sœur, au contraire de ses camarades qui vantaient leur famille nombreuse. Souvent, avec ses parents pourtant loin d'être moroses, il s'était senti seul, comme s'il était l'enfant de trop entre deux adultes qui s'aimaient au-delà de lui, tellement fort qu'il en était parfois un peu jaloux. Il découvrait que c'était plutôt l'enfant manquant qui faisait leurs silences, leur soudure. Jamais il n'avait vu le livret de famille, c'est vrai, l'occasion ne s'était pas présentée… À la fin, il ne put s'empêcher de demander à sa mère s'il pourrait le voir. Non pour vérifier, bien entendu, mais pour lire de ses yeux le nom de cette sœur qu'il n'avait jamais soupçonnée. Magdeleine acquiesça :

— Bien sûr. On l'a toujours tenu caché dans la doublure de la valise, tellement on avait peur que tu le trouves. Comme la tombe, à Saint-Valéry et pas à Veules, on ne voulait pas la mort trop près de nos vies, ni de l'enfant qui, plus tard, nous viendrait peut-être…

La tombe, Yves n'y avait pas pensé, c'était encore trop irréel :

— On ira ?

— Tu iras seul, si tu veux bien, ou avec ton père, souffla Magdeleine.

Un silence s'ensuivit, chacun enfoncé dans ses pensées, Yves accueillant le deuil d'une petite inconnue, Magdeleine se demandant si elle avait bien fait de parler, ou plutôt, pourquoi elle s'était tue si longtemps.

— Alors tu comprends, reprit-elle, pourquoi je ne peux pas résister aux enfants... Quand j'ai lu la lettre de Gabrielle alors que tu étais mobilisé, j'ai entendu sa douleur, j'ai pensé à celle que les courriers des autres recelaient peut-être, loin des futilités matérielles, et je ne me suis pas trompée. Comment rester les bras croisés ? Assister au malheur, quand je peux l'atténuer, c'est au-dessus de mes forces. À côté des pertes irréparables, il y a des blessures que les mots guérissent, on ne peut pas se taire, on ne le doit pas, et si un petit geste peut soulager, il faut le faire. J'ai voulu leur donner des rêves, leur apporter de la magie, un tout petit peu de bonheur... Puisque je le pouvais, Yves ! En pensant à ce qu'ils allaient gagner, j'ai oublié ce que je risquais de perdre... et alors ?

Yves se sentait complètement désarmé. Des petites lettres fantaisistes, à côté des confessions qui venaient de l'assommer, ce n'était rien, effectivement. Restaient les conséquences concrètes. D'une voix douce, il demanda :

— Et qu'est-ce que tu comptes faire, maintenant ?

Elle se jeta contre son torse et se mit à nouveau à pleurer. Elle s'en voulait tellement... Mère et fils convinrent d'en débattre le soir à table en réunissant une sorte de conseil de famille.

Ils rentrèrent doucement, marchant bras dessus bras dessous, comme des petits vieux. En la quittant, Yves lui murmura :

— Je t'aime, Maman. Encore plus depuis que je sais pour… Geneviève. Mais tu n'aurais pas dû tout de même…

Il emprunta le livret de famille puis rentra chez lui. Il avait besoin d'être seul pour le regarder.

* * *

Le soir venu, Brigitte apporta un bourguignon tout prêt dans une cocotte, Magdeleine ne s'était pas senti la force de cuisiner, tenir le bureau de poste avait déjà relevé de l'exploit. « Les enfants » la trouvèrent attablée devant un verre de vin rouge, à ne rien faire, elle qu'ils connaissaient toujours en mouvement. Assis près d'elle, Georges, devant son verre aussi, était muré dans le silence avec sa tête des mauvais jours. Gabrielle voulut monter sur les genoux de sa grand-mère, mais Brigitte l'écarta d'un geste. La fillette comprit que c'était grave. Peut-être que sa grand-mère allait partir à la guerre, en Algérie. Mais bien vite, elle entendit :

— Maman, avoue que c'étaient vraiment des enfantillages, alors que tu connaissais les risques… (Yves).

— Magdeleine, vous avez joué avec le feu… (Brigitte).

Et enfin :

— Père Noël, mon cul ! (Georges).

C'était sorti comme c'était venu. Gabrielle regarda sévèrement son grand-père, et le tour de table n'étant pas achevé, elle murmura d'une petite voix, en regardant sa grand-mère :

— Alors c'était vrai… que c'était toi, le Père Noël ?

Et elle s'écroula en larmes. Elle pleura qu'on lui avait

menti, pas une fois mais plusieurs, et que la faute était d'autant plus lourde. Elle aurait parfaitement compris la vérité, ne l'aurait pas répétée, au lieu qu'on lui invente cette histoire de lutins. Elle asséna à sa grand-mère une leçon de morale qui l'enfonça un peu plus, laissant tout le monde coi, puis se ravisa soudainement comme savent le faire les enfants :

— Enfin c'est pas grave ! Faut pas pleurer.

On lui expliqua alors que si, c'était lourd de conséquences, car certains adultes pouvaient se montrer moins raisonnables que les enfants.

La famille se plongea dans les numéros mensuels du *Bulletin des PTT* qui rappelaient le règlement et les différentes sanctions encourues selon une échelle de punitions calée sur le degré de gravité du manquement. Les plaisirs étaient variés, par ordre croissant : rappel au règlement, avertissement, blâme, retenue sur salaire, mutation, suspension et, ultime sanction, licenciement. Après consultation, ils étaient certains que c'était cette dernière qui s'appliquait à Magdeleine. L'administration des PTT faisait régner une discipline de fer et réservait les moindres peines aux erreurs passagères, involontaires, ou ayant un impact mineur. Magdeleine avait mis du cœur à l'ouvrage, malgré de multiples rappels à l'ordre, l'avait fait deux années consécutives, et avait sévi à l'échelle nationale.

La révocation entraînait l'éviction du logement de fonction, la perte de salaire, et il était possible que Georges perde également son emploi à la mairie, comme son siège au conseil municipal. On ne pouvait imaginer un employé de l'État, pas davantage un élu, conjoint d'une fonctionnaire radiée de la fonction publique. Les Veulais eux-mêmes ne l'auraient pas compris. Les seuls travaux de jardinage que Georges effectuait au bénéfice de particuliers étaient le plus souvent saisonniers, largement insuffisants pour faire vivre le couple. Il était aussi probable que quelques-uns lui tourneraient le dos, par civisme. Et puis le pire, c'était l'opprobre… L'épicerie elle-même n'en serait-elle pas entachée ?

Magdeleine travailla les jours suivants dans une terreur croissante. Elle ne dormait quasiment plus. Elle savait par Bouquet la progression de l'enquête interne, un long supplice qu'il distillait tous les trois jours avec sadisme : son « dossier » était entre les mains de la direction départementale, qui s'était déclarée incompétente. Satisfait, l'inspecteur y voyait le signe de la gravité de l'affaire. Elle était portée au niveau régional. Il aimait répéter n'avoir jamais vu, en trente-cinq ans de carrière, un receveur qui se fût trouvé en si mauvaise posture, coupable d'un acte aussi inqualifiable que la violation répétée du secret de la correspondance. Peut-être même que l'affaire irait au pénal, qui sait, car si l'on considérait aussi les réponses, il y avait duperie du jeune citoyen en devenir.

Quelques jours avant Noël, la direction régionale fit savoir à son tour que le dossier n'était pas de son ressort. Elle transmettait la procédure à l'échelon national. Magdeleine ne vivait plus, tout en ne regrettant rien. Elle avait fait son devoir, elle n'en démordait pas. Son état et le tour dramatique que prenait la situation eurent le mérite de retourner ses proches, et de faire de la majorité des Veulais des soutiens affichés. Ils la gratifiaient de paroles de réconfort en la croisant. Le brocanteur vint s'excuser que tout soit arrivé par sa faute, il n'avait pas pensé à mal en racontant cette bêtise à Bouquet quand celui-ci était venu le cuisiner. Chacun jugeait selon la morale, et non le règlement des PTT ou le Code pénal, or l'intention de nuire était inexistante, le bénéfice pour les enfants évident. Il s'agissait d'une gentille espièglerie, pas d'un crime.

Éléonore tenta d'infléchir Bouquet en usant du pouvoir qu'elle avait sur lui. Elle en rapporta le fruit à Magdeleine :

— Si j'acceptais ses avances, il essaierait de récupérer le dossier.

Décidément, il ne reculait devant aucune bassesse ! Une fausse promesse en réalité, car le pauvre homme n'avait plus la main sur l'inexorable marche administrative.

— Avec tout cela, je n'ose plus vous parler de la Villa, souffla Éléonore. Anaïs travaille, je ferai des ménages, et on trouvera bien une petite pièce pour se loger quelque part…

— On lavera par terre ensemble, conclut Magdeleine sans rire.

La receveuse perdit le goût de tout, du travail comme de la cuisine. Georges mangeait silencieusement sa soupe fade tous les soirs, sans mot dire, la main un peu leste sur la bouteille. Magdeleine le retenait :

— Stop.

Le mot venait rompre le silence de repas mornes. Georges n'osait plus allumer la radio, ni raconter sa journée de travail et les égayantes péripéties de la nature, ce serait bientôt du passé. Magdeleine maintenait les enfants à distance, même et surtout sa chère Gabrielle. Elle refusait de se montrer diminuée. Elle répétait à Yves :

— Je ne veux pas que vous me voyiez comme j'ai vu ma mère !

— Il y a de la marge, Maman, on peut aussi te soutenir.

Mais Magdeleine avait un credo :

— Les enfants n'ont pas à soutenir leurs parents ! L'ordre des choses est ainsi fait que c'est l'inverse qui doit se produire ! Ce que tu dis me conforte dans mon point de vue. Restez chez vous. J'irai bientôt mieux.

Ils finissaient par en douter.

La force de Magdeleine, c'est qu'elle avait connu pire et se souvenait des leçons de son oncle : « Ta vie est entre tes mains, celles de personne d'autre, tu m'entends ? » Elle l'avait tant et si bien entendu qu'elle l'entendait encore. Elle cherchait donc ce qui restait en son pouvoir, durant les nuits d'insomnie où le sentiment d'injustice la dévorait. Et un jour, l'idée lui vint.

Elle sortit du lit, s'empara de sa plus belle plume, et écrivit :

Monsieur le ministre…

Il n'y avait plus que lui qui pouvait la tirer d'affaire !

Le ministre des PTT était Michel Maurice-Bokanowski. Elle ne savait rien de cet homme, mais tous ses espoirs reposaient sur lui. Elle hésita à écrire au général de Gaulle, mais pensa qu'avec l'Algérie à solder, il devait être trop occupé. Le lendemain, elle posta sa lettre pour le ministère.

* * *

Quand elle révéla son geste à Georges, il la regarda, incrédule. Elle craignit qu'il ne la dispute, s'apprêta à le haïr parce qu'il ne supportait que de courber l'échine et n'osait jamais rien, ou si peu. Mais sa réaction fut aux antipodes. Il la prit dans ses bras et la souleva de terre pour l'embrasser :

— Je suis très fier de ma petite femme ! Bravo ! Complètement fada, mais bravo !

Ce soutien la galvanisa. Après l'issue fatale, ils trouveraient bien des solutions. Dans la vie, c'en est même tragique, on se sort de tout, sauf de la mort. Ce n'était pas la guerre non plus, juste la misère…

Renouant avec ses faitouts, elle prépara un bon repas et invita les enfants, qu'elle accueillit comme avant :

— Mes chéris ! Ce soir, céleri rémoulade, poulet rôti, gratin dauphinois et… douillons.

— Ouaiiiiis, s'écria son fils avec une joie forcée.

Magdeleine attrapa Gabrielle et la fit tournoyer dans ses bras. La petite fille ne la connut jamais qu'ainsi, prompte à reprendre la grande valse de la vie. Elle ne se souviendrait de sa grand-mère qu'heureuse. Elle ne devinerait jamais les affres qu'elle avait traversées. C'était exactement l'objectif de Magdeleine.

Quand elle annonça avoir écrit au ministère, Yves et Brigitte roulèrent des yeux stupéfaits, puis éclatèrent de rire. Ils l'avaient retrouvée ! Gabrielle était épatée, situant le ministre largement au-dessus du Père Noël qui n'existait plus. Le ministre ! On lui demanda de garder le secret. Magdeleine craignait de se ridiculiser, tout en étant très fière de son initiative. Ne jamais subir.

* * *

La receveuse était fâchée depuis trois semaines avec l'église, Dieu l'ayant salement lâchée. Quand elle y entra pour mettre un cierge afin que sa prière ministérielle soit exaucée, elle n'était plus à un paradoxe près. Le curé s'avança vers elle :

— Ma fille…

Son cœur fit un bond, elle ne s'y ferait jamais.

— Nous ne nous sommes guère vus depuis que j'ai appris que vous étiez la mystérieuse correspondante… Vous souhaitez sans doute, à l'approche de la naissance du Christ, vous repentir de cet égarement ?

Magdeleine le regarda, outrée :

— Pas du tout. Je n'ai pas à me repentir d'un acte on ne peut plus chrétien, je ne l'ai fait que pour les enfants. Et vous-même, vous n'avez jamais rien à vous reprocher ? asséna-t-elle avec le toupet des désespérés.

Le curé, un peu confus, ne sut trop comment le prendre, il commettait le péché de luxure et celui de gourmandise, en culpabilisait parfois sans le confesser à personne. Il préféra en rester là et laissa Magdeleine seule face à ses bougies. Celle-ci, furieuse, perdit toute concentration propre à la prière. Et peut-être qu'en plus, le curé était le père d'Armand ! Elle voyait où était le bien et personne ne l'en ferait douter, ni un curé, ni un ministre, ni Dieu lui-même. Elle quitta l'église au pas de course.

Le samedi 23 décembre 1961, Magdeleine fermait sa poste pour deux jours, le lundi se trouvant férié. Elle bavardait avec Françoise, qui avait décliné son invitation pour le réveillon en lui répondant, la mine particulièrement réjouie : « Je suis prise… » Magdeleine, qui avait retrouvé son intérêt pour la vie des autres après avoir constaté qu'en boucle avec soi-même on ne récolte que la dépression, la cuisina :

— Tu ne veux toujours pas me dire qui est ton mystérieux amant ?

— Non ! rit Françoise. Mais bientôt, ce sera mon mari !

— Tu attends que ton divorce soit prononcé ?

— C'est plus compliqué…

— Et on appelle ça une amie… soupira Magdeleine.

Les deux femmes rirent de concert. Elles se remémoraient le Noël précédent, si terrible pour Françoise, et tellement plus confortable pour Magdeleine… Mais il ne fallait pas s'appesantir. La paix domestique était bien plus importante que la situation professionnelle, et même, sociale. Françoise culpabilisait pourtant de ne pas être coaccusée d'une situation dont elle s'était rendue complice avec enthousiasme. Plusieurs fois, elle avait annoncé à Magdeleine s'apprêter à se dénoncer. La receveuse le lui avait défendu avec virulence, non sans arguments. La correspondance de Noël était son idée à elle, elle l'avait initiée, organisée avant de mettre sa factrice dans le secret, et son ascendant hiérarchique imposait implicitement à Françoise de suivre. Rien n'était plus faux, mais Magdeleine serait morte d'entraîner quelqu'un dans sa chute. C'était déjà le cas de Georges…

Le réveillon de Noël fut une réussite, où personne n'aborda les turpitudes administratives. Il était convenu que Gabrielle dorme chez ses grands-parents, ce qui donnait à la soirée un parfum d'autrefois. La petite Marianne, bientôt deux ans, enchantait tout le monde avec ses pitreries. Magdeleine avait préparé des crabes au lieu des homards, dans un souci d'économie dont la relativité apparut le lendemain lors de l'ouverture des cadeaux. Gabrielle hurla de joie en ouvrant son paquet :

— La poupée Brigiiiiiiitte !

Elle la retourna, la créature faisait bel et bien « Maman ». Gabrielle scruta chaque visage en se demandant de qui venait le cadeau, maintenant qu'elle n'ignorait plus la mystification, mais le mystère n'était pas bien grand… Quand les adultes lancèrent à Magdeleine un regard teinté de reproches – il s'agissait d'une dépense folle –, la grand-mère soupira, comblée :

— Que voulez-vous, comme c'est la fin…

Et elle éclata de rire. Tout le monde se regarda, incrédule devant tant de légèreté, et un rire nerveux s'empara de chacun. Yves en pleurait presque :

— L'année prochaine, tu auras une boîte de clous ! cria-t-il entre deux spasmes à Gabrielle.

La petite fille éclata de rire aussi, suivie de Marianne qui ne comprenait rien, mais forçait sa joie pour se trouver assortie à la joyeuse assemblée. Les lendemains chanteraient moins.

Pire que la sanction, il y a l'absence de sanction quand on sait qu'elle va tomber. Magdeleine attendait, le dos rond, que la hiérarchie au niveau national rende son auguste verdict, à moins que ce ne soit le ministre. Mais il ne se passait rien. Bouquet se montrait moins présent depuis qu'il comptait les derniers jours de sa postière. On fêta le passage à 1962 sans aucune nouvelle administrative. Et le 2 janvier, une autre aventure vint prolonger la trêve des confiseurs.

- 12 -

Quand John Lücke fit son entrée au bureau de poste quelques minutes avant 19 heures, Magdeleine ne l'espérait plus, mais elle l'aurait identifié entre mille. Il ressemblait à sa fille, la même blondeur, les yeux du même bleu cristallin, la même bouche charnue, à cette différence près que le temps ne l'avait pas épargné. Le quarantenaire, visage buriné et corps épaissi, paraissait plus que son âge, le teint brouillé par les excès de tabac, qui empesterait bientôt l'atmosphère bien qu'il se gardât de tirer sur sa pipe, et d'alcool, croyait deviner Magdeleine. Non, John Lücke n'était pas le fringant Andrew Ward, ni le jeune apollon éclatant de santé décrit par Éléonore. On voyait bien qu'il avait été très beau, loin de la description de Bouquet, mais c'était du passé. La bouche ouverte de surprise nonobstant ces considérations, la receveuse se leva immédiatement de sa chaise sans prononcer un mot, fit le tour de son guichet en poussant le petit portillon de bois pour aller se tenir face à lui, bouleversée.

— Hey ! Modame Morin ? lança John Lücke d'une voix abîmée.

— Oh, je suis si contente, souffla Magdeleine, qui ne put s'empêcher de l'étreindre.

Il se laissa faire, un peu embarrassé. Visiblement ému, il sourit en la regardant, ne sachant que dire sous le coup de l'émotion, Magdeleine pas davantage. Comme il était presque l'heure de fermer, elle décida de l'accompagner immédiatement chez Éléonore – son assiduité professionnelle n'avait de toute façon plus aucune importance dans sa situation. C'est en commençant à marcher près de lui qu'elle s'aperçut que John Lücke claudiquait fortement, pour ne pas dire que tout son corps se désarticulait, ce qui ne l'empêchait pas de faire des enjambées d'un mètre au vu de sa taille. Elle n'osa pas l'interroger, ni sur ce point, ni sur le bruit de bouteilles qui semblaient tintinnabuler dans son grand sac de voyage en cuir. Au pas de course, Magdeleine sautillant comme une puce pour suivre le rythme de l'Écossais, le tandem improbable traversa Veules dans la nuit. Le village était glacé, légèrement brumeux, un décor fantomatique dans lequel John Lücke s'exclamait parfois :

— Oh ! Je me souviens…

Il se souvenait de la boulangerie, de l'église, de commerces qui s'étaient déplacés, tout en avouant ne pas avoir eu beaucoup le loisir de visiter en 1940.

— Je passais beaucoup de temps me cacher dans cave…

Magdeleine brûlait d'envie de le bombarder de questions sur son passé, mais c'était indécent de voler l'exclusivité à Éléonore. Elle saurait tout plus tard. Elle eut juste le temps de vérifier qu'il ne portait pas d'alliance, mais en portait-on systématiquement en Grande-Bretagne ?

Quand ils poussèrent la grille de la villa Esmeralda, John Lücke s'arrêta pour contempler la bâtisse, profondément ému. Il ajouta :

— J'ai un peu peur…

Comme quoi on pouvait avoir fait toutes les guerres et défaillir par sentimentalisme… Ce qui perturbait Magdeleine était cette physionomie particulière, à laquelle Éléonore ne devait pas s'attendre plus qu'à la visite. Quand ils frappèrent, Magdeleine, le cœur battant à tout rompre, ne se souvenait pas avoir ressenti une telle excitation depuis le jour de son mariage.

Éléonore ouvrit la porte et resta quelques secondes interloquée, détaillant les traits de l'arrivant en cherchant visiblement dans sa mémoire qui il pouvait bien lui rappeler, qu'elle n'espérait plus revoir, problème que Magdeleine n'avait pas eu. Enfin, Éléonore comprit. Statufiée, les yeux écarquillés, elle regarda alternativement son ancien fiancé et Magdeleine, comme si le lien de l'un à l'autre pouvait se lire sur leurs visages. Elle étouffa un petit cri de surprise en plaçant sa main devant sa bouche et partit s'asseoir sur le lit-cosy pour reprendre ses esprits, la tête entre les mains. Regardant John à nouveau, elle murmura, les larmes aux yeux :

— Ce n'est pas possible…

— Éléonore… Je suis si désolé… murmura John Lücke en la prenant par les épaules. Tu n'as pas changé, pas du tout…

Il était probable que cet avis n'était pas réciproque.

— Bon, eh bien, je vous laisse, souffla Magdeleine.

Ils ne répondirent pas. Magdeleine avait déjà disparu de leur champ de vision, réduit à l'image qu'ils relisaient l'un de l'autre.

Le dîner de Magdeleine et Georges fut entièrement occupé à tenter de prédire l'avenir. Magdeleine était bien placée pour savoir que l'on pouvait aimer encore un homme une fois transformé, disons, mais elle avait assisté à la très lente mutation de son mari, c'était tout différent, et son joufflu paraissait en excellente forme, lui. Elle ne s'ouvrit pas à Georges de ces réflexions, mais lui en livra la synthèse :

— Il me semble changé, tout de même…

— Peu importe, les sentiments passent au-dessus de tout ça, non ? s'inquiéta-t-il spontanément.

— Si, Georges, bien sûr… Mais pour tout te dire, je me demande s'il ne force pas un peu sur l'alcool…

— Tu vois le mal partout.

Magdeleine n'osa pas confier à Georges qu'elle soupçonnait John Lücke d'être venu avec des munitions, il l'aurait encore disputée de traquer des détails pour extrapoler sans savoir. Le fait est qu'elle se trompait rarement. Comme elle ne pouvait pas aller frapper chez Éléonore pour prendre la température, elle proposa une promenade digestive au bord de la mer qui les fit passer du côté de la villa Esmeralda, forcément, c'était la route. En la longeant, elle tourna la tête et ne vit rien d'autre que trois silhouettes mouvantes derrière les fenêtres, rien d'interprétable.

— J'ai compris pourquoi on faisait une promenade si romantique, s'amusa Georges.

Pour lui donner tort, elle l'emmena s'asseoir quelques minutes sur les galets de la plage, éclairés par des lampadaires. Pelotonnée contre l'épaule de son mari, elle se mit à rêver, à quelques centaines de mètres, la renaissance d'une idylle à laquelle elle avait contribué, pourquoi pas. John Lücke pouvait être malheureux en ménage, ou mieux, veuf. Était-ce possible de reprendre une histoire là où on l'avait abandonnée, même si beaucoup de choses avaient changé ? On en trouvait des exemples plein la littérature. Saisie d'un élan de romantisme, elle soupira, le regard planté sur l'horizon :

— Tu vois, Georges, j'aurai eu une très belle vie, finalement…

— On n'est pas morts non plus !

Magdeleine sourit, d'aimer si fort un être qui lui ressemblait si peu. Sur le chemin du retour, elle soupçonna Georges d'emprunter volontairement les cavées menant à la Veules pour l'empêcher de jeter à nouveau des regards vers la Villa. N'empêche que la sortie l'avait un peu apaisée, à moins que ce ne soit son mari, tellement terre à terre.

Plusieurs fois durant la nuit, pourtant, elle se réveilla inquiète. Elle craignait qu'Éléonore ne soit embarrassée par le revenant, par sa faute. Où allait-il dormir ? Et s'il était violent sous l'effet de l'alcool, comme le boucher ? Son imagination la dominerait toujours, pour le meilleur et pour le pire.

C'est Anaïs qui donna les premières nouvelles, le lendemain à la boulangerie où Magdeleine se précipita à l'ouverture. Anaïs embrassa Magdeleine de bon cœur, profondément émue d'avoir enfin rencontré son père ! Elle ne s'avouait pas encore complètement à l'aise avec lui, mais elle avait hâte d'apprendre à le connaître. Il avait d'ores et déjà promis de lui faire un jour visiter Londres, et de lui présenter ses proches. Quels proches ? Magdeleine ne put réprimer un mouvement de contrariété. Tous les trois avaient parlé tard dans la nuit, puis sa mère et John après qu'elle était partie se coucher. Le revenant avait même dormi là. Là, mais où ? Magdeleine n'osa poser aucune question sur le tour plus intime qu'auraient pu prendre les retrouvailles entre Éléonore et son ancien fiancé, surtout s'il était marié, était-ce seulement possible ? Mais elle n'aurait plus longtemps à attendre : elle était invitée à dîner le soir même avec Georges.

* * *

Magdeleine nota immédiatement que le regard de John Lücke ne se détachait pas d'Éléonore, et qu'il se montrait particulièrement tactile, l'enlaçant de son bras volontiers, non sans qu'elle en semblât un peu gênée. Visiblement, le couple n'était pas encore au diapason, ce dont attestaient les effets personnels de l'Écossais, posés sur les étagères du lit-cosy. Anaïs, en revanche, dévorait son père des yeux et buvait ses paroles, le scrutant comme si elle en apprenait par cœur les contours et lui donnant du « Daddy » qui avait le mérite de lui éviter le « Papa », difficile après tant d'années sans. Elle s'échappa pourtant peu après, laissant les deux couples en tête à tête. Autour d'un « scotch » que John Lücke avait apporté en cadeau pour Éléonore, disait-il, ils écoutèrent son incroyable histoire, avalant à grandes lampées le breuvage exotique, faute de connaître son titrage en alcool.

John avait bel et bien embarqué sur un navire de secours lors de la bataille de Veules le 12 juin 1940, mais il avait été blessé. C'est la vilaine plaie de sa jambe gauche qui, dégénérant de mois en mois, lui avait valu son amputation. Magdeleine reçut un coup au cœur et scruta la cheville du mutilé, effectivement pourvu d'une jambe de bois. Elle se reconcentra à grand-peine pour écouter la suite. Le miraculé avait écrit villa Esmeralda dès son retour à Londres, sans jamais recevoir de réponse. En temps de guerre, il n'y avait rien d'extraordinaire à ce que son courrier ne soit pas arrivé, les suivants envoyés d'Écosse non plus, puisqu'ils transitaient par Londres, sévèrement touchée par les bombardements. En juin 1941, Éléonore avait été arrêtée, emprisonnée, condamnée, déportée. Dès lors, évidemment, les courriers étaient revenus à John avec la mention « n'habite pas à l'adresse indiquée ». Sitôt après la Libération, il était venu en personne à Veules, c'est là qu'on lui avait dit qu'Éléonore était morte. Son informateur était un élu au crâne déjà bien dégarni, en qui l'on reconnut rapidement : Bouquet ! Magdeleine allait exploser de colère quand Éléonore précisa :

— Ce n'est la faute de personne, je vous explique... En mai 1945, tout le monde me croyait morte puisque j'étais dans un sanatorium en Suisse, tellement affaiblie et malade que l'on m'y avait conduite d'office, malgré mes protestations. Je n'avais qu'une envie, retrouver Anaïs. Et John, bien sûr, ajouta-t-elle avec application. Je n'ai regagné Veules que plusieurs mois après.

Ceci expliquait cela. N'empêche que Bouquet s'était bien gardé de chercher à retrouver John Lücke par la suite pour le détromper, ou, plus simple encore, d'informer Éléonore de sa visite.

Enfoncé dans la tristesse par la nouvelle du deuil, John Lücke avait regagné définitivement son pays. Cinq ans plus tard, il s'était marié. Magdeleine retint son souffle. Il avouait n'avoir jamais été éperdument amoureux de son épouse, pas comme à vingt ans. Il lança un clin d'œil à Éléonore qui, bien que touchée, ne le lui rendit pas. La religion de Magdeleine était faite, à son grand dam : l'idylle ne se renouerait jamais entre eux, même si l'Écossais était divorcé. Sa femme s'était envolée de guerre lasse au bras d'un de ses amis. Il était donc libre comme l'air, Éléonore regardait ailleurs. Magdeleine attaqua l'autre front de l'affaire :

— Et vous faites quoi, comme métier ?

— Palefrenier.

Magdeleine manqua défaillir. Son intuition ne l'avait pas trompée, il était bien dans les chevaux, mais pas franchement ceux de la reine d'Angleterre. En bref, il n'avait pas un sou. Et avec ça, il était alcoolique et fumait comme une cheminée !

Magdeleine était un peu agacée quand Georges mit les pieds dans le plat :

— Et alors, pour la Villa, vous allez faire quelque chose ?

Magdeleine lui donna un coup de coude, on avait bien compris que c'était perdu ! John Lücke éclata de rire :

— Bien sûr ! Pour notre maison, je vais demander permis travaux, pour gagner du temps. Je boucherai trous à la main ! Pas d'obstacle pour rester. Ici, en palefrenier, la région est bonne.

Éléonore chavira légèrement, elle ne l'avait apparemment pas invité à le faire. Mais le problème est qu'il était chez lui, plus qu'elle.

Quand elle s'éloigna pour aller rechercher des toasts à la cuisine, Magdeleine la suivit sous prétexte de se repoudrer. Elle l'interpella franchement :

— Ça ne se passe pas bien, n'est-ce pas ?

Éléonore fondit presque en larmes :

— Je suis heureuse, Magdeleine, que vous l'ayez retrouvé, mais... C'est trop de chamboulements, je ne sais pas...

— Prenez le temps de vous connaître, fit Magdeleine. C'est quelqu'un de nouveau que vous rencontrez. Ne cherchez pas à retrouver celui que vous avez perdu. Regardez-le comme ce qu'il est, un étranger, et ne vous forcez surtout à rien.

— Non, bien sûr. Il est très gentil, souffla Éléonore pour consoler Magdeleine.

Au milieu du repas, Magdeleine fut saisie d'un épouvantable mal de crâne et réclama une aspirine, tandis que John avouait franchement :

— Ce scotch est un poison, il me trompe la vie en Écosse, formula-t-il joliment. J'arrête en France bientôt. Dès que j'arrive.

Pour arriver, il semblait déterminé ; quant à se sevrer, Magdeleine demandait à voir. Éléonore gardait les yeux baissés, visiblement épuisée.

Au moment de prendre congé, John déclara à Magdeleine sur le pas de la porte dans son français approximatif :

— Vous savez sens de Lücke, en anglais ? Chance ! Et vous être la femme qui m'a donné mon nom !

Éléonore sourit alors vraiment :

— Oui, Magdeleine, vous connaître est une chance. Jamais je ne vous remercierai assez d'avoir cherché John, je n'aurais pas pu continuer…

Tout le monde s'embrassa en s'étreignant, Loulou jappa pour avoir sa part en caresses. Magdeleine partit un peu réconfortée. Les deux anciens amants fougueux deviendraient peut-être les meilleurs amis du monde.

En s'endormant, Georges se demanda s'il était à sa place dans ce lit, aux côtés d'une épouse aussi exceptionnelle. Il se sentait tellement banal…

* * *

Éléonore passa deux mois à tenter de se remettre du choc éprouvé. Si elle n'évoquait plus son ancien fiancé avec des étoiles dans les yeux quand Magdeleine venait bavarder avec elle sous prétexte de regarder la télévision, elle appréciait que John lui écrive chaque semaine pour prendre de ses nouvelles, lui rappeler de se nourrir, il y tenait beaucoup, et lui raconter son quotidien en Écosse. Elle-même lui répondait très peu, prenant sans rendre, à la façon des chats sauvages.

Dans le courant du mois de février, John Lücke, qui n'était resté initialement que trois jours, débarqua comme promis à la villa Esmeralda avec « l'ensemble de ses biens », à savoir quatre malles et un virement sur un compte chèque postal français de quelques milliers de francs, juste de quoi se nourrir quelques mois et acheter deux sacs de plâtre. Quand il vint prélever un peu d'argent, Magdeleine lui trouva meilleure mine, avant d'apprendre par Éléonore qu'il s'appliquait à une meilleure hygiène de vie. À chaque bouchée qu'elle avalait, il promettait de boire un verre de moins et s'y tenait, ils se soignaient ainsi l'un l'autre. L'Écossais guérissait son ancienne fiancée par le jeu et le rire, ce qui le poussait à dire qu'une fois dodue comme une Normande, il l'épouserait. Ni Magdeleine ni Éléonore ne doutaient qu'il était bel et bien amoureux, et la jeune femme, sans nourrir de sentiments réciproques, semblait s'en amuser. Définitivement chatte, elle gloussait quand il l'approchait, « oh John », sur un air de reproche guère décourageant. Elle avait malgré tout gentiment installé des paravents de fortune autour du lit-cosy de John pour lui faire comme une petite chambre, le tenant à distance tout en se trouvant flattée de ses approches. Magdeleine espérait parfois que… Et puis elle se souvenait de la jambe de bois, du tabac de sa pipe, et se disait que ce n'était pas gagné. Dans le doute, elle se priva de télévision pour laisser au « couple » le temps de s'apprivoiser.

Toujours dans le pétrin administratif, Magdeleine reprit son rythme de croisière au bureau de poste. De temps à autre, elle était saisie d'une crise d'angoisse en pensant à son avenir, mais la sachant passagère tandis que la sanction serait éternelle, elle s'accoutuma à vivre avec, attendant le couperet avec fatalisme.

La receveuse n'avait pas vu les Galet depuis longtemps quand ils vinrent poster un dossier avec une mine de conspirateurs.

— On vend ! lui annoncèrent-ils. Le magasin ! On ne veut pas quitter Veules ! Nous avons longuement réfléchi… Le tribunal peut nous dédommager, ça arrange les propriétaires, dont les documents de vente se sont révélés à leur grand dam être des faux, et ça nous arrange aussi !

Magdeleine se réjouit de cette décision. Tout le monde les aimait bien, et c'eût été gâcher bientôt vingt ans de reconstruction. Mais la vraie nouvelle était qu'ils avaient décidé de consacrer le montant du dédommagement à la rénovation de la Villa. L'Écossais avait accepté bien volontiers, à la condition qu'ils en deviennent copropriétaires à proportion de leur investissement. L'affaire avait été conclue, et donc tout était « là », achevèrent-ils en tapotant l'enveloppe.

En les regardant s'éloigner, Magdeleine songea qu'elle allait couler en ayant sauvé tous les passagers du navire, c'était honorable, de quoi se noyer sourire aux lèvres.

Bouquet, lui, était ivre de rage de voir tout ce petit monde s'arranger ensemble, on aurait dit une conspiration. John Lücke, pas encore usé par les turpitudes de l'inspecteur départemental, lui avait gentiment trouvé une autre villa à acheter pour faire sa salle de casino, au prix d'une bouchée de pain. Mais rien à faire, Bouquet fulminait de voir lui échapper la villa Esmeralda, quand bien même il aurait renoncé à Éléonore par la force des choses. Face au « British », comme il l'appelait, il s'était fait une raison et s'en était ouvert à Magdeleine, quasi visionnaire :

— De toute façon, ces deux-là n'iront pas bien loin…

— Plus loin qu'elle et vous, toujours ! avait vociféré Magdeleine.

Entre eux, c'était désormais la guerre ouverte. Magdeleine n'avait plus rien à perdre.

La receveuse survécut grâce au bonheur des autres. Éléonore reprenait du poids à vue d'œil et se promenait dans le village, où elle faisait ses courses avec John Lücke, vêtue d'un pantalon, première femme de Veules à oser une telle extravagance. Chez les jeunes, la mode gagnait du terrain, et Anaïs s'était vu ramener de Londres un Rica Lewis cinq poches qui faisait fureur. Éléonore assurait que s'habiller ainsi tenait beaucoup plus chaud et évitait les bas à remailler sans cesse. Elle tenta de convertir Magdeleine à cette émancipation, sans succès. À son âge, cette tenue moulante lui eût semblé inconvenante, comme danser le rock'n'roll. Elle pouvait se montrer iconoclaste, rebelle, mais seulement si c'était d'utilité publique.

* * *

Peu avant les fêtes de Pâques, le 14 avril 1962 précisément, les beaux jours étaient de retour quand Georges accueillit Magdeleine pour le déjeuner avec le regard sombre :

— Ton ministre, chose-ski, là, il est remplacé !

— C'est pas possible !? s'exclama Magdeleine.

Michel Maurice-Bokanowski avait été effectivement démis de ses fonctions à l'occasion d'un remaniement. Désormais, elle était certaine que le miracle ne se produirait pas, même si elle ne comptait plus franchement dessus après tant de temps. Un ministre répond vite, il a du monde pour le faire. Elle savait cependant son cas toujours en examen en haut lieu, Bouquet avait la grâce de le lui rappeler régulièrement, elle n'était pas oubliée, il s'en assurait. De toute façon, il avait conservé un double de tout le dossier-papier, au cas où il se perdrait dans les rouages de l'administration.

— Réécris ! suggéra Georges. Au nouveau !

— Oh, écoute, Georges, je crois que ce n'est plus la peine… souffla Magdeleine, lasse.

Elle aurait certainement changé d'avis et repris sa plume, en épistolière fervente qu'elle était, si elle n'avait reçu peu après un courrier à son intention alors qu'elle se trouvait seule au bureau de poste. En voyant l'enveloppe à en-tête, « République française », « Ministère des PTT », un frisson lui parcourut l'échine. Subitement, elle se sentit gelée, à claquer des dents.

Magdeleine passa les mains sur son visage et rassembla son courage pour la décacheter. Il ne servait à rien d'attendre la présence chaleureuse d'un proche pour le faire. Elle tenait aussi cette leçon de son oncle : on est toujours seul face à son destin.

- 13 -

La lettre, signée du nouveau ministre Jacques Marette, entré en fonction le 15 avril 1962, était fort courte. Il s'agissait d'une convocation au ministère à Paris pour le mois de juin, on l'autorisait à fermer sa poste trois jours pour raison exceptionnelle, on attendait sa réponse par téléphone.

Magdeleine, puis plus tard Georges, puis Yves, puis Brigitte et même Gabrielle relurent dix fois la lettre, incrédules : il n'avait donc que cela à faire, le ministre à peine nommé, que recevoir en personne la postière de Veules-les-Roses ? Pour la congédier ? Yves céda à un élan d'optimisme :

— Ce n'est peut-être pas pour te licencier…

— Eh non, se moqua Magdeleine, c'est sans doute pour me remettre la Légion d'honneur !

Il convint que sa remarque était stupide. Tous trois assistèrent à l'appel de Magdeleine au secrétariat du ministre pour confirmer le rendez-vous, afin de prendre la température au ton de l'interlocuteur. Mais que tirer d'un « entendu, je vous remercie » ? Rien.

Magdeleine, qui rêvait de Paris depuis des années mais n'en avait ni le temps, ni les moyens – ni l'audace, à vrai dire, car Paris, c'était Paris – voyait maintenant la ville comme une destination maudite. L'horaire du rendez-vous l'obligeait à dormir une nuit sur place, ce qui la contraignait en plus à le faire chez sa sœur vu les difficultés financières à venir. Sur ce point aussi, ce qui aurait dû être une joie la couvrait de honte à l'avance. Elle dut bien prendre sa plume pour prévenir Thérèse :

Ma Thérèse bien aimée,

Je viens te demander l'asile la nuit du 13 au 14 juin pour des raisons qui vont beaucoup te peiner… Je serai à Paris, mais c'est pour répondre à la convocation de mon ministre de tutelle car j'ai failli dans l'exercice de ma profession. Gravement failli. Suzanne avait raison de te dire que je perdais la tête, mais quand je t'expliquerai, je sais que toi, tu comprendras. Les informations que je t'ai demandé de chercher sont en rapport avec ma faute, mais ce serait trop long d'entrer dans les détails. Perdant ma place, et toute chance d'en occuper une dans l'administration à l'avenir, je tiens aussi à te prévenir que tu me verras au plus mal et que je ne serai sans doute pas bien gaie. Au nom de ce qui nous lie, il faudra que tu me pardonnes.

Je t'embrasse avec toute ma tendresse,

Ta Magdeleine, pas bien fière

* * *

Le 13 juin 1962, Magdeleine prit le train, la mort dans l'âme. Elle n'avait pas quitté Veules depuis ce maudit jour où elle s'était rendue à Rouen, et l'écho du voyage coupable par lequel tout avait commencé décuplait la souffrance de celui-là. Elle était guillerette, alors... Et elle ne parvenait toujours pas à le regretter tout à fait. La cause des enfants était au-dessus de tout, au-dessus de son sort, même. Elle les avait gâtés, amusés, eux comme leurs parents, elle avait arrangé les vies, toutes, sauf la sienne et celles des membres de sa famille... Le voyage l'épuisa, à cause de ses ressassements plus que des trois heures de rail. Avec sa petite valise en carton bouilli qui n'avait pas pris l'air depuis dix ans, elle emprunta le métro, direct de la gare Saint-Lazare jusqu'au métro Saint-François-Xavier, ce qui arrangeait bien ses affaires. Sauf qu'elle n'avait pas compris qu'il roulait dans les deux sens et, bien entendu, prit le mauvais. Elle arriva malgré tout avec deux heures d'avance devant le 20, avenue de Ségur, dans le VIIe arrondissement, où se trouvait le ministère des PTT. L'immense immeuble l'impressionna fort, un genre de paquebot aux lignes épurées construit dans les années 1930 par un architecte prix de Rome. La République ne lésinait pas sur l'apparat, qui génère la déférence, mais Magdeleine n'en avait pas besoin. Elle s'installa dans le café le plus proche, regardant passer les gens et vérifiant souvent sa mise dans le miroir.

Elle ne s'était pas pomponnée comme pour aller à Rouen, loin de là. Elle avait évité le parfum, jugé arrogant pour les circonstances. Il ne s'agissait pas de faire « cocotte ». Elle avait opté pour une modeste robe, d'un ton sombre, ses mocassins vernis noirs à petits talons, ses meilleurs bas, et un chapeau de feutre qu'elle soulevait régulièrement de peur qu'il n'écrase la mise en plis de la coiffeuse, préservée toute la nuit dans un bonnet en filet. Face à la foule parisienne, elle réalisa combien elle était endimanchée, l'air d'une « campagnarde », se reprocha-t-elle. Beaucoup de femmes déambulaient vêtues de guenilles à ses yeux, des pulls rayés qui laissaient entrevoir le nombril pour les plus jeunes, des pantalons « même à pas d'âge ». Elles riaient toutes à gorge déployée en pleine brasserie, se laissaient draguer par des malotrus, fumaient comme des ramoneurs, c'était abominable. La receveuse de Seine-Maritime se sentait à la fois fière de sa différence et honteuse, elle oscillait d'un jugement à l'autre. Les larmes lui montèrent aux yeux. C'étaient trop de chamboulements.

Enfin, l'heure arriva. L'heure de la fin.

Magdeleine fut introduite dans un premier salon, puis on la fit monter un escalier monumental garni d'un épais tapis rouge maintenu par des tringles en or, sous des lustres à pampilles gigantesques, c'était Versailles. Magdeleine n'entendait plus son cœur battre. Elle se sentait dans un film, héroïne de la vie de quelqu'un d'autre. Elle qui s'était toujours appliquée à mener une existence discrète souffrait de la violence de cette surexposition soudaine. Elle n'avait rien à faire là. On l'installa dans un petit salon garni de quelques jolis fauteuils médaillons Louis XVI. Et le temps passa…

Elle avait rendez-vous à 16 heures, il était 16 h 15, puis 16 h 30… Elle espéra brièvement qu'on l'ait oubliée, puis qu'il s'agisse d'une erreur, puis d'un canular, mais rien ne tenait.

Il était 16 h 45 quand une secrétaire vint la chercher :

— Monsieur le ministre va vous recevoir…

— Meuh, articula Magdeleine.

Rien d'autre ne sortit que ce meuglement agricole, elle n'avait même pas articulé de « bonjour », ni de « merci », rien. Elle eut encore envie d'éclater en sanglots.

M. Jacques Marette, en costume noir et chemise blanche, cigarette à la bouche, était un grand homme, pas mal de sa personne, qu'elle n'aurait jamais imaginé si jeune, et qui lui fit d'autant plus peur. À quarante ans, il dégageait une énergie folle, un charisme qui la rapetissait encore. Il lui serra vigoureusement la main :

— Madame Morin ! J'étais bien curieux de vous rencontrer ! Pardonnez mon retard, il est entièrement imputable à ma sœur, à qui j'avais dit 16 heures ! 16 heures, Françoise ! Bref.

Sur une chaise devant le bureau, Magdeleine vit une dame bien plus âgée que le ministre, la petite cinquantaine comme elle, le visage très poupin, qui souriait invariablement. Aux anges sans doute, car évidemment, cette mine réjouie ne pouvait lui être destinée. Magdeleine ne s'étonna pas de ce que la sœur de ce dernier fût présente, concentrée qu'elle était sur le ministre. Elle imagina confusément qu'à ce poste, on employait sa famille, ce devait être son assistante, et puis elle l'oublia rapidement, scrutant M. Marette en priant pour qu'il en finisse vite. Hélas, ce ne fut pas le cas.

— Madame Morin, je dois vous avouer que je brûlais de voir à quoi vous ressembliez, et vous ne m'en voudrez pas de vous avoir fait déplacer. J'ai pensé me rendre en personne dans votre bureau de Veules-les-Roses, il paraît que c'est ravissant, mais mon emploi du temps ne me permet pas de fuguer de Paris inconsidérément, je me le verrais reprocher...

Magdeleine n'en pouvait déjà plus, elle allait se liquéfier. Il poursuivit :

— Votre dossier a fait du chemin. Dieppe, Rouen, Paris, il m'a été transmis par mon prédécesseur Michel Maurice-Bokanowski, à qui vous avez cru bon d'écrire en passant outre la voie hiérarchique normale de l'administration...

Magdeleine se mordit la lèvre. Elle avait ajouté l'outrage au drame, elle n'aurait jamais dû !

— L'affaire était déjà à l'examen, mais je dois dire qu'en trouvant ce surcroît de travail sur mon bureau à peine nommé, je n'étais guère enchanté d'avoir à statuer sur ce sujet, pardonnez-moi, un brin futile. Enfin je n'avais plus qu'à parapher la décision. Mais j'ai tenu auparavant, figurez-vous, à demander l'avis de ma sœur.

Magdeleine obtint la confirmation que la dame travaillait bien avec son frère.

— Car voyez-vous, les enfants, je n'y connais rien !

La confusion commença à envahir l'esprit de Magdeleine. Pourquoi se préoccupait-il des enfants ?

— J'en ai, bien sûr, mais je n'y connais rien car ce n'est pas mon métier, on ne peut pas être partout. Tandis que ma sœur, elle, est pédiatre et psychanalyste. Elle n'ignore rien de ce qui touche les petits, c'est sa passion.

Magdeleine regarda sa voisine d'un air interloqué. Que venait faire une pédiatre, psychanalyste ou pas, au ministère ?

Ladite sœur gardait son air bienveillant autant qu'horripilant, car ce n'est pas la mine que l'on souhaite à son bourreau quand luit la lame de la guillotine. Elle prit la parole :

— Il faut vous dire que nous avons perdu trois frères à la naissance… et une sœur de dix-huit ans, soupira-t-elle, visiblement encore meurtrie. Forcément, ça marque. Alors j'essaie modestement de faire entendre la cause des enfants, notamment à la radio ; je m'appelle Françoise Dolto. Enfin, j'ai trouvé formidable l'idée que vous avez eue, formidable !

Les yeux de Magdeleine roulèrent visiblement dans leurs orbites, elle s'affaissa légèrement sur sa chaise, en sorte que Françoise Dolto dut la retenir par le bras. Magdeleine les abandonnait.

— Oh là, ma petite dame, ne nous quittez pas ! Je vais faire apporter de l'eau, s'exclama le ministre.

Il appela sa secrétaire en écrasant une sonnette et jeta un œil à sa montre. Magdeleine regardait l'un, puis l'autre de ses interlocuteurs, elle ne comprenait rien. Il continua :

— Je n'ai pas beaucoup de temps, donc venons-en aux faits. Et à leur suite concrète. Ma sœur m'a conseillé d'entériner la décision de mon prédécesseur, à savoir créer un Secrétariat officiel du Père Noël. Toutes les lettres des enfants au « Père Noël », qui jusqu'ici se voyaient jetées à la corbeille ou étaient acheminées au Dépôt central des rebuts pour destruction plus réglementaire, obtiendront désormais une réponse de nos services. Bien entendu, mon administration devra en passer par l'embauche saisonnière de quelques employés pour la mise sous pli, mais la grandeur du service public a un coût, nous l'assumerons. Les enfants recevront désormais une réponse officielle du Père Noël, et elle sera rédigée par… ? Par ?

Magdeleine ne voyait pas, elle ne voyait rien.

— Eh bien par ma sœur, évidemment ! Mais rassurez-vous, j'ai pensé à tout. Je me suis dit que vous verriez peut-être d'un mauvais œil de perdre votre double emploi saisonnier vous-même. Alors je vous laisse toute latitude pour répondre au courrier local. Tout se passe bien, avec votre inspecteur, à part ça ? Il n'a pas l'air commode…

— Très bien, bredouilla Magdeleine.

— Parfait. Alors je ne vous retiens pas plus longtemps.

— Encore bravo, souffla chaleureusement Françoise Dolto à Magdeleine.

Magdeleine n'eut même pas le réflexe de lui dire qu'elle l'adorait à la radio, qu'elle avait lu un de ses livres, rien ! Elle bredouilla quelques remerciements, serra les mains, se retrouva dans l'escalier, puis sur le trottoir, et là, elle put enfin éclater en sanglots.

* * *

En vingt-quatre heures à Paris, Magdeleine dépensa un mois de salaire. Françoise Dolto aurait diagnostiqué qu'elle traversait un petit épisode maniaque. Elle invita sa sœur au restaurant, lui offrit un parapluie de marque, dévalisa les Galeries Lafayette pour toute la famille, trotta dans Paris en tous sens depuis le XVIe arrondissement où vivait Thérèse, sans prendre le métro jugé trop compliqué. Dans les rues, elle volait, des ampoules plein les pieds, indifférente à la douleur, souriait aux passants et riait à tout propos ; tenant à explorer les magasins de la rue de Rennes, aux antipodes de la gare Saint-Lazare, juste avant son train, elle avait argumenté auprès de sa sœur :

— À cause des rennes, ha, ha, ha !

La pauvre Thérèse en était restée consternée… Magdeleine abandonna finalement sur place sa valise en carton pour rentrer à Veules-les-Roses flanquée de sacs de vêtements et d'une batterie de casseroles en inox liée par une ficelle, « comme une romanichelle ».

Georges, Yves, Brigitte et Françoise l'attendaient de pied ferme avec des bouteilles de vouvray pétillant. Ils avaient hâte d'entendre le récit complet de cette entrevue absolument improbable, à l'issue plus improbable encore, annoncée en une minute par téléphone. Gabrielle était surexcitée. Elle avait prévenu toute l'école en clamant : « Ma mamie est une vedette ! Elle a eu une idée "formidable" ! Elle a vu le ministre ! » Son ancien instituteur, Hugues Guichard, ameuté par le charivari de l'aventure, se l'était fait confirmer par Brigitte et, pétri de respect laïc et républicain au-delà de ses divergences politiques avec un ministre gaulliste, avait chargé de transmettre ses félicitations.

Magdeleine résolut d'offrir un verre à tous les Veulais pour fêter cette si jolie nouvelle pour les enfants français, de métropole et d'outre-mer, en plus de son maintien au bureau de poste qu'elle servait depuis des décennies.

Bouquet se paya le culot de venir, ce qui lui déplut fort :

— Vous ne manquez pas d'air…

— Je me réjouis pour vous. Je plie sous les ordres de mon administration, contrairement à vous, et même je me félicite de ses décisions. Je suis ainsi fait.

— Une mentalité de collabo, oui, ne put s'empêcher de lâcher Magdeleine.

Ce mot, qui n'avait jamais été prononcé en présence de Bouquet dont on feignait d'ignorer la position pendant la guerre, le révulsa, au point qu'il déclara d'une voix forte :

— Ah oui, collabo ? Collabo ?! Et vous croyez qu'ils ont eu la vie sauve comment, vos nouveaux amis les Steiner ?

M. et Mme Galet-Steiner se retournèrent vivement. Bouquet regarda un à un les visages de l'assistance et explosa :

— Mais oui, fiers comme vous êtes, imbus de vous-mêmes, vous avez toujours cru que vous étiez les seuls à avoir un comportement héroïque ! Ça fait quinze ans que vous me traînez dans la boue sans me donner l'occasion de m'exprimer. Moi aussi, j'ai risqué ma vie pour les valeurs auxquelles je croyais ! Jamais je n'aurais dénoncé des Juifs ! Bien sûr, j'admirais le Maréchal, il avait gagné une guerre et voulait nous en épargner une autre, vous lui donnez tort ? On pouvait être pétainiste et pas antisémite, on pouvait découvrir s'être trompé face à des lois honteuses, et décider de les bafouer. La vérité n'est pas binaire, dans les conflits, ni même constante !

— Mais… vous saviez qu'ils étaient juifs ? demanda Magdeleine, stupéfaite. Votre sœur vous l'avait dit ?

— Bien sûr que non ! Elle m'a toujours pris pour un con, comme vous, on ne s'est jamais supportés. Mais quand je vois en pleine guerre des tailleurs arriver de Paris en urgence, qui n'ont pas le réflexe de se retourner quand on les appelle « Galet », je déduis ! Et je me renseigne !

Bouquet, vexé, repartit, la tête haute, à juste titre pour une fois.

Magdeleine était confite de honte. L'assemblée gardait la tête basse. La très large majorité des Veulais se sentaient coupables d'avoir médit durant quinze ans, deux ou trois replongeaient en eaux troubles, tous contraints à l'introspection par ce passé remonté violemment à la surface. Le général de Gaulle avait voulu la paix civile en mettant un couvercle sur les passions et engagements des uns et des autres entre 1939 et 1945, au motif que l'erreur est humaine. Mais elle est aussi parfois criminelle. Veules se réveilla ainsi un peu avant le reste de la France. Grâce à d'autres Galet qu'on découvrait Steiner, les Français prenaient conscience qu'ils n'avaient pas forcément réalisé la portée de leur indifférence tranquille à des lois qui ne les « regardaient » pas. Les défaillances reviennent en boomerang, tendant des miroirs qui forcent à se regarder en face des années après, et le bilan n'en est que plus douloureux.

Par sa saillie, Bouquet avait maté tout le monde, même Magdeleine et sa famille. Un fonctionnaire tatillon à cheval sur le règlement n'était pas forcément un « milicien », comme beaucoup l'appelaient sous cape. Les langues se délièrent pour la première fois, évoquant la guerre que l'on mettrait encore plusieurs décennies à décrypter franchement. Le vin d'honneur continua, empreint d'un sérieux que le motif initial ne laissait pas prévoir, mais il eut le don d'apaiser les esprits. On se quitta en vénérant l'époque présente où un ministre pouvait prendre le temps et avoir l'humour de mettre sur pied un Secrétariat officiel du Père Noël. Alors que l'assemblée s'était clairsemée, Éléonore confia aux habitants de la Villa réunis en petit comité la déportation qu'elle avait toujours cachée, désireuse toutefois de continuer à échapper aux célébrations publiques, plus que jamais. Le retour de John avait l'art d'enfermer ses blessures dans le tombeau du passé, une page était tournée. Quand elle eut fini de parler, elle jeta à son ancien fiancé un regard que Magdeleine jugea tendre. Se pouvait-il que la receveuse ait manqué quelque chose ?

* * *

Toute injustice ponctuelle mise à part, Bouquet se révéla tout de même dans les mois qui suivirent être un sacré filou, voire un voleur, qui chérissait la règle mais ne dédaignait pas la ruse. En effet, John Lücke avait entrepris de piqueter le crépi de la grande salle à manger lorsqu'il aperçut un mur de couleur, ou plutôt, de plusieurs couleurs. Des couches de peinture successives, pensa-t-il d'abord, avant de voir se dessiner sous ses yeux une gigantesque fresque d'inspiration impressionniste, dans les tons jaunes et orangés, représentant la falaise tamisée par le soleil. Dans un coin, elle était signée… Victor Hugo ! Incrédules, John, Éléonore et les Galet, désormais concernés, convoquèrent un expert. Il attesta de l'authenticité de la signature et data l'œuvre aux alentours de 1840, sans paraître surpris. L'écrivain Victor Hugo s'était toujours reposé l'esprit en pratiquant une activité parallèle de peintre et de dessinateur connue de sa maîtresse seule, Juliette Drouet. Sa popularité littéraire avait écrasé cet héritage, présent ici puisque l'écrivain fréquentait Veules : il avait sans doute séjourné dans cette maison. Voilà qui pouvait expliquer l'obsession de Bouquet pour la villa Esmeralda, un monument historique exploitable, dont le nom même prenait soudain sens.

L'inspecteur départemental jura ses grands dieux qu'il ignorait l'existence du trésor caché, comment aurait-il su ? Mais Magdeleine retrouva grâce à Georges la trace de lointains parents de Bouquet habitant la Villa un siècle plus tôt, le secret avait pu se transmettre de génération en génération. Profitant d'avoir mis au jour cette probable entourloupe, et alors que l'inspecteur tentait de se disculper auprès d'elle, la receveuse lui suggéra :

— Vous ne pensez pas que nous pourrions faire la paix ? Je n'ébruite pas cette petite affaire, et vous cessez à tout jamais de me chercher des poux dans la tête…

— C'est du chantage ! s'exclama Bouquet.

— Oui, sourit angéliquement Magdeleine.

L'inspecteur se dandina d'un pied sur l'autre, le crâne plissé, signe d'intense réflexion. Maintenant que Magdeleine était devenue une personnalité populaire, il n'était pas inutile de se la mettre dans la poche pour augmenter ses chances électorales aux futures municipales...

— Alors d'accord ! lâcha-t-il à regret.

Et il continua à rôder, parce que c'était plus fort que lui. Mais Bouquet ne fut jamais maire de Veules.

Éléonore mit du temps à s'habituer à la fresque, intimidée de prendre ses repas sous le poids écrasant de tant de beauté, mais finalement elle s'y accoutuma, comme elle s'accoutuma à la présence d'un homme rencontré sur le tard, même s'il n'était autre que l'amour de jeunesse qu'elle devait oublier. Elle ne se confiait plus à Magdeleine, réservant toutes ses soirées à John quand il rentrait du travail qu'il avait trouvé à l'écurie de Saint-Valéry-en-Caux. La receveuse le comprenait très bien, mais ne pouvait s'empêcher de réclamer des nouvelles à Anaïs, qui répondait invariablement, avec un petit sourire impénétrable :

— Ils s'entendent très bien, je crois. Il faut dire que Daddy est tellement drôle ! On rit beaucoup !

Magdeleine interrogeait Georges :

— Mais tu crois qu'ils sont ensemble ? Éléonore me le dirait, non ?

— Non, répliquait Georges. Ils ont peut-être besoin d'avoir une vie privée ?!

La grand-mère se faisait reprendre par sa propre petite-fille, une langue bien pendue désormais en neuvième et faisant feu de tout ce qu'elle apprenait à l'école :

— La curiosité est un vilain défaut, Mamie !

Magdeleine acquiesçait, uniquement par souci de ne

pas brouiller les enseignements de la maîtresse. Elle était en vérité convaincue du contraire.

* * *

L'année 1962 s'écoula, rythmée par les fêtes du village, le flux des touristes et quelques événements notables. Éléonore Lücke, à trente-neuf ans, devint au mois d'août la plus vieille mariée de l'histoire du village. Magdeleine lui souffla « mariage plus vieux, mariage heureux », lui faisant découvrir que l'adage n'avait jamais rien eu à voir avec la météo. À l'occasion de la noce, le sublime Andrew Ward, témoin du marié, tomba éperdument amoureux d'Anaïs, au point de la demander en mariage sur-le-champ. Georges, qui regardait rageusement ce grand homme élégant qui fascinait son épouse tourner autour de la jeune fille, ne cessait de ronchonner :

— La petite ne va tout de même pas épouser ce vieux schnock ?!

Magdeleine riait sous cape : son Georges était jaloux ! Mais Andrew Ward ne fit effectivement pas le poids face au fils du boulanger, dont Anaïs était devenue la compagne officielle, sans souhaiter le mariage pour autant, une vraie pétroleuse !

C'est lors du bal du casino que Françoise sortit pour la première fois en public son mystérieux amant. Il s'agissait de Robert, le préposé des PTT qui faisait le dépôt et la collecte des sacs postaux pour le centre de tri de Dieppe ! La factrice lança à Magdeleine :

— Je t'ai connue plus perspicace, tout de même ! C'est parce qu'il était dans la confidence qu'il a fermé les yeux sur nos manigances de Noël, avant de rentrer dans la combine de venir prendre les réponses chez moi, qu'est-ce que tu croyais ? Qu'il était idiot ?!

Son vrai handicap, c'est qu'il était encore marié et en ménage quand leur histoire avait commencé, d'où la cachotterie. Il attendait maintenant que son divorce soit prononcé, avec les mêmes griefs dans le dossier que ceux de Françoise contre son mari, lui s'était fait mordre un doigt au sang par son épouse !

La factrice était déjà enceinte quand décembre arriva, non sans craindre le qu'en-dira-t-on puisque le couple n'avait pas convolé. Magdeleine l'assura de la bienveillance de tout le village à leur égard, leur bonheur s'étalait déjà au grand jour et faisait plaisir à voir, après ce qu'elle avait traversé. L'état de Françoise ne lui faisait pas oublier l'échéance de Noël, qu'elle voyait approcher avec excitation. Leur complicité s'était nouée là, et elles comptaient bien s'amuser encore de leur mission épistolaire. Magdeleine guettait impatiemment dans le *Bulletin des PTT* la publication de la réponse officielle écrite par Françoise Dolto. La promesse serait-elle tenue ? Qu'allait écrire la spécialiste ? Enfin, début décembre, fut publiée la nouvelle du lancement de la première « Opération Père Noël » des PTT, avec une surprise imprévue. Le ministère avait en effet résolu d'envoyer le texte de la réponse sur une carte postale spécialement dessinée pour l'occasion par Chag, le dessinateur qui signait déjà une BD dans le *Bulletin*. On y voyait un Père Noël passant récupérer sur les toits enneigés la lettre d'un postier tendue par la cheminée. Les enfants garderaient ainsi un petit souvenir décoratif.

Quant au libellé, il était rédigé en caractères manuscrits, donnant le sentiment d'une réponse individuelle :

Mon enfant chéri,

Ta gentille lettre m'a fait beaucoup de plaisir. Je t'envoie mon portrait. Tu vois que le facteur m'a trouvé, il est très malin. J'ai reçu beaucoup de commandes. Je ne sais pas si je pourrai t'apporter ce que tu m'as demandé, j'essaierai mais je suis ~~très~~ vieux et quelquefois je me trompe. Il faut me pardonner.

Sois sage, travaille bien
Je t'embrasse fort

Père Noël

À côté de la signature, la pédiatre et psychanalyste avait dessiné une figure de Père Noël très réussie, elle avait dû sacrément s'entraîner. Magdeleine elle-même n'avait jamais fait aussi bien en plusieurs heures d'exercice à tenter de caricaturer sa face plate. Françoise Dolto avait judicieusement choisi le profil, une bien meilleure idée, chacun savait qu'il avait le nez en trompette ! Magdeleine aimait le ton du courrier, plein d'humour et d'affection mêlés, la bienveillance qui en transpirait, l'universalité du propos, qui pouvait tomber juste chez chacun. Pédiatre était décidément un métier, quoique Magdeleine découvrît dans la foulée les mille manières de le concevoir, en psychanalyste ou non. En effet, quand l'initiative nationale fut portée à la connaissance du public, certains collègues de Françoise Dolto, pédiatres sans âme, l'attaquèrent publiquement, l'accusant de céder à des «enfantillages» indignes de la Profession avec un grand P. Elle le prit comme un compliment et les tourna en ridicule sur un ton souriant. L'histoire oublia le nom de ses véhéments détracteurs, pas le sien.

Les PTT n'avaient négligé aucun détail. Ils dispensaient les enfants de timbrer leur envoi pour le Grand Nord, afin de ne pas pénaliser les plus nécessiteux. Aucune adresse de Père Noël n'était requise, il ne s'agissait pas de brider l'imagination des enfants. Toutes les lettres fantaisistes lui étant visiblement destinées, affranchies ou non, parviendraient donc sur leur lieu de traitement, à la Recette principale de Paris, 37, rue du Louvre, dans le Ier arrondissement, où tous les postiers de France devaient les rediriger. Les réponses seraient bien entendu acheminées sans timbre, d'un coup de tampon du service, rendant inutile de joindre une enveloppe affranchie. Les enfants devaient juste ne pas oublier de stipuler leur adresse !

Magdeleine refusa de céder à la solution de facilité qui aurait consisté à utiliser le service officiel, c'eût été se priver de son ivresse saisonnière alors qu'elle pouvait désormais s'y adonner en toute légalité, y compris en présence de Georges. Elle répondit personnellement, comme elle en avait la licence ministérielle, à chaque lettre qu'elle reçut, essentiellement de petits Veulais puisque les autres disposaient désormais de lutins nationaux mandatés. Mais à Veules, la déflagration consécutive à «l'affaire» engendra une initiative inattendue. En effet, des parents, dont Hugues Guichard et les Galet, se rapprochèrent pour, maintenant, rétablir la foi dans le Père Noël, car le mythe avait été trop sévèrement écorné dans le village, un préjudice pour les enfants veulais, une rupture de l'égalité nationale et du droit inaliénable à rêver un peu. Le curé lui-même ne pipa plus mot à ce sujet durant ses messes, vaincu par la République. Marianne, trois ans, eut ainsi tout loisir d'y croire à son tour, comme les générations qui suivirent.

Magdeleine ne goûta malheureusement qu'un an aux joies de sa consécration. Dans le courant de l'année 1963, elle se découvrit touchée par un cancer du sein qui l'emporta en quelques mois. Elle avait cinquante et un ans. La dernière fois qu'elle quitta Veules en ambulance pour l'hôpital où elle était suivie, devinant qu'elle ne reviendrait jamais, elle sourit vaillamment à Gabrielle et lui souffla, avant de fermer la portière :

— À bientôt, ma petite chérie. N'oublie jamais de rêver.

BONUS

LE VRAI DU FAUX

La part de fiction

L'histoire de Magdeleine Morin est librement inspirée de celle de Magdeleine Homo, receveuse des postes à Veules-les-Roses, qui a bel et bien répondu aux lettres au Père Noël des enfants, mais n'est jamais allée jusqu'à intervenir dans l'existence des habitants du village. Tous sont purement fictifs, certains imaginés avec la complicité de Michel Bussi, fin connaisseur de Veules et de l'âme humaine.

Famille

La véritable Magdeleine n'était pas l'aînée de sa fratrie, mais la cadette. Le prénom et la profession de ses deux sœurs sont en revanche authentiques.

L'histoire douloureuse de son enfance est bien la sienne (quoique sa mère ne fût pas repasseuse).

Sa vie quotidienne et ses relations familiales avec Georges, Yves et son épouse sont purement imaginaires, comme leurs positions politiques et leurs caractères détaillés. Sa passion pour ses petites-filles, Gabrielle et Marianne qu'elle a connue trop peu de temps, est en revanche authentique.

Yves Homo, épicier, n'a pas été appelé en Algérie à vingt-sept ans. Il est probable qu'il avait déjà fait ses classes à sa majorité, comme le voulait la règle, les reports n'étant accordés que pour cause de longues études. Le quotidien paisible dans le fort saharien relate fidèlement celui du père de l'auteur.

Georges, horticulteur, n'a jamais été conseiller municipal.

Les PTT et le Secrétariat

Le fonctionnement général des PTT est fidèle à la réalité (hormis la folie de l'inspecteur départemental, personnage de fiction !).

L'article de *Paris Jour* sur les lettres du Père Noël de Veules-les-Roses, réel, est paru le 25 décembre 1961 et non au milieu du mois.

Le ministère des PTT, grâce à Jacques Marette et à son prédécesseur, a bien lancé son Secrétariat du Père Noël pour Noël 1962, mais en ne médiatisant l'opération qu'en 1963, faute de lutins en nombre suffisant. En 1967, le Secrétariat a été relocalisé à Libourne, en Gironde.

On ne sait pas si le contact entre Jacques Marette et Magdeleine Homo a été direct, par téléphone ou de visu, ou si la nouvelle de la création du Secrétariat lui est simplement parvenue par courrier. En revanche, Françoise Dolto a effectivement été consultée par son frère, sans rencontrer Magdeleine, et a rédigé la première lettre telle que reproduite. Françoise Dolto n'a été connue du grand public qu'au milieu des années 1970 par ses interventions régulières à la radio, et l'ouvrage cité, paru en 1962, n'a probablement pas été lu par Magdeleine.

La première lettre de réponse de Françoise Dolto a été réactualisée au début des années 1980. En 2023, c'est l'écrivain Michel Bussi qui a été chargé de rédiger la réponse. Un Père Noël aujourd'hui connecté, à qui l'on peut écrire par mail, il y répond par courrier.

La réponse aux jumeaux Follain, qui existent, est la reproduction fidèle du courrier de Magdeleine.

Eleanor Roosevelt a bel et bien laissé sa trace à la poste de Rovaniemi, Magdeleine Homo a sa plaque sur le bureau de poste de Veules-les-Roses, apposée en décembre 2023.

Les personnages de l'histoire dans l'Histoire

M. Bouquet, l'instituteur Hugues Guichard, le couple Galet-Steiner, le curé et sa bonne Eugénie Colin, la factrice Françoise et son (affreux) mari boucher, son amant des PTT, le brocanteur, Anaïs et le fils du boulanger, Armand et ses parents agriculteurs, le médecin et la faiseuse d'anges sont purement imaginaires.

En revanche, Magdeleine Homo avait bien pour complice et amie sa factrice, dénommée Juliette Leboucher ; l'histoire de Françoise n'est pas la sienne.

Éléonore n'a jamais existé, mais sa trajectoire s'inspire de celles des véritables héroïnes de la Résistance de Veules-les-Roses, Marcelle Bochet et, plus encore, Henriette Docquier, condamnée à mort à vingt-deux ans par un tribunal militaire allemand, puis déportée au camp d'Anrath, en Rhénanie, tel que raconté, mauvais traitements relatés mis à part.

La bataille de Veules-les-Roses pendant laquelle la 51e Highland Division a subi de lourdes pertes en juin 1940, les Écossais cachés, leur fuite organisée en zone libre, leur arrestation qui a permis à l'occupant de remonter la filière de résistants, ou bien sûr le raid de Dieppe de 1942 sont des faits historiques avérés. Mais les soldats qui ont fui par la mer ne stationnaient pas à Veules depuis de longues semaines.

John Lücke est un personnage imaginaire, comme Andrew Ward, mais l'histoire veulaise a retenu que le cœur de l'une de ses grandes résistantes a en effet chaviré pour un bel Écossais.

La méconnaissance du destin des Juifs pendant la guerre n'a rien de romanesque, elle est le reflet de la réalité dans la très large majorité de la population française en 1960.

Les recours en cas de spoliation ont bien été du ressort du ministère des Finances, à l'adresse citée en 1945, après quoi des centaines de mesures et commissions différentes ont pris le relais.

Veules-les-Roses

Le village, encore plus ravissant en vrai que dans la fiction, a dans ces pages été un peu réaménagé.

L'épicerie du fils de Magdeleine n'était pas en face du bureau de poste, mais à côté. On peut encore voir son magasin.

L'église, conforme à la description, possède bien un magnifique orgue, mais nous n'avons pas trouvé la villa Esmeralda… encore moins sa fresque murale signée Victor Hugo, même s'il fut un fidèle du village. Mais le casino était bien orné des peintures de Jean Lux, son directeur.

Les spécialités culinaires et petites habitudes locales nous ont été confiées par les habitants du village, dont certains se souvenaient bien de Magdeleine.

REMERCIEMENTS

Je tiens à remercier tous ceux qui m'ont donné carte blanche pour inventer ce conte autour de Magdeleine, me replonger dans l'Histoire, les années 1960, les PTT devenus «La Poste», et plus encore, renouer avec cette part d'enfance qu'il ne faut jamais tenir trop éloignée de soi !

Clarisse Cohen, mon éditrice à l'œil exceptionnellement avisé, qui s'est penchée pour la première fois sur mes lignes il y a plus de vingt ans, pour son témoignage de confiance, sa fidélité et son amitié.

Roxane Rouas, «grande manitou» (avec Jacques Aragonès) du groupe StudioFact, qui a eu le coup de foudre pour l'initiative de la postière de Veules-les-Roses, à vouloir la regarder vivre.

Ivan Sadik, directeur de la fiction de StudioFact, qui a mesuré le potentiel filmique de ce conte de Noël.

Michel Bussi, avec qui j'ai construit l'armature de cette histoire avec autant d'harmonie que d'efficacité.

Les adorables habitants du Veules de l'époque, et l'un de ses anciens maires, qui m'ont soufflé des anecdotes autant qu'insufflé un élan poétique.

Philippe Wahl, directeur de La Poste, qui m'a fait ouvrir les portes du magnifique musée de La Poste.

Le Comité pour l'histoire de La Poste, en particulier Sébastien Richez, docteur en histoire contemporaine, qui a bien voulu répondre à mes questions.

À mon arrière-grand-mère « Bonne Maman », mes deux grands-mères et mon grand-père, campagnards et normands, sans qui je n'aurais jamais pu me téléporter dans la vie de village d'autrefois.

Et à la mémoire de Magdeleine Homo, la vraie, et de Magdeleine Morin, héroïne qui va me manquer !

Maquette intérieure : Rémi Pépin
Composition et mise en page : Bruno Ringeval
Préparation de copie : Carine Barth
Correction : Élodie Ther
Direction éditoriale : Clarisse Cohen

Cet ouvrage a été achevé d'imprimer sur Roto-Page
par l'Imprimerie Floch à Mayenne
en septembre 2024
pour le compte des Éditions StudioFact

Dépôt légal : octobre 2024
N° d'impression : 105321
Imprimé en France

STUDIOFACT
ÉDITIONS
RACONTER LE RÉEL

DÉJÀ PARUS

- *Le Mystère Jubillar* - Ronan Folgoas
- *Mes lettres de cachets* - Flora Nicol
- *Catwalk* - Nathalie Cros-Coitton avec Caroline Andrieu
- *L'Obstiné* - Raphaël Nedilko avec Catherine Siguret
- *Crayon noir* *Samuel Paty, histoire d'un prof* (roman graphique) - Valérie Igounet et Guy Le Besnerais
- *L'Affaire Madame* - Emmanuelle Anizon
- *Le Grand remplaçant* - Pierre-Stéphane Fort